目次

北前船・蓬莱丸寄港地と赤穂城図

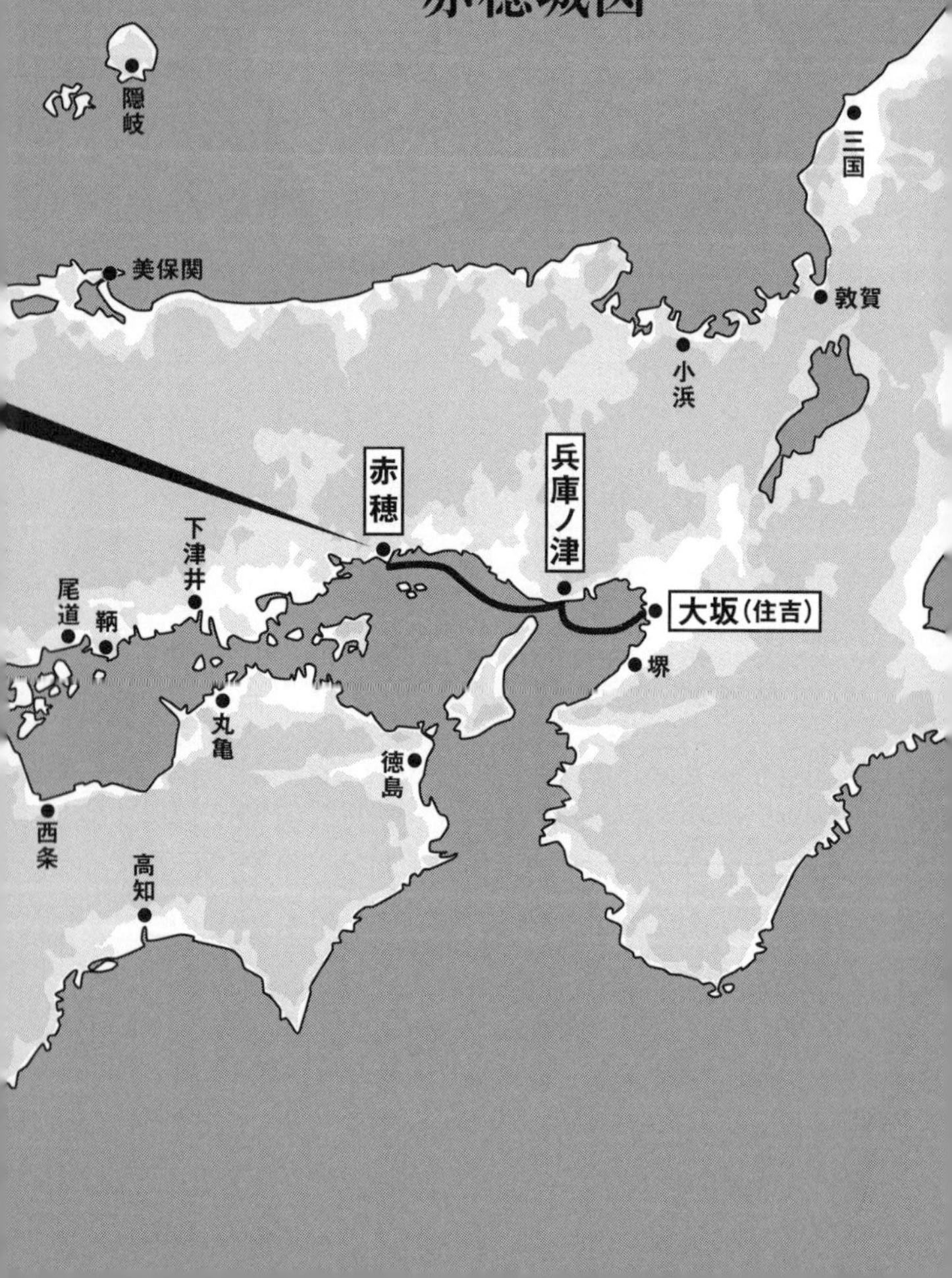

赤穂城下町
西浜塩田
赤穂城
熊見川
瀬戸内海
東浜塩田
赤穂市教育委員会提供の図より作成
城下町
大手門
熊見川
大石屋敷
東隅櫓
塩屋口門
三ノ丸
米蔵
大野屋敷
番所
船入
大沼
本丸
干潟門
二ノ丸
潮見櫓
水手門
温泉津
浜田
広島
室積
長浜

主な登場人物

■蓬萊丸

千日前伊十郎　出自、年齢不詳の犬侍「白柴」。謎の北前船「蓬萊丸」に新しく雇われた用心棒。龍王剣の達人。

権左　十五歳。昨年蓬萊丸の炊《かしき》（炊事と雑用係）となる。日ノ本一の船主を目指す。越前出身。

シロ　白毛の柴犬。伊十郎の相棒。

知工　出自、年齢、氏名いずれも不詳。蓬萊丸の知工《ちく》（事務長）を務める商人。

■赤穂藩

大石内蔵助　筆頭家老。あだ名は「昼行燈」。

大野九郎兵衛　「塩奉行」と呼ばれる次席家老。恭順開城派。あだ名は「夏火鉢」。

大石りく　内蔵助の妻。

寺坂吉右衛門　足軽。殉死嘆願派。

田中貞四郎　手廻者頭。過激派藩士。籠城玉砕派。
堀部安兵衛　藩内随一の剣豪。馬廻・使番。籠城玉砕派。
岡島八十右衛門　札座勘定奉行。殉死嘆願派。
三村次郎左衛門　酒奉行・台所役。殉死嘆願派。

■その他

黒虎毛　謎の犬侍。黒虎毛の甲斐犬を使う。虎帝剣の達人。
天野屋儀兵衛　大坂の豪商。赤穂の塩を扱う。
たちや庄兵衛　天野屋の手代。
紀伊國屋文左衛門　謎の大商人。通称「紀文」。
鴻池善右衛門　大坂の豪商、鴻池の三代目。
柳沢吉保　犬公方徳川綱吉の側用人。

犬侍見参

北前船用心棒
◆赤穂ノ湊

序編　抜かずの刀

一　紀州藩赤坂邸

とっさに鯉口《こいぐち》を切った。刀身は抜いていない。

また女の金切り声が聞こえた。犬たちの獰猛《どうもう》な唸《うな》り声が続く。

元禄六年（一六九三）の冬、夕暮れ近づく江戸は、半刻《はんとき》（約一時間）前から人知れず降り出した細雪《ささめゆき》で、上品な薄衣を被《かぶ》せたように白く染まり始めていた。

赤坂にある紀州《きしゅう》藩中屋敷の広大な西園《さいえん》は、広芝も五里香《ごりこう》（鴨場《かもば》）も御馬場も、白一色となりつつある。

坂松舎人《さかまつとねり》は木戸に手を掛けながら、足を踏み出そうとした。

「何をする気だ」

舎人の肩を止める手があった。

同齢の従兄弟《いとこ》で、親友の坂松吉之允《きちのじょう》である。

木戸の向こう、左手の池には、人のいない小舟が浮かんでいるだけだ。いくつかの回遊路が交わるあたりで、童女が立ち尽くしていた。藤色に松竹梅模様をあしらった四つ身姿だ。袖に付された白い葵紋《あおいもん》を見れば、紀伊《きい》藩の姫とわかる。姫のすぐ後ろで、同齢くらいの童女が震えていた。お付きの若い侍女は腰を抜かしたらしい。誰も見過ごさぬほどの美貌だが、声もあげられず、雪芝《ゆきしば》に尻餅をついているだけだ。侍女が身を挺《てい》したところで、守り切れる相手ではない。

幼いながら剛毅《ごうき》な姫は、後ろの二人を守ろうと、勇敢にも稚児髷《ちごまげ》から笄《こうがい》を抜き、犬たちに向かって構えていた。

だが、猛犬は五匹もいる。

「……見て見ぬふりは、できまい」

「放っておくさ。われらはそういう時代に生まれたのだ」

「峰打ちだ。殺《あや》めさえせねば、お咎《とが》めは——」

「打ち所が悪ければ、一匹くらいは死ぬ。おまけに相手は紀州犬《きしゅうけん》だ。五匹もおれば、いかに龍王剣《りゅうおうけん》の遣い手とて、斬らねば救えまい。御三家とは申せ、紀州は他藩。命を捨ててまで、助けてやる義理もなかろうが」

無類の速攻を誇る龍王剣なら、犬たちの俊敏な動きにも対応できた。出羽国《でわのくに》は酒岡《さかおか》藩でも、随一と称《たた》えられる舎人の剣の伎倆《ぎりょう》なら、数瞬でけりは付く。ただし、刀を鞘《さや》から抜きさえすれば、の話だ。

幼姫《ようき》には不憫《ふびん》だが、相手が悪すぎた。まだしも人なら、言ノ葉で止められもしようものを。

刀の柄《つか》を強く握りながら、舎人は唇を噛《か》んだ。

――運が、悪かったのだ……。

「抜けば身の破滅だ。百も承知であろう」

舎人にも道理はわかっている。

まごう方なき天下の悪法、生類憐《しょうるいあわ》れみの令は、生きとし生けるものの殺生を許さない。なかでも犬の虐待は、しばしば極刑に処された。

「あの犬たちは、憑《つ》いている。この手で救えるのに、むざむざ殺される姿をこのまま黙って見ているわけか」

どう見ても、犬の興奮は異常だった。近ごろ世を騒がしている「憑《つ》き犬」に違いない。かよわい童女など、簡単に嚙み殺すだろう。

目の前で命を奪われる童女たちを見捨てるのか。

——どうするのだ、舎人。

「それが法なのだ。この濁世《じょくせ》、犬のために命を落とす人間はごまんとおる。あの姫も、そのひとりだったのだ。竜姫《りゅうひめ》をお守りするのとは、話が違う」

舎人は酒岡藩の竜姫を想《おも》った。許嫁《いいなずけ》でもある。姿を思い浮かべるだけで、こんなときでも胸がときめいた。

——竜姫は、「舎人どのの優しいところが好きです」と、おっしゃっていた。

舎人は竜姫の夫たるにふさわしい武人たらんと精進を重ねてきたはずだ。口先だけの侍だったのか。

「俺は紀州の連中を呼んでくる。俺たちが馬鹿を見る理由はないからな」

二人は、主君最藤忠光《さいとうただみつ》の側用人《そばようにん》取り立てに紀伊藩主が口利きをしてくれた答礼のため、紀伊藩の江戸留守居役に贈答品を持参する役目の途中だった。

「それでは、間に合わぬ」

徳川御三家の名園と称される紀州徳川家の西園は、約二十万坪に及ぶ。

「姫の死は哀れだが、世にもまれな悪政を糺《ただ》すきっかけとなるやも知れぬ。公方様も、御三家の姫が食い殺されれば、目を覚まされよう」

「里美《さとみ》、紫乃《しの》。下がっていなさい」

姫のとった行動に、舎人と吉之允は同時に呻《うめ》き声を漏らした。

何と幼姫は、侍女と童女を守るために、足を一歩踏み出したのである。

幼女とは思えぬ気迫をほとばしらせて、頭目とおぼしき大きな赤犬と対峙《たいじ》していた。

この睨《にら》み合いに負けたとき、短い人生が終わるだろう。

名も知らぬ姫だが、大藩に生まれたうえは、きらびやかな未来が待っていたはずだ。

幼姫の小さなもみじ手が、小刻みに震えている。

舎人は決意して鯉口を締めた。

――素手で、押さえ込む。絶対に、抜きはしない。

もし抜けば、舎人の人生は終わりだ。何もかも失う。

舎人は木戸を蹴破り、犬の群れに向かって駆けた。

坂松吉之允は紀州藩士たちと駆け戻った。

惨劇の場には、雪芝をところどころ赤く染めて、犬たちの無惨な屍《しかばね》が累々と横たわっていた。

自他の血で藍色の羽織袴《はおりはかま》を赤黒く染めあげた長身の舎人が、呆《ほう》けたように立ち尽くしていた。手にはだらしなく、血塗《ちぬ》りの刀をぶら下げている。

「抜いて、しもうたのか……」

未来を失った一人の若者が、暮れなずんでゆく空を見上げていた。

どこへ消えたのか、侍女の姿はない。

幼姫は傷付いたのか、赤く染まった右胸を押さえながら、隣にたたずむ童女とともに、舎人を見上げていた。

言葉を失《な》くした三人を包み込むように、白雪が舞い下りてくる。

雪の降り積もる、かそけき音を破って、どこぞで犬の遠吠《とおぼ》えがした。

二　竜姫

出羽国十六万石、酒岡藩の竜姫は美しい事物を好んだが、なかでも、ここちよく晴れた日に、貝喰《かいばみ》の池に映る紅葉を愛した。

貝喰の池は、高館山《たかだてやま》の北麓に伽藍《がらん》を持つ龍澤山善宝寺《りゅうたくさんぜんぽうじ》にある。龍《りゅう》ヶ岡《おか》城から北西へ二里ほど、馬をゆっくり走らせても四半刻（約三十分）で、むしろ海に近い。舎人は警固のため竜姫によくつき従った。

江戸家老の次男、坂松舎人は剣術だけではない。まだ若くして江戸の大儒学者、林《はやし》鳳岡《ほうこう》に師事して、数いる門弟の中でもその俊秀を謳《うた》われた。文武両道にして人品卑しからず、藩主の最藤忠光におおいに気に入られていた。そのため、江戸でも酒岡でも、しばしば藩主とその身内の警固役を命ぜられた。

ふたりの恋は、実に他愛もない会話から始まった。

「舎人どの、あの金色の鯉は、人の顔のように見えませぬか」

「なるほど。されど姫。身どもには、むしろ犬のように思えまする」

「舎人どのは大の犬好きだとか。だから、そう見えるだけでしょう」

あのとき、勝ち気な竜姫はむきになって、人面に見えると言い張ったものだ。

媚《こ》びない姿勢が気に入ったのか、舎人が在藩しているとき、竜姫は警固役として舎人を指名するようになった。羽黒山《はぐろさん》まで行って、杉並木のなか、ともに長い石段を登り、五重塔を見上げた日もある。さらに足を延ばして、十王峠《じゅうおうとうげ》から雪をかぶる月山《がっさん》の雄姿を眺めた日もあった。

決して抱いてはならぬ恋心をそっと胸に秘めながら、舎人は二つ年下の主君の姫に忠実に仕えていた。

この夏、やはり貝喰の池を眺めながら、姫はお付きの者たちを下がらせると、だしぬけに舎人に問うてきた。

「舎人どのは、わたしのために、死ねますね？」

「むろんにございまする」

舎人は即答した。忠義と恋、いずれの理由であっても、答えは明瞭だった。

「けっこうです」

舎人に向かって頷《うなず》くと、竜姫はいくぶん頰《ほお》を染めながら、何のためらいも見せずに言った。

「わたしはそなたの妻になりたい。何か不服は、ありますか」

「何と……。もとより不服など、あろうはずもございませぬ。されど、姫は出羽酒岡藩でただおひとりの――」

竜姫は短くかぶりを振って、舎人をさえぎった。

「では、わたしも死ぬ覚悟で、父上に談判いたしましょう。後は、お任せなさい」

この春、竜姫は十六歳になり、かねて取り沙汰されていた輿入《こしい》れの話が具体化していた。竜姫は強い意志で抵抗していたようだが、才色兼備の姫が政略結婚で他藩へ嫁ぐ運命は、誰しもが予期していたなりゆきだった。

だが驚くべきことに、藩主は自慢の愛娘《まなむすめ》の切なる願いを叶《かな》えた。自身がもっとも信を置き、将来を嘱望する若き重臣に娶《めあわ》せると決断したのである。おそらくは、自慢の愛娘をそばに置きたいとのお気持ちも働いたのだろうと、家臣たちは噂《うわさ》したものだった。

酒岡藩が始まって以来、坂松舎人ほど、順風満帆の恵まれた人生を歩んできた者はいなかった。

だが、それはすべて、つい昨夕までの話だ。

舎人は今、江戸は四谷《よつや》にある酒岡藩邸の仕置牢《しおきろう》に正座して、藩からの沙汰を待っていた。

三　酒岡藩

「何たる、不運……」

坂松掃部《かもん》はうなだれる父の奥太夫《おくだゆう》を見た。頭に混じる白髪に、心が痛む。

かねて奥太夫は心ノ臓に持病を抱えていた。まじめひと筋の性格ゆえもあったろう、長年の激務が祟《たた》って体調を崩していたが、この夏、舎人と竜姫の縁談成立を機に、長男の掃部に家督を譲り、楽隠居の身となっていた。おかげでようやく、顔の血色も良くなってきた矢先であった。

「相手が悪うござった。舎人とて、決して抜いてはならぬと弁《わきま》えておったはず。自業自得でござる」

何しろ犬を斬ったのだ。坂松家はもちろん、酒岡藩を揺るがす大事件である。私情を挟む余地はなかった。

齢《とし》の離れた兄弟だが、掃部にとって、舎人は昔から自慢の弟だった。知略に優れ、勇敢で快活な性格は、誰からも好かれた。酒岡藩士でも最有望の若者だった。竜姫との縁談もそうだったが、兄として、有能な弟を陰ながら応援し、藩内で重きをなしてゆくさまを頼もしく思ってきたものだ。

だが、掃部はすでに覚悟を決めていた。不憫だが、救いようがない。

「わが坂松家に、かかる不運が降りかかろうとは……」

奥太夫は、しわの刻まれた顔を苦渋で歪《ゆが》めながら繰り返した。

だが、本当に運が悪かっただけなのか。掃部の腑《ふ》に落ちぬ点はいくつもあった。なぜ雪の降る夕暮れの西園に幼姫と童女がいたのか。なぜ侍女が一人付いていただけだったのか。そもそもなぜ五匹もの紀州犬がその場にいたのか。しかも憑いていた、というではないか。たまたま西園にいた紀州藩留守居役に贈答品を持参する途中、あの広大な庭園で、幼姫が犬に襲われる場に他藩の者が出くわす偶然などありうるのか……。

考え出せばきりはないが、ひとつだけ、はっきりしていることがあった。

――舎人は犬を斬った。

この重すぎる事実に変わりはない。

「五匹も斬ったのでござる。問答無用。極刑は免れますまい」

将軍が定めた天下の法度《はっと》に正面から反したのだ。殺生の理由など関係ない。藩の存廃さえ左右しかねぬ事態だ。選択の余地はなかった。

――だが、せめて、打ち首でなく、腹を切らせてやれぬものか。

兄が今、弟のためにしてやれるのは、せいぜいその程度の計らいだった。

「……紀伊藩は何と？　徳川御三家なら、何とかしてはくれまいか」

すがるように問う老父の震え声が、哀れを誘った。

「わが藩には挨拶のひとつもなく、紀州はただ沈黙を守っておりまする。大藩とは申せ、他藩の藩士のために、公方様と事を構えるはずもありますまい」

「火中の栗《くり》は拾わず、か。舎人が抜かねば、憑き犬どもに姫を殺されておったものを……」

奥太夫のぐっと握り締めた拳が小刻みに震えている。

「父上。無念なれど、舎人はもう、お諦めくださりませ」

掃部が両手を突くと、奥太夫は何度も小さく首を横に振っていたが、やがて、かすかに頷いた。

「赦《ゆる》せ、舎人。もとはと申さば、俺が同道を頼んだせいだ……」

仕置牢の格子戸の前で頭を下げる吉之允の姿が、ぼんやりと見えた。

話だ。

「もうすべて、終わった話だ」

あのとき、舎人は法を破って刀を抜き、吉之允は抜かなかった。ただ、それだけの話だ。

だが、何と大きな違いか。

「一寸先は闇、運命とはわからぬものだ。力になれず、済まぬ」

死罪以外の仕置は考えられなかった。

今の舎人に対して、慰めの言葉を持つ人間は世にいまい。

二十歳を待たずに人生が終わるとは、思っていなかった。

隠居した父に孝行もしたかった。故郷の母は自慢のわが子の破滅を聞いて、どれほど嘆くだろうか。藩政改革にたずさわり、主君を助け、国を富ませ、領民を豊かに、幸せにしたかった。

だが今は何より、竜姫の悲嘆を思った。誇り高き武家の姫だ。涙ひとつ見せず、取り乱しもすまいが、心中を思うと、やるせなかった。

「竜姫のご様子は?」

江戸住みの舎人の顔見たさに、竜姫は厳冬を避ける名目で江戸の藩邸によく滞在していた。本来なら、今ごろふたりは隅田川で、評判の雪見船に乗り、江戸の冬景色を楽しんでいたに違いない。

「むろん事件については伝わっている。何やら掃部殿と話し込まれていたようだ」

舎人は罪人の身となった。

もはや面会は叶わぬが、せめて文を書きたかった。だが、まだ若い竜姫のこれからの人生を考えるなら、未練を残すより、舎人はこのまま静かに消えて、忘れ去られるべきだと思い直した。

吉之允が去った後、差し入れてくれた煉《ね》り羊羹《ようかん》に手を伸ばした。竜姫の大好物だったから、舎人も好きになった。

乾ききった口のなかで、上等な羊羹が不愉快なほどにざらついた。呑《の》み込もうとする喉に痛みさえ走った。

乾いた舌の上でどれほど餡《あん》を転がしても、舎人には羊羹が甘いとは思えなかった。

仕置牢に姿を見せた兄の坂松掃部は、いつもと同じ仏頂面をしていた。父と同じく、昔からまじめひと筋で、めったに笑みを見せない男である。

「今朝がた、酒岡藩として、お前に切腹の沙汰をくだすことと相成《あいな》った」

舎人はうやうやしく両手を突いた。

「おかげさまで武士の一分《いちぶん》を立てられまする。法度に反したうえは、当然の仕置。このたびは藩と坂松家に対し、多大なるご迷惑をおかけする仕儀となり、面目次第もございませぬ」

「わしとしても、手の施しようがなかった」

掃部は昔から嘘《うそ》を吐《つ》かなかった。兄がだめだといえば、だめなのだ。

「……承知して、ございまする」

「だが、仕置の決まった後、わが殿に直談判《じかだんぱん》された方が、おわした」

竜姫に決まっている。

「姫は、どこへなりと嫁ぐ代わりに、坂松舎人の命だけは助けて欲しいと、殿に懇願された」

竜姫が凛《りん》とした物腰で、父の藩主に頭を下げる姿が脳裏に浮かんだ。

「だが、犬を五匹も殺した大罪人だ。何の咎めもなしでは、ご公儀に対し、とうてい申し開きができぬ。やはりわが藩として、坂松舎人を生かしておくわけにはいかぬのだ。さればご公儀には、お前が今宵《こよい》、自害して果てたと届け出る。ちょうど死罪になった咎人がおるゆえ、形は整えられる」

掃部が眉根を寄せて、仏頂面に苦悶《くもん》の表情を浮かべた。

「今日、坂松舎人は死んだ。酒岡藩士にはもう、さような者はおらぬ。されば、お前はこれより、好きに名を変え、生涯、闇を生きよ。さいわいお前の龍王剣は天下無双。抜群の智謀《ちぼう》もある。食うには困るまい」

浪人の身上で、用心棒などをやりながら、己れの食い扶持《ぶち》を稼ぐわけか。いさぎよく死ぬのと、はたしてどちらがよいのか……。

「生きよ、舎人。竜姫のご命令と心得よ」

そうだ。竜姫に救われた命を粗末にする真似《まね》はできまい。それだけが、希望も何もない人生を、舎人がまだ生きながらえてゆく理由になるのだろう。

「父上は……」

「お前が懸念しておるとおりだ」

奥太夫は、舎人と竜姫の縁組が決まったとき、うれしさのあまり、居ても立ってもいられず、屋敷の外へ駆け出た。足腰も弱っているのに、そのまま城を一周してきたほどだった。自慢の種にしてきた愛息の突然の転落に、奥太夫がどれだけ気落ちしているか、考えただけでも胸が軋《きし》んだ。何たる親不孝者か。

「……兄上。後を、頼みまする」

「案ずるな。お前の代わりは吉之允が務めるであろう」

犬に向かって刀を抜いた男は永遠に没落し、抜かなかった男が栄達を得るわけか。

元禄とは、そういう時代なのだ。

掃部がゆっくりと立ち上がった。もともとせっかちな性格ではないが、いつもよりさらに緩慢な動きだった。

「お前は今日より、坂松家の人間ではない。勘当の身なら、あるいは解けもしようが、お前はもう死んだ人間だ。死ぬまで闇に身を置いて生きるほかないと思え」

わずかに言葉を詰まらせると、掃部はくるりと踵《きびす》を返した。

犬殺しの大罪人が存命しているとなれば、藩として公儀に対し申し開きができない。舎人は生涯二度と、日の当たる場所を歩くわけにはいかぬのだ。

「金輪際、坂松家の敷居を跨《また》ぐことも許さぬ。今宵をかぎりに、生涯、わしと会うこともあるまい。さらばじゃ」

舎人は兄に向かって両手を突いた。

「長らく、お世話になりました……」

「お前は坂松家の、わしの誇りであった。……強く、生きよ」

兄の最後の言葉を、全身で受け止めた。

掃部が一歩一歩、足もとを確認するような足取りで去ってゆく。

左に折れる廊下の手前で、掃部は立ち止まった。横顔をわずかに傾けると、視線は寄《よ》越さぬまま、舎人に短く頷いた。

その夜のうちに、舎人は江戸藩邸を出された。

厚雲の垂れ込めた空には、残雪を照らす月影さえ見つからなかった。

突き刺すような寒さも、今はどこか他人《ひと》ごとのように思える。

見慣れた四谷の町も、素知らぬ風《ふう》を決め込み、異郷のようによそよそしい。

若者は何もかもを、名さえも失って、あてもなく江戸の町へさまよい出た……。


――そして、八年。

政《まつりごと》では、柳沢吉保《やなぎさわよしやす》が犬公方綱吉《つなよし》の寵《ちょう》を得て、思うがままに権勢を振るい、商いでは、紀伊國屋文左衛門《きのくにやぶんざえもん》が一代で巨富を築きあげたころ、大坂を出航しようとする一隻の北前船があった。

元禄十四年（一七〇一）の春夜、場所は天下の台所、大坂は住吉大社《すみよしたいしゃ》――

序章　住吉大社の高灯籠

春を迎えると、大坂の海は出航する北前船でごった返す。まるで巨富を産み出す大小の鯨が餌に群がるように、船々が難波の海を埋め尽くす夜の光景を、紀文《きぶん》こと、紀伊國屋文左衛門も嫌いではなかった。

波打ち際に立つ住吉大社の高灯籠が、湊《みなと》を照らす様子がよく見える。

湊へ視線をやったままで、紀文は探るように切り出した。

「近ごろの大坂はいかがですかな。ぼちぼち、でもなさそうですが」

紀文が身に付けた江戸なまりの丁寧な口振りは、研ぎ澄ませた刃物をちらつかせるように、相手には冷んやりと響くらしい。

「ご明察や。鴻池《こうのいけ》が儲《もう》けすぎた」

三代目鴻池善右衛門《ぜんえもん》は悪びれずに、己が成功をぼやいてみせた。

鴻池の長い顔に薄すぎる垂れ眉毛は、穏やかささえ感じさせるが、高い鼻っ柱と鋭すぎる眼光は、すでに獲物を視界に捉えた鷹《たか》を思わせる。まだ三十絡みのはずだが、仮に五十代と偽っても誰も疑わないほどの貫禄《かんろく》があった。

「長い目で見たら、ぜんぜんええ話やない。だんだん沈んでいく船のなかで、積荷の奪い合いをしとるような按配《あんばい》やからのう」

鴻池が早口でまくしたてると、紀文は視線を豪勢な室内へ戻しながら、口の端の笑みで応じた。今宵《こよい》用意された料亭の一室は、鴻池の差配で、大坂に用事のある要人だけが使う。「山鹿亭《やまがてい》」の名は、鴻池ご自慢の先祖、山中鹿之助《やまなかしかのすけ》から頂戴した名だが、鹿之助といえど、まさか死後百年余りの後、己が名を冠した料亭で、七難八苦どころか栄耀《えいよう》栄華を極めた子孫が天下をひっくり返す謀議を凝らすとは、予想だにしなかったろう。

行燈《あんどん》は明るすぎず暗すぎず、やっと相手の表情を読みとれるくらいの明かりに抑えてある。

「失政は世のなかの富を減らすだけやない。偏らせてしまいよる」

鴻池に指摘されるまでもなかった。

政《まつりごと》が悪いと、富は少数の人間の手にばかり集まってくる。たとえば元禄の世では、東の富は紀伊國屋に、西の富は鴻池に集中した。

「例の犬奉行の一件、鴻池さんはもう、耳にされましたか」

時候の挨拶は終わりだ。そろそろ本題に入っていい。

「あのろくでもない話は、ほんまなんか」

鴻池はため息をつきながら、器用に口を尖《とが》らせた。さすがに鴻池だけあって、耳が早い。幕閣の裏側で起こっている動きだけに、犬奉行について知る者はまだごく一部に限られていた。

生類憐れみの令は、当初こそ厳格に執行されたが、上でも下でも、様々な抜け道が作られていた。極刑に処せられた者はわずか十数名に過ぎず、運用が骨抜きになっていると、綱吉が相当お冠《かんむり》らしい。事態をこのまま放置すれば、犬公方が十四年ぶりに、生類憐れみの令を厳格化する新令を発する仕儀となる。

「犬公方は、禁教令を範とすべしと宣《のたも》うているとか。宗門改《しゅうもんあらため》奉行が隠れキリシタンを探し出して、根絶やしにしてきたように、全国で生類を憐《あわ》れまぬ不埒《ふらち》な者どもを、ひとり残らず炙《あぶ》り出す。そのための奉行だそうですな」

幕府に犬奉行を新設するだけではない。全藩に犬奉行を置かせ、今いる犬目付《いぬめつけ》も増やして、綱吉肝煎りの悪法の遵守を徹底する。近ごろはキリシタンたちも減ってきたが、これからは犬を慈しまぬ不届き者を取り締まるわけだ。あわせて綱吉は、理由名目の如何《いかん》を問わず、犬を殺めた者をすべからく極刑に処すべし、これを徹底せよと命じるつもりらしい。もはや常軌を逸した沙汰だった。

「ほんま、けったいな阿呆《あほ》が、公方になってしもたもんやなぁ」

鴻池は生粋の商人だ。鴻池ほどの豪商ともなれば、持て余すほどの富の力に責任と使命を感じ、正しい商いで世を真っ当な方向へ導きたいと願うものだ。

「肝心の柳沢はんは、どないしはるつもりや？　あのお人は食えへんで」

犬公方の懐刀、柳沢吉保は時勢を正確に読む眼《め》を持ち、絶大な権力を手中にしていた。紀文は柳沢の懐に入り込み、共存共栄で巨富を築いたが、今では利害が完全に一致するわけでもなかった。むろん、鴻池も柳沢に取り入っているが、互いに手の内は明かさない。いずれは柳沢が、紀文と鴻池を天秤《てんびん》にかける時が来るはずだ。だが、今のところ、江戸を本拠とする紀文のほうが、大坂の鴻池よりは頻繁に柳沢に接している。

「ひと筋縄ではいきませぬが、ご政道を正すという一点では、信じられるお方です」

柳沢は保身を第一に考える。だがそれは、柳沢が力を持ったまま犬公方の幕閣にいなければ、悪政を是正できぬとの強い使命感にも由来していた。

「それは分かっとる。せやけどな、紀文はん。天下広しといえど、あれほどの慎重居士もおらへんやろ。今回かて、犬公方に面と向かって反対したはるわけやない」

鴻池は、幕閣の裏事情を正確に把握している。侮れぬ豪商だ。

柳沢は今回の新令発布に大反対だった。だが、表立った反対が逆効果になる事態を恐れた。そこは、酸いも甘いも嚙《か》み分ける能吏である。遺漏なく円滑に制度が導入できるよう、少しばかり時間をかけた諸藩への根回しが必要だとして、新令発布をひとまず日延べさせた。

「いよいよ船が沈むとわかれば、賢い人間は、早めに別の船に乗り移るものです」

鴻池がごくりと生唾を飲み込む音が聞こえた。

「おい、紀文はん。物騒なこと、言いないな」

「事ここに至れば、吉保公に起《た》っていただき、新令発布の前に、公方を取り替えるしかないでしょう」

柳沢吉保は愚かな綱吉と違い、はるかにしたたかな切れ者だ。主君に付き合って共に滅びるような忠義者でもない。

「柳沢はんを、わしらの船にむりやり乗せてまうわけか。あんた、言葉遣いだけはやたら丁寧やけど、えげつないお人やなぁ」

「天下国家のため、犬公方に引導を渡すのは、私たちの役目です」

「でもなぁ、紀文はん。次の公方を誰にするかは、簡単な話やないで。あんたとわしでは、えらい立場が違うさかいな」

人払いした料亭の一室に明かりがゆらめき、鴻池の大きな眼ばかりが、うす暗がりにギラついて見える。

男児のない将軍、徳川綱吉《つなよし》の後継者は、もともと二人に絞られていた。

一人は紀伊藩主で、綱吉の一人娘を正室とする徳川綱教《つなのり》。

もう一人は甲府藩主で、綱吉の甥《おい》にあたる徳川綱豊《つなとよ》。

理由や経緯は色々あったが、紀文は紀州を、鴻池は甲州を推していた。

「私たちがいがみ合っているうちに、悪政はひどくなる一方です。鴻池さん、世直しの頃合いでしょう」

次の将軍につき、当世を代表する東西の大商人の立場が分かれていたのは、この国にとって不幸であったろう。

「わしらが手を結んどったら、犬公方なんぞ、もっと早うに引っ込んどったはずや。せやけど、紀文はん。次の公方を決めんと、走り出す気か」

「犬公方をお払い箱にするまでなら、私たちも手を携えられるはずです」

「えらい危ない火遊びやのう。急ぐ理由は、犬か？」

紀文は短く頷《うなず》くと、わずかに身を乗り出した。

「犬使いがこれ以上力を持つのは、危険です」

いつの世にあっても「富」は力だが、とりわけ泰平の世では、商人が巨大な力を持つ。将軍を決めるのも、つまるところ巨万の富を自在に操る豪商のはずだった。だが、元禄という異様な世では、「犬」という獣を自在に動かす者たちが恐るべき力を持ち、商人だけで政を動かせなくなっていた。

「とびきり厄介な奴らやで。犬使いっちゅう連中は」

鴻池は他人《ひと》ごとのようにぼやきながら、キセルを吹かせている。

紀文の誘いに応じてこの席を設けたのは鴻池だが、二人の間に酒はなかった。およそ世の大事は、酔って決めるべきたぐいの話ではない。

「承知のうえ。毒をもって毒を制するまでです」

「それで、犬侍《いぬざむらい》を使うわけやな。こっちが火傷《やけど》せえへんか?」

「金と同じで、使い方次第かと。犬使いたちさえ始末すれば、犬公方は力を失いましょう。それまでは呉越同舟。いかがですかな」

「なるほど、仲直りと違《ちご》て、一時休戦ってわけか。せやけど、干鰯《ほしか》と〆粕《しめかす》の件では、大坂の商人も、紀文はんにずいぶん痛い目に遭わされとる。たちゃっちゅう、ええおかみのやっとる問屋も悲鳴あげとんにゃ。木綿でなんとか凌《しの》ごうとしとるけどな」

「そういえば昨年、江戸の深川でも、鴻池さんに潰された問屋がありましたな」

「なるほど、意趣返しか。紀文はん、あんた、性格悪いのう」

「もとをただせば、悪いのはすべて、世間を貧しくしている犬公方ではありませんかな」

犬公方の悪政により、この国の経済が停滞し、しぼんでいる。犬小屋全体で与えられる餌の量が減れば、犬同士が餌を取り合って傷付け合うのは道理だ。

「まあええ。ほな、商いのほうは犬公方が引っ込むまで、このまま痛み分けやな？」

紀文が頷くと、鴻池は声を立てて笑った。だが眼光は何も変わっていない。

「あなたが味方でないにせよ、私の邪魔をしないと約束してくれるだけで、話はずいぶん穏やかになります」

「ええやろ。何はともあれ、厄介な犬使いを早う始末せんとな」

「その後は紀文か、鴻池。勝ったほうが、次の公方を決めるということでよろしいですな」

「先が見えてきた時点で、手切れになるやろけど、怨《うら》みっこなしやで」

当たり前の話だ。話は済んだ。

紀文はゆっくり立ち上《あ》がると、思い出したように付け加えた。

「そうでした。良かれ悪しかれ、鴻池さんの商売にも関わりますから、今宵の手土産にお伝えしておきましょう。近く、赤穂《あこう》藩が潰されます」

「えらい急な話やな。いったい何が起こるんや。誰の陰謀か知らんけど、狙いは例の秘伝の巻物か？」

赤穂藩には塩の製法を記した秘伝書があり、塩田開発を成功させた次席家老、大野《おおの》九郎兵衛《くろべえ》が隠し持っているという噂《うわさ》は、商人なら誰でも耳にしている。

「塩は海がもたらす無尽蔵の白き宝。赤穂の塩は、三万石ほどの値打ちがありますからな」

赤穂藩は五万三千石と公称されているが、塩田を持つために、実際には八万石ともいわれた。運上銀《うんじょうぎん》が上がる塩田は、尽きぬ宝の源泉である。

「紀文はん。まさか犬使いが狙うとるんと、ちゃうやろな」

鴻池が垂れた眉毛を吊《つ》り上げている。

「私が事を急ぐ理由をおわかりくださったようですな」

「えらいこっちゃ。犬公方を操る犬使いが打ち出の小槌《こづち》を手に入れてしもたら、もう取り返しがつかんで」

「私がやります。鴻池さんは、邪魔さえしないでくだされば、結構です」

「三代目鴻池に二言《にごん》はあらへん。もう同じ《おんな》舟に乗っとるんや。手伝《てつど》うたるわい。でも、赤穂潰しは止められへんのか？」

「手遅れですな。すでに昨日あたり、江戸城で騒動が起こっておるでしょう」

「せやから秘密を教えたわけか。何で、止めたらへんかったんや……」

「柳沢様も私も、まだ死ぬわけには参りませんのでね」

相手が誰であれ、無駄話を続けるほど、紀文は暇ではない。

「では、赤穂藩の一件が一段落したら、また、お会いしましょう」

腰を浮かせた紀文に向かって、鴻池がにやりと笑うと、意外に白い歯並びが見えた。

「ほな、お返しに一つ、どえらい話を聞かせたろ。下津井《しもつい》の邯鄲男《かんたんおとこ》の話は嘘《うそ》やない。ぐっすり眠っとるだけや、あの湊町にな」

この日初めて、紀文は驚いた。いや、驚くのは何か月ぶりか。

「……それは、耳寄りなお話ですな。吉保公もいよいよ腹を括《くく》らざるを得ない。鴻池さんは、実にお人が悪い」

「お互い様やろ。世直しのためや」

「聖人君子では、ろくな商売ができませんからな」

料亭の外を、海の男たちの威勢のいい喊声《かんせい》が通り過ぎてゆく。喧嘩《けんか》でも始まったのか、怒鳴り声まで届いてきた。かと思えば、にぎやかに船乗りの唄を歌っている連中もいた。皆、住吉大社へ祈願に向かうのだろう。

「わしも、すみよっさんにお参りしとかな、あかんのう」

住吉大社の神が叶《かな》えてくれるのは、一攫千金《いっかくせんきん》の夢だけなのか、それとも、神前に金さえ積み上げれば、天下大計の野望まで聞き届けてくれるのか。

鴻池が何を願いに行くのかは知らぬが、神仏など信じない紀文には、まるで関係のない話だった。

第一章　出見ノ湊

一　すみよっさん

出見《いでみ》ノ湊《みなと》の船着場に近づくと、住吉大社の高灯籠が左手に大きく見えてきた。湊には小舟が群れをなし、浜には人足たちがいて、真っ昼間のような明るさだ。

権左《ごんざ》は待ちきれずに小舟のへりに足をかけた。浅瀬へ跳び降りる。

盛大な水しぶきが上がった。

「おっとっと」

勢い余って前のめりになる。

ちょうど目の前に、大きな毛むくじゃらの太い足があった。

「おお、相変わらず元気だな、権左」

頭上から聞こえてきた声に、権左は顔を上げた。

浜にいた大柄の坊主頭が、顔にかかった水を大きな掌《てのひら》で拭っている。

「ごめんよ、庄兵衛《しょうべえ》さん。ひさしぶりだね」

庄兵衛は湊でもよく顔の知れた若者で、権左も馴染《なじ》みだ。まっとうな商いで評判の木綿問屋たちやで、小さな船の船頭をしている。

「蓬萊丸《ほうらいまる》もいよいよ出航か」

「今年もちょっくら蝦夷《えぞ》まで行ってくるよ。その前にもう一度、住吉《すみよっ》さんへお参りだ」

威勢よく返事をした。

権左は全身をぶるっと震わせて、夜の大坂の町を一散に駆け出した。

この時期は、摂津国《せっつのくに》は大坂から瀬戸内海を抜け、浜田《はまだ》や敦賀《つるが》、坂井《さかい》に加賀《かが》、佐渡《さど》や酒田《さかた》やらを回って、蝦夷国に至る北前船がいっせいに出航する季節だ。

昨日も来たばかりだが、何度見ても胸が躍った。

権左は提灯《ちょうちん》片手に、汐掛道《しおかけみち》の松林を駆け抜ける。

この時期の住吉大社界隈《かいわい》は、北前船に関わる人間たちであふれ返るが、深更だけに人影はまばらだった。

――おいらは水主《かこ》なんだ。

権左は「水主」という言葉が好きだ。水主はその一人ひとりが、大きな海を自在に操る「水の主《あるじ》」なのだ。十五歳の権左は、まだ二年目の炊《かしき》だが、それでも水主には違いない。

北前船の船頭たちは皆、「すみよっさん」に参詣して、長い航海の安全を祈願する習わしだ。権左が乗る「蓬莱丸」も、淀川《よどがわ》の下流、木津川《きづがわ》口で越年して、昨日、大坂の湊に入ったばかりだった。今は出見ノ浜の沖合に停泊している。

権左は走った。

参道には、おびただしい数の灯籠が連なっている。海難だけはごめんだと、皆が航海安全を祈願するからだ。

権左は船頭、いや正確には、無口な船頭の意を受けた知工《ちく》から、男をひとり「すぐに連れて来い」と命じられていた。

蓬莱丸が出航を急いだ理由は知らない。尋ねもしなかった。駆け出しの身に、理由など無用だ。そもそも蓬莱丸の船主は、いちおう羽州《うしゅう》酒岡藩とされているらしいが、実際のところは皆目わからなかった。それでも別にかまわない。権左は人一倍仕事をこなして、いずれは日ノ本《ひのもと》一の船主になるのだ。

大鳥居の前で慌てて立ち止まる。神様に一礼してから、また走り出した。

太鼓橋の急な階段を駆け上がる。

この木橋は、渡るだけでお祓《はら》いになるらしい。権左は出航前、願掛けのために、最低三回は太鼓橋を渡ると決めていた。これで四回目だ。

橋を渡り終えるや、石段が始まる。二段飛ばしで昇り終えると、すぐ眼《め》に入る小ぶりの社殿は、第三本宮だ。

たいていの船頭たちはすでに祈願を終えている。境内に人の姿は見当たらなかった。

ジャリッと勢いよく玉砂利を踏みしめる――。

「おっと……」

とつぜん、権左は立ち止まった。

いやな匂いが鼻を突く。

――間違いない……血の匂いだ。

眉月《まゆづき》はすでに沈んでいた。あるのは、各本宮のすぐ近く、権左の背丈ほどの篝火《かがりび》の明かりだけだ。

何やら黒い影が横たわっている。

暗がりに目を凝らした権左は、息を呑《の》んだ。

人だ！　人が倒れている。何人もいた。

「おい、大丈夫かい。どうしたんだい」

怖くないと言えば嘘《うそ》になる。それでも、もう一度声を張り上げた。

――返事はない。

勇を鼓して駆け寄った。

揺さぶっても、びくりともしない。が、温かい。息もしていた。

手に付いた血のぬめりに、思わず権左はヒッと身を引いた。

落ち着いて見ると、第四本宮との間の狭い参道に、十人ほどの人影が倒れている。

皆、侍の身なりだ。

――とにかく、誰かに知らせなきゃ。

権左が立ち上がったとき、前方で何かが動いた。

第二本宮前に焚《た》かれた松明《たいまつ》の隣で、侍がひとり座り込んでいた。生き残りか。

……それとも、下手人か。

権左は懐に手をやり、いつも持っている石つぶてを握り締めた。権左の投石は百発百中、相手が並みの侍なら、負けはしない。

「お侍さん、だいじょうぶかい。何があったの」

権左が声をかけながら近づくと、藍色の羽織袴《はおりはかま》の男が、どこか面倒くさそうに顔を上げた。背筋をピンと伸ばして、賽銭《さいせん》箱の横にもたれかかっている。齢《とし》のころは三十前後だろうか、総髪で、ずいぶんな長身のようだが、暗がりで顔はよく見えない。

男の脇には、細身の刀が無造作に置かれていた。

「どうせろくでもない人生だ。無理をして生き延びるほどの値打ちもない男だが、わけあって、まだ生きている」

すっかりくたびれた用済みのキセルでも投げ出すような口調だった。

物憂げな低音が、浪人風の髪形には合っていた。

潮の香りをかすかに含んだ一陣の風が、篝火の炎を揺らめかせた。炎の形が崩れて、男の長い影も揺れる。光のいたずらが、男の顔を照らし出した。

権左は、はっと息を呑んだ。

吊《つ》り上がり気味の太い眉に切れ長の眼、冷たささえ感じさせる高い鼻梁《びりょう》、意志の強さを宿した厚めの唇。目鼻立ちの整った、まれに見る美男で、右頬には細長い傷痕がある。薄くなってはいるが、何かの引っかき傷だろうか。

男は一見だらしない格好だが、得も言われぬ気品を纏《まと》っていた。血で汚れてはいても、派手派手しい身形《みなり》のせいか、まるで男の周り五尺ばかりは江戸であるかのように、不思議といなせな雰囲気があった。権左は見たことはないが、荒事芸《あらごとげい》で大人気を博していると噂《うわさ》に聞く、江戸の歌舞伎役者、市川團十郎《いちかわだんじゅうろう》とは、きっとこのような男に違いない。

「けが、してるんだね」

「いや、いつもの返り血だ」

「……いつもって？」

「困った話でな。どうも俺は、殺し屋たちに好かれる質《たち》らしい」

「ここでいったい、何があったの」

「柄にもなく、航海の安全でも祈願しておこうなんて思ったのが、まずかったんだろう。あっちのお宮で賽銭を放り込んだとたん、いっせいに襲ってきやがった。そこそこ腕の立つ連中でな。ここまで逃げてきたんだが、まったく世話が焼けたよ」

　自嘲めいて小さく笑いながら、男は初めて権左に眼を合わせてきた。まるで十里も懸命に走り続けて疲れ切った、駿馬《しゅんめ》のような目をしていた。

「じゃあ、あれ全部、あんたが一人でやったんだね……」

　因幡《いなば》の白うさぎ神話に出てくる鮫《さめ》よろしく、第三本宮まで続いている男たちの群れを振り返りながら尋ねると、男は短く首を横に振った。

「いや、相棒と、さ」

男の低音がぼそりと響いた。

権左はあたりを見回したが、それらしき人影はない。もう姿をくらましたわけか。

男は赤味がかったひょうたんを口へ運ぶと、ひとしきり呑んだ。

上等な酒の香りがした。

襲った側と襲われた側のどちらが悪いのか、権左にはわからない。が、誰もいない境内で賽銭箱にもたれかかって、ひとり物憂げに酒を呑んでいる眼前の男は、悪い人間だとは思えなかった。

待ち合わせ場所は第一本宮の前だったが、今度の用心棒はこの男か。

「えーと、一富士、二鷹《にたか》、蓬莱丸！」

権左の呼びかけに、面倒くさそうな声が返ってきた。

「たしか、『極楽浄土へ向かう船』って、答えるんだったたな。海へ出るってのに、縁起でもない合い言葉を考えたもんだ」

「うちの船頭さんも知工さんも、相当変わってるからね。やっぱりあんたが新しい用心棒なんだ。おいらは権左。蓬莱丸で炊をやってる。……でも、本当にだいじょうぶなの」

権左がかがみ込んで手を貸そうとすると、男は血に汚れた手で押し返してきた。

「酔っ払って大立ち回りをしたせいで、疲れただけだ」

「お侍さんの名は？」

男はまぶたを閉じ、疲れをほぐすように長い指を目頭に当てた。

「うっかりしていた。そろそろ替え時なんだが、まだ次の名前を考えていなかった」

わけありの連中ばかりが乗る北前船「蓬莱丸」の用心棒が、すらすら本名を名乗るはずもなかった。

「かれこれ十度目の改名になるか。そうさな。千日前《せんにちまえ》……伊十郎《いじゆうろう》。これで、どうだ」

名乗る相手に偽名の出来ぐあいを確認する男もめずらしいが、難波の千日寺《せんにちでら》に参詣でもして、気に入ったのか。だが、そういえば、蓬莱丸に乗る人間で、権左が本名を知っている人間がどれだけいるだろう。権左以外は全員、偽名で通している気がした。

船頭と知工にいたっては、偽名さえ教えてくれないから、皆は「船頭さん」「知工さん」と呼んでいる。知工は、仕入れから勘定までを担当する、北前船における商売の総元締めだ。

「いい名だと思うよ、何となく。……伊十郎さん、立てる？」

「何事もやってみんと、わからんな」

片手を突いて半身を起こすと、伊十郎がゆらりと立ち上がった。権左がすぐそばで見あげると、首が痛くなるくらいの長身だ。チャランポランな物言いとは対照的に、立ち居振る舞いの一つひとつが、身に染み付いたような気品を感じさせるから、不思議だ。

伊十郎が懐に手をやると、じゃらりと派手に金属のこすれ合う音がした。膨らんだ巾着袋を取り出す。金色の龍が刺繍《ししゅう》されていた。

「あくどい商売を続けてきたおかげで、俺もいっぱしの金持ちになった。しゃれた着物に、すっきりした酒と味わいのある煙草《たばこ》。ぜんぶ、それなりに値が張るからな。稼ぎ続けなきゃならんわけだ」

「航海へ出るのに、荷物はないの？」

「まさかな。この俺が着た切り雀《すずめ》で秋まで過ごすはずがないだろう」

浪人のくせに、相当めかしこむ侍らしい。

「俺の荷物は人足に頼んで、蓬莱丸へ先に運び込んでもらった」

そういえば入港するなり、長持が三つほど運び込まれて、知工が「船で暮らすのに、どれだけ荷物を持ってきやがるんだ」とぼやいていたのを思い出した。

伊十郎が左手の親指を弾《はじ》くと、勢いよく宙に舞った銀貨が、小気味よい音を立てて賽銭箱に吸い込まれていった。血で汚れたなりだが、意外に信心深いのか、ピンと背筋を伸ばし、二礼二拍手一礼をしている。

「ここへ来る前、大坂見物のついでに、千日寺で無病息災を祈願した。なのに、いきなりさんざんな目に遭うとは、賽銭が足りなかったんだろうな」

血塗《ちぬ》りの手で祈願とは、さすがに神様に失礼だったと気付いたらしく、伊十郎は舌打ちしながら、手水鉢《ちようずばち》の水で手を洗い出した。かといって、もう一度、神頼みをやり直す気まではない様子だった。

「さてと、あいつらが息を吹き返す前にずらかるか。とりあえず動けんようにはしておいた。頭は潰してないからな」

低音は権左の上から聞こえてくる。権左より頭ふたつぶん高い。

伊十郎は指で輪を作ると、口に含んだ。

指笛がピッと短く鋭い音を発した。

すると、どこからともなく現れた白い影が、伊十郎の足の周りにまとわりついてきた。

権左は覚えず小さな悲鳴を上げ、驚いて跳びすさった。

――あちゃぁ、犬だ。

中型の白い柴犬《しばいぬ》だった。

「どうした。犬が怖いのか」

「昔から、苦手なんだ」

幼少から、権左にとって犬は迷惑もので、憎たらしい存在だった。母も権左も空腹で死にそうなときに、犬たちは飢えも知らず、のんびり町を闊歩《かつぽ》していた。言葉も喋《しやべ》れない獣が、貧乏人を尻目に、悠々自適にのさばっていた。

「シロよ。この御仁《ごじん》には、あまり近づくな」

伊十郎がぱちんと指を鳴らすと、白犬は数歩離れて座り込んだ。巻き尾をゆっくり振りながら、権左を見上げている。

犬は飼い主に似るらしいが、「シロ」の名で呼ばれた柴犬は、存外整った顔立ちで、凜々《りり》しい顔つきをしていた。全身は羽二重餅《はぶたえもち》のように真っ白でやわらかそうだが、形のよい三角の耳は縁が薄茶色で、中は薄桃色をしていた。まぶたは二重で、眼差《まなざ》しは優しげともいえた。犬を可愛《かわい》らしいかも知れないと権左が思ったのは、きっと初めてだろう。

「伊十郎さんはもしかして犬侍、なの……？」

「ああ、罪深い商売さ。大金を払うって、蓬莱屋に口説かれたもんでね。俺に用心棒を頼むってことは、よほど大事な積み荷でも運ぶのか、それとも、人にはとても言えない悪巧みをしているのか。いや、両方かもな」

本来「犬侍」とは、臆病な侍に対して用いられる蔑称のはずだった。だが、元禄の世ではまったく違う意味合いを持った。

犬は、法によって守られている。

この時代、鍛錬された犬を自在に使いこなす犬侍は、無類の攻撃力を誇った。

悪名高い、かの「生類憐れみの令」を逆手に取った侍たちの戦い方を、卑怯《ひきょう》だと蔑む者もいれば、喝采を送る者もいた。だがいずれにせよ、刀に加えて、天下御免の犬を「武器」として駆使する「犬侍」は、間違いなく当代最強の侍だった。

商船である北前船には通常、侍は乗らない。武器も積まれてはいない。

だが、真の船主が誰なのかも定かでない蓬莱丸には、用心棒が乗る。それは必ず抜群に腕の立つ侍だったが、ついに犬侍まで投入するとは、伊十郎が言うように、今度の航海はよほど重要であるに違いなかった。

「初めて会ったよ、犬侍に」

犬侍は百八の流派に分かれて全国にいるそうだが、闇を生きているから、まともに生きていたら、まず遭遇はしない。

「ろくでもない生業《なりわい》だからな。そのぶん報酬もはずんでもらえるわけさ」

伊十郎は自嘲気味の笑いを口もとに浮かべた。

「ねえ、あの人たちは誰なの。伊十郎さんは、どうして襲われたの」

権左が辺りを見回しながら尋ねた。

「誰かは知らんが、悪い奴《やつ》らじゃないと思うぜ。あいつらだって、俺の素性を知らんだろう」

伊十郎は憐《あわ》れむように目を細めて、襲撃者たちを見やった。

「俺を消したい奴に、心当たりが多すぎてな。俺はとびきり危ない橋だけを選んで渡ってきた、罰当たりな人間だ。もっとも、犬侍っていう怪しげな連中は皆、同じさ」

「じゃあ、とりあえず神主さんに知らせ——」

「なくても、だいじょうぶだ。酔ってはいたが、死なせちゃ悪いと思って、ずいぶん気を使ったんだぜ」

伊十郎は返り血を浴びた羽織を脱ぐと、男たちが横たわるほうへ投げ捨てた。

「ちょうどここは神様がうようよおわす境内だ。面倒を見てくださるだろう。後始末に迷惑をかけるぶん、賽銭も弾んでおいた」

背後で男たちのうめき声がし始めた。急いだほうがいい。

「第一本宮の裏手から出て、湊へ回ろう。案内するよ、おいらたちの蓬莱丸へ」

二人は並んで歩き出した。

伊十郎とは歩幅がずいぶん違う。権左は小走りに駆けた。

二　白柴

出見ノ湊の沖合には、形も大きさもさまざまな北前船が、垣立《かきたつ》をこすり合わせんばかりに並んでいた。海の男たちは夜半から働き出す。神社と違って、湊は人でごった返していた。

「そんな、馬鹿な！」

権左はひと声叫んで、岸辺に向かって駆け出した。

背後に来た伊十郎が物憂げに問うてくる。

「どうした？　海でも干上がったかと、肝を冷やしたぞ」

「いないんだ。蓬莱丸が……」

二千五百石船の蓬莱丸は浜に入れないから、少し沖合に停泊させ、小舟を使って乗降する。どの船よりも大きな蓬莱丸は、逃げも隠れもできない。だが、沖合には見慣れた巨鯨の姿がなかった。

突然、伊十郎が権左の腕を引っ張ると、そのまま人混みに交じって海辺を離れた。

「いったい、どうしたんだよ、伊十郎さん」

「厄介な男を見かけた。同業だ」

伊十郎の顔つきが変わっている。

そっと振り返ると、全身黒っぽいなりの浪人風体の男が見えた。菅笠《すげがさ》のせいで表情はわからない。中背だが、がっしりとした体つきが、近寄りがたい凄《すご》みさえ醸し出している。相当の剣の遣《つか》い手ではないか。男の背後に目を凝らすと、十歩ほど離れて、一匹の大きな黒虎毛《くろとらげ》の犬が突っ立っていた。

　——犬侍だ。

　生類憐れみの令のもとで、犬に縄などは付けられない。犬侍は躾《しつ》けた犬を従え、驚くほど自在に動かせる連中だと聞く。

　男の視界から逃れて浜辺の松林に入ると、伊十郎はあくび混じりで大きく伸びをした。

「ひとまずは安心かもな」

「なんか怖そうな犬侍だったね。……それはそうと、みんな、どこへ行っちまったんだろう、おいらたちを置いていくなんてさ」

　蓬莱丸の水主たちは権左を頼りにして、色々な仕事を言いつけてくる。目端《めはし》の利く便利な炊なしでは、何かと苦労するはずだった。

「蓬莱丸は、櫓《ろ》で動けるのか？」

　櫓走《ろそう》できる北前船もあるが、蓬莱丸は大量の荷を積む大型船で、帆走専用だ。

「いや。でも、夜だって、風は吹いているからね」

「蓬莱丸が奴と関係なければ、助かるんだがな」

「あの黒い侍は、何者なの」

「裏の世界では、『黒虎毛』と呼ばれている謎の犬侍だ。剣の腕も、犬の扱いも一級品でな。奴が動いたのなら、相当大きな山だろう」

犬侍には、用いる犬の特徴で通り名がつけられているらしい。伊十郎は、白い柴犬を使うから「白柴」と呼ばれているそうだ。

「なんか、強そうな犬だったね……」

権左は、一間ほど後ろから従《つ》いてくるシロを振り返りながら、獰猛《どうもう》そうな黒虎毛の犬を思い起こした。

「あれは犬のなかでも、主《あるじ》に最も忠実とされる甲斐犬《かいけん》だ。一代一主といってな、生涯ただひとりの主にしか仕えない。犬侍といってもピンキリだが、奴だけは、敵に回したくないもんだ」

昨年の航海でも幾度か、蓬萊丸は何者かに襲われた。権左には理由もわからない。

「新しい用心棒をすぐに連れて来いって言われたんだけど、蓬萊丸に何かあったのかな」

「船頭のお頭《つむ》のほうは、どうなんだ」

「無口で、よくわからない人だな。でも、知工さんは、ずば抜けて切れる」

三十絡みに見える小柄な男で、どんなにややこしい金の勘定でも、暗算でたちまち答えを出してしまう。怖気《おぞけ》がするほど怜悧《れいり》な男だ。そばにいるだけで、ひんやりとした冷気を感じるのは、権左だけではないらしい。

「おそらく、何か危ないと気付いて、いったん沖へ出たのだろう。しばらく様子を見るしかなさそうだ」

松林を見回すと、大きな岩がある。伊十郎が近寄って腰かけると、権左も隣に座った。

伊十郎は腰に付けていた煙草入れを外して、脇に置いた。

火打金《ひうちがね》を左手に持つと、火打石《ひうちいし》に打ち合わせ、たった一度で火口《ほくち》に種火《たねび》を起こした。いつの間に出したのか、口にはもうキセルをくわえている。慣れた手つきで雁首《がんくび》を火口に近づけると、火縄を使わずに直接、種火から煙草に火をつけた。

煙草を吸う人間を見かけるたび、よくもこれほど手間をかけるものだと、権左は呆《あき》れたものだが、伊十郎の場合、煙をくゆらせるまで、ものの数瞬、実にあざやかな手つきだった。剣豪は皆、こんな調子で煙草に火をつけるのかも知れない。

伊十郎のふかし始めた羅宇《らう》キセルの竹の部分には、昇り龍らしき彫りが施されている。

「珍しい彫り物だね。伊十郎さんは、龍が好きなの？」

「ああ、こいつか。三日にいっぺんは訊《き》かれるよ。何か龍の描いてある物を身に付けていると、落ち着くんだ」

「煙草って、そんなに美味《おい》しいのかな」

質素倹約を旨とする権左は、もちろん煙草などの奢侈《しゃし》品には手を出さない。人生にまったく必要のない物だと断じていた。

「煙草には、二つあるんだ。一つは、慣れ親しんだ連れと飯を食うみたいに、気後れせずに飲み込む煙草。もう一つは、とびきりの美人をそれとなく口説きながら、遠慮がちにふかすような煙草だ。ひと口に煙草と言っても、香りと味わいのどちらを取るかは、人によって違う。これは良い悪いじゃない。俺はこれまで喫《の》まず嫌いがあったが、大いに反省してな。本腰を入れて、何でも幅広く吸ってみようと思い立った。一念発起ってやつさ。俺が蓬萊丸に乗る最大の理由は、行く先々でいろんな煙草が吸えるからさ」

「伊十郎さんが大の煙草好きだってことだけは、よくわかったよ」

権左は大きく伸びをしながら、あくび混じりで続ける。

「あーあ、みんなであれだけ住吉大社で祈願したってのに、出だしから船に乗りそびれるなんて、本当に調子狂うよな」

「俺には、神様の気持ちもわかるがな。人間どもがひっきりなしに現れては、小金とひきかえに、勝手な神頼みを並べ立てていくんだ。名前を覚える気も起こらんだろうさ。おまけに犬公方以下ろくでもない連中が、あちこちにはびこっている世のなかだ。神様も馬鹿馬鹿しくなって、人の世なんて面倒見きれんと、放り出したんだよ」

「そんなことされたら、立つ瀬がないよ。おいらには大望があるんだから」

「人生は煙草と同じだ。火はいつか消える。その間、どれだけ楽しんだか。人生ってのはそれだけの話さ」

伊十郎の捨て鉢な言い草に、権左は少しむきになった。

そんな人生を、権左は生きたくない。どこか投げやりで破滅的な生き方は、伊十郎の口ぶりに似合いだが、本当に当人の望んでいる人生なのだろうか。

「おいらの親父《おやじ》は、そんな生き方はしなかった。ちゃんと大望を持っていた」

「で、その大望とやらは結局、どうなったんだ」

「……おいらが子供のころ、親父は海へ出たまま、戻ってこなかった。だけど、きっと親父も、大好きな海で死ねたんだから、望み通りの人生だったんじゃねえかなぁ」

とはいえ生きていたほうが、いいに決まっている。権左はぐっと唇を噛《か》んだ。

伊十郎は腰にぶら下げたひょうたんに、キセルの先をコツンと当てて、灰の塊を火皿から地にポロリと落とした。

ポンと鈍い音を立ててひょうたんの木栓を抜くと、権左に呑み口を差し出してきた。

「まだ酒は、やらないのか」

「酒なんて、呑むぶんだけ、金がなくなるじゃないか。蓬萊丸に乗っているのも、その辺の北前船の十倍もはずんでもらえるからさ」

「なぜそんなにむきになって、金儲《もう》けに精を出す」

「おいらは金を貯《た》めて船を買うんだ。おいらは日ノ本一の船主になるんだ」

伊十郎はにわかに黙り込んだ。あたりに耳を澄ませている。

妙な雰囲気が、夜明け前の松林の一角を襲い始めた。

「悪いことは言わへん。おとなしゅう、有り金を置いていくんやな」

くぐもった声がすると、十人ばかりの男たちが、あっという間に権左と伊十郎を取り囲んだ。皆、出職《でしょく》のような出《い》で立ちだが、半纏《はんてん》はまとわず筋肉は剝《む》き出しで、無地の地味な股引《ももひき》一丁だ。いずれも、頰かむりをしていて顔つきはわからない。手にはめいめい銛《もり》やら魚突きやら、海の道具を取り揃《そろ》えていた。

権左は懐の石つぶてをぎゅっと握り締めた。が、相手が多すぎる。

浪人のくせに、伊十郎は歌舞伎役者のようにめかしこんでいるから、金持ちだと誤解されても無理はなかった。現に、龍の絵柄の巾着袋は銭で膨らんでいたし、羽振りもよさそうだから、追い剝ぎが眼を付けたわけだ。

伊十郎は手の赤ひょうたんを軽く振ってから、ふた口み口、さもおいしそうに呑んだ。

「おい、聞こえとんのか。酔っぱらいの浪人さんよう」

頭目と思《おぼ》しき男が顔を突き出してすごんだ。まだ若そうな声だ。頰かむりを通して、安酒の酸い匂いがした。

「今の世ん中、犬やったら飯にありつけるけど、人は食っていけへん。北前船でしこたま儲けとる奴らから金品を奪っても、住吉さんは文句言わんやろ」

頬かむりのせいでくぐもってはいるが、少しかすれた声に聞き覚えがあった。

「船が出る時期の出見ノ湊は盗人のたまり場なんや。不用心にもほどがあるわ」

不用心な用心棒か。権左はどこか伊十郎にしっくりくるような気がした。

赤ひょうたん片手の伊十郎は、ひさしぶりに呑み友だちと出会ったように、親しげに語りかけた。

「お前たち、無い頭で落ち着いて考えてみるがいい。煙草もなかった平安の古《いにしえ》から、うまい話なんて、この世にはこれっぽっちもありゃしないんだ。俺は今、大望を抱く若者と人生の理《ことわり》について語り合いながら、機嫌よく呑み直し始めたところさ。異郷の海風に吹かれながら、気持ちよく酔いたいと思ってな。よく聞こえなかったことにしておいてやっから――」

伊十郎は本気で賊たちをなだめようとしているのか、それとも回りくどい啖呵《たんか》を切り始めたのか。いずれにせよ、面倒くさくなったらしく、途中から始まった己れの大あくびを優先したため、話は中途半端に終わった。

権左はいきなり背後から両腕を摑《つか》まれた。

抵抗する間もなく、男たちの太い腕で、宙に吊り上げられる。

暴れようとしても、まるで身動きが取れなかった。

「無い頭くらい、ちゃんと使うとるで。なんぼ強い奴でも、人質を取られたら弱《よわ》あなる。まずは、物騒な腰の物《もん》を渡してもらおか」

伊十郎は微塵《みじん》も動ずる様子を見せない。呑み干すと決めたのか、赤ひょうたんを逆さにして呷《あお》っていた。

「俺は、その元気いっぱいの小僧とまだ半刻《はんとき》ばかりの付き合いだ。助けてやる義理もないが、俺と違って一生懸命に生きている奴は、見捨てられん。酔っていてようわからんが、お前さんたち、その小僧を殺したら、俺はたぶん本気で怒るぜ。もしまだこの世に未練があるのなら、やめておけよ。それより湊でいっしょに呑まんか。こうして会ったのも、何かの縁だ。俺が馳走《ちそう》してやる」

伊十郎は未練がましく、赤ひょうたんから滴り落ちる最後の数滴を、舌を出して受け止めていた。が、ついに諦めたらしく、ゆっくりと木栓を呑み口にはめた。言うことはおしなべてチャランポランだが、いちいち優雅な手つきである。

男たちの下卑《げび》た笑いが聞こえた。

「犬公方の吹き直しのせいで、満足に米も買えへん。世のなか、どうなっとるんや。真面目に働いてた俺たちまで、結局、仕事にあぶれてしもた。元禄の世は強い者《もん》だけが富む。そいつらから金を取って、何が悪い？　俺らには食わせたらなあかん大事な奴らがおるんや。守ったげなあかん人もおるんや」

せめて腕に嚙みつこうとしたが、丸太のように太い腕で締め付けられて、権左は身動きが取れなかった。

「けっこうな人生を送っているようじゃないか。守りたい大事な人間がいるってのは、すこぶるありがたい話さ。お前たちは幸せなんだよ。それなら、己れの身も大切にしたほうがよかろうに」

伊十郎は右手の親指と人差し指で円を作ると、唇に当て、短く鋭い指笛を吹いた。

まもなく、どこからか獣の息づかいがし始めた。

すぐに、次々と男たちの悲鳴が上がった。

締め付けていた腕がはずれると、権左はすばやく伊十郎のそばへ駆け寄った。

取り囲んでいた男たちは、次々としゃがみ込み、足を抱えこんでいる。

役割を果たした白い影を目にした伊十郎は、想《おも》い人でも慈しむように、その背を撫《な》で始めた。

「ご苦労だったな、シロ。いつも、つまらん物を嚙ませて、すまん」

白い柴犬は耳の間を広げて目を細めていたが、やがてしっぽを振りながら、うれしそうに短く吠《ほ》え始めた。

「あかん。こ、こいつ、犬侍や……」

犬に手を出せば、公儀にたてつく羽目となる。わざわざそんな面倒な真似《まね》をするごろつきは少ない。

「お見事や。勝負ありですなぁ」

足を抱えてうずくまる男たちの後ろから現れたのは、太鼓腹を抱えた白髪の小柄な老人だった。松の陰にでも隠れて、成り行きを見守っていたに違いない。だが、どうも面妖な話だ。この老人、なぜ、この場に居合わせたのだ。

「お、おやっさん……」

男たちから情けない声が上がった。

老人がうずくまった男の被《かぶ》りものを取り去ると、見覚えのある坊主頭が現れた。

「庄兵衛さん、どうして……」

権左は、いやいやするように首を振った。

「すまん、権左。このままやったら、たちやが潰れてまうんや。どうしても金が要る。蓬莱丸に乗る奴やったら、余り金を持っとると思《おも》た。酒の勢いを借りたけど、けがはさせんつもりやった……」

頭《こうべ》を垂れた庄兵衛はすっかり観念した様子で、正座した膝の上におとなしく両手を置いている。

元禄の世では、毎年のように物の値が上がった。犬公方、徳川綱吉の吹き直し（改鋳）で、質の悪い「元禄金銀」を世にばら撒《ま》かれ、貨幣の価値が下がったからだ。幕府の財政は潤ったが、そのしわ寄せは下々《しもじも》に来た。

どこにいても、色々な人間の口から、同じ言葉を何度も聞いた。

――仕事がないのも、金がないのも、飯がまずいのも、全部、犬公方のせいだ。

だが、そんな世であっても、着実に財を成す商人がいた。たとえば、無一文から巨富を築きあげた、紀伊國屋文左衛門だ。

老人が伊十郎を正面から見た。

「わしはやっとうの素人やけど、なにごとも商品の真贋《しんがん》と同じ話ですわ。腰つきを見れば、相当の遣い手やて、わかります。犬一匹をうもう使《つこ》うて、だあれも死なせんと、噛み傷だけで事を収めるとは、いやはや、あざやかなお手並みですわ」

小柄な老人は、伊十郎のほうへ歩み寄ってきた。

「蓬莱丸の新しい用心棒でおわしますな。蓬莱さんも、犬侍まで使うとは、とことん追い詰められたんか、それとも、いよいよ本気で攻めに出るつもりなんか。今年の日ノ本は、海のほうからひどう荒れそうですなぁ」

いかにも大人《うし》といった風情の商人で、物腰こそやわらかだが、余裕綽々《よゆうしゃくしゃく》の笑みには、かえって凄みがあった。

伊十郎も老人がひとかどの人物だと気付いたらしく、ゆらりと立ち上がると、軽く会釈をした。

「困ったもんだな。今年も荒れるのか。飲んで心底後悔するような安酒か、枯れ草みたいな煙草しかのんでないから、悪巧みがしたくなるんだろうな」

「そうかも知れまへんな。申し遅れました。わしは、塩問屋などを手がけとります、天野屋儀兵衛《あまのやぎへえ》と申します」

権左は食い入るように老人を見た。

――この小男が、今をときめく大坂の大商人なのか。

赤穂藩の塩の専売でのし上がった天野屋は、今や塩だけではない、名だたる大名貸として、着実に商いの幅を広げ、大坂でも有数の商人となっていた。苗字《みようじ》帯刀も許されている。東西の大富豪、紀伊國屋と鴻池にこそ及ばないまでも、その手堅い商いは、権左が憧れる大商人のひとりだ。

「俺は千日前伊十郎。見てのとおり、ただのしがない犬侍だ」

「ご謙遜を。犬侍といえば、当代最強ともちきりのお侍やおまへんか。ご公儀から雄藩、はたまた商人に至るまで皆、犬侍を欲しがっとりますわ」

「どうかな。いつの世も金が幅を利かせる。犬侍を動かすのも、金だ。結局は、商人に使われているともいえる」

「なるほど。元禄の世を動かすものは畢竟《ひっきょう》、金と犬というわけでっか」

「残念ながら、その通りだよ」

天野屋はぺこりと伊十郎に頭を下げた。

「うちの湊の若い衆が、しでかしてしもたトンマな真似、どうかおゆるしを。実は、日が昇ったら、千日前さまを沖までお連れするように、蓬萊さんから頼まれて、湊でお待ちしとりましたんですわ」

折りよく現れたかと思えば、なるほど天野屋はすぐに伊十郎には声をかけず、お手並み拝見とばかり見物していたわけか。

「おわびの印に、わしの茶屋で、うどんでも馳走いたしまひょか」

「小腹も空《す》いたゆえ、世話になろう。すまんが、シロにも何か食わせてやってもらいたい」

シロはおとなしく、伊十郎の足もとに座っている。

「かしこまりました。ご公儀の手前もありますさかいな」

江戸の西外れの中野《なかの》では「御用屋敷」と呼ばれる巨大な犬小屋が建てられ、万を数える犬たちに、ぜいたくにも米、味噌《みそ》、干鰯《ほしか》が餌として日々与えられていると聞く。

すぐ近くでは、民が空腹に苦しみ、ひもじい思いであわの粥《かゆ》をすすっていても、だ。

伊十郎が懐から例の巾着袋を取り出した。

「お前たちも、朝まだきから犬に噛まれて散々だったろ。少ないが、皆でうまい酒でも呑んで、機嫌を直してくれ」

伊十郎が左手をパチンと鳴らすと、さっと差し出された庄兵衛の両手に小判が落ちた。

「……お侍さん、ええお人やなぁ」

伊十郎はそっぽを向いて、小鬢《こびん》をかいている。

首を振りながら二人のやりとりを眺めていた天野屋が、庄兵衛のたくましい肩に手を置いた。

「大坂の若い衆に元気があらへんかったら、日ノ本が変になるさかいな。お前ら全員、今日からわしが面倒見たる。心を入れ替えて、とことん働け。たちやの件は、わしに任せえ。たちやが手え出してた河内の綿にも、まだまだ商機がある。わしが潰させへん。庄兵衛、お前は今から天野屋の手代や。気張れよ」

庄兵衛たちは目を丸くして、小柄な大商人を見つめている。

頷いた天野屋が踵《きびす》を返すと、伊十郎が権左をかえりみた。

「めでたしめでたしって、わけだ。行くか、権左」

相棒のように声をかけられて、権左は胸を張った。

三　天野屋儀兵衛

北前船が次々と出航してゆくこの時期は、茶屋も大繁盛で、奉公人が交代しながら昼夜開けている店も多い。

天野屋儀兵衛の行く先々で、行き交う町人や海の男たちが頭を下げてくる。これが富の持つ力だ。昔、権左の父が海へ出て行ったのも、富を手に入れるためだった。

出見ノ湊を望む二階の一室で、伊十郎と権左は天野屋と向かい合った。

「今は、何が儲かるんだ」

湊を行き交う人々を眺めながら伊十郎が問うと、天野屋はキセルに刻み煙草をていねいに詰めながら即答した。

「塩ですわ。特に、これからしばらく、赤穂の塩は値がつり上がります」

全国に塩の産地は数多《あまた》あるが、瀬戸内の誇る十州塩田《じっしゅうえんでん》、すなわち赤穂のある播磨《はりまの》国《くに》から始まり、三備《さんび》(備前《びぜん》・備中《びっちゅう》・備後《びんご》)を経て安芸《あき》、周防《すおう》、長門《ながと》の七カ国に、四国の阿波《あわ》、讃岐《さぬき》、伊予《いよ》の三カ国を加えた十州は、干満の差が大きい瀬戸内海を擁し、晴天にも恵まれるため、日ノ本の塩作りの主流をなしていた。なかでも赤穂の塩が、最高とされている。

煙草をひと口吸ってから、天野屋が口を開いた。

四十年ほど前に四百万両（数千億円）近くあった幕府の貯蓄は、もはや底をついた。そのため、将軍綱吉と柳沢吉保は勘定奉行、荻原重秀《おぎわらしげひで》の進言を受けて、金銀改鋳令を出した。いわゆる吹き直しである。新しい通貨は「元禄金銀」と呼ばれたが、古来通用してきた慶長貨幣よりも金銀の含有が少なかったために、品質が下がり、そのぶん物価は高騰した。むろん幕府は改鋳にあたり、金銀の含有量など公開しないが、見た目も白っぽく、重さも違うし、人の口に戸は立てられない。噂は瞬時に広まり、米の値段は倍になった。さすがに大坂を代表する商人ともなれば、裏も表も事情をよくわきまえている。

「今は混ざり物の多い大判小判より、食える米のほうが、よっぽど値打ちがありますわ。もっと言えば、米よりも塩のほうが、勝手がええ。米は放っといたらカビも湧きますけど、塩は保存がききますよって」

「赤穂藩の改易《かいえき》のおかげで、塩が大化けするわけか」

半月ほど前に江戸城松ノ廊下で起こった刃傷沙汰《にんじようざた》と、浅野内匠頭《あさのたくみのかみ》の即日切腹、浅野家改易をめぐる大騒動は、赤穂はもちろん、大坂にも伝わっていた。

大坂でも赤穂事件が、人の口の端《は》に上らぬ日はない。

喧嘩両成敗のはずが、相手の吉良上野介《きらこうずけのすけ》には処分がなかったため、将軍の一方的な処断に対する不満を声高に叫ぶ者もいた。

「赤穂の塩は、家老の大野九郎兵衛《おおのくろべえ》が一代で築き上げたべらぼうな富ですわ。これまで塩作りは、下々の者《もん》を使うても、販路は藩が一手に握ってきよりました。浅野家の改易で、赤穂の塩作りはいったん止まります。誰が次の殿様にならはんのか、わしらは知りまへんが、もし大野さまが外れたら、まともな塩が出回るまで、時が掛かりまっしゃろ」

市場に出回る量が減れば、値が上がるのは当然だ。

「ますます天野屋が儲かるという寸法か」

「さようで。昔から世のなかは不公平にできとりましてな。富はいやというほど一つ所に集まるもんでおます」

天野屋は、自信満々の笑みを浮かべている。言葉遣いこそていねいだが、口調には研いだばかりの出刃包丁を薄紙で包んだだけのような凄みがあった。声だけでなく肌にまで、齢には似合わない艶がある。

「儲けた金で、塩田の払い下げなど受けられれば、海があんたの富を無尽蔵に作ってくれるわけだ」

「ご炯眼《けいがん》ですな。米や麦と違うて、肥やしをやらんでも、塩は育ちます。誰しも塩なしでは生きていけまへん。塩は確実に儲かる商いでおます」

「今の赤穂にだけは行きたくないものだな。人混みは疲れる」

「他藩のきな臭い連中はもちろん、商人も押しかけとりますわ。赤穂藩には、門外不出の特別な塩の製法があると聞きますさかいな。秘伝書でも手に入れた日には、一生、左団扇《ひだりうちわ》で暮らせますよって」

　赤穂藩が秘蔵するという巻物の話は、権左も噂に聞いていた。真偽はともかく、塩の商いで一攫千金《いっかくせんきん》を狙うなら、赤穂の秘伝書を手に入れるのがいちばん手っ取り早い。

「ご公儀もいろいろ裏で手を回しとるでしょう。なにせ、赤穂は今の日ノ本で、一番ややこしい町ですわ。いつ赤穂藩士たちが暴発しても、おかしゅうない。大事な用でもないかぎり、行かんほうが身のためでっしゃろな」

「ご忠告、痛み入る。何事も巻き添えを食うのはごめんだからな」

　――旦那さま。お食事をお持ちいたしました。

　女中が敷居際で膝を突いた。

　二人には温かいうどんが、シロには白米と焼き魚がふるまわれた。

　元禄の世では、犬は人間と同等か、それ以上のものを食べる。権左が物心ついた頃からずっと、犬たちはわが物顔で町を歩いていた。権左の故郷、越前《えちぜん》でも、赤貧のなか病がちの母が寝込んでいる時でさえ、丸々と肥えた犬たちが通りを闊歩していたものだ。権左の犬嫌いは、今に始まった話ではない。

「千日前様は、お公家さんみたいに、優雅なうどんの食べ方をなさいますなぁ」

たしかに、庶民の食べ方とはどこか違う。

隣で権左が窺《うかが》っていると、伊十郎は箸先で二、三本だけ麺をつまみ上げ、するするっとほとんど音を立てずにすすりあげる。すでにそのとき、箸は丼の近くまで下がっていて、残りの麺を軽く支えている。もともと麺の端でなく、真ん中あたりを狙ってつまみ上げていることにも気付いた。動作にまったく無駄がないから、美しく見えるわけか。汁は、茶会で出された茶でもいただくようなしぐさで飲む。

権左も真似をしてみたが、どうもうまくいかない。箸でつまんでいた麺をうっかり器に落とした。汁が派手にとぶ。

伊十郎はとっさに腕をよけたが、袖口には汁がはねていた。

「ごめんなさい」

謝る権左を手で制しながら、伊十郎は取り出した懐紙を当てて、水気をしっかりと落とした。女中に持ってこさせた水と手拭いで、しみを押さえ込んでいる。剣で大立回りをしているときのように真剣な表情だった。

「大事ない。こうしておけば、洗えば落ちる。それより、炊として、このうどんのつゆをどう思う?」

「江戸の人には薄味だろうけど、だしはいいと思うよ。昆布の旨味《うまみ》を逃がしていない。でも、おいらは、蝦夷のいい昆布とかつお節も合わせて使ってる」

大坂には全国から人が集まるから、権左は江戸風味のうどんを食べさせてもらった経験もあった。うどんの汁を、江戸ではつゆと呼び、上方ではだしと呼ぶ。

「そいつは楽しみだな。その勢いなら、うどん屋も繁盛しそうじゃないか」

「そんな気はないよ。おいらの望みは今、日ノ本一の炊だ」

天野屋は別のキセルに刻み煙草を詰めながら、まるで名うての幸若舞《こうわかまい》でも見物するように、うどんの汁を飲み干す伊十郎を面白そうに眺めていた。

「おや、千日前様の召されている帯は、噂に聞く鎌輪《かまわ》ぬ文様ですな」

鎌の絵に、○印と「ぬ」の字の三つで「構わぬ」と読ませる文様で、江戸の町奴《まちやっこ》たちが好んで身に着けている柄らしい。

「貰《もら》い物でな。値は張るまいが、大切な帯だ」

伊十郎は江戸でどのような人生を送ってきたのか。

「一服、いかがでっしゃろ」

天野屋がキセルを差し出すと、伊十郎は会釈して手に取った。

「遠慮なく頂戴しよう。俺は、酒と煙草をやるために生きている罪深い人間でな。もっとも、もう十分に罰は当たったから、神様も当分放っておいてくれるだろう」

「千日前様は、ずいぶん苦労してきなはったようですな」

「あんたは苦労して富を築いたんだろうが、俺は逆だ。すべてを失って、苦労だけを背負い込んだ。楽しみといえば、天下のうまい美酒を呑みあさるくらいだな」

「煙草も、でっしゃろ」

「むろんだ。これは大隅《おおすみ》の国分《こくぶ》だな」

「さすが、ようおわかりで」

「値も張るが、たしかに苦味は一級品だからな」

伊十郎は極楽にでも引っ越したように穏やかな表情で、口と鼻から煙を吐いている。

「あなた様は一昨日《おととい》も、千日寺でひと悶着《もんちゃく》起こされましたな？」

天野屋の問いに、伊十郎は少し口を尖《とが》らせた。

「こわいねえ。天野屋に知らぬことなし、か」

「大坂の人間は耳が早いもんで、えらい評判になっとりますわ。この天野屋儀兵衛、あなた様に惚《ほ》れました」

天野屋は伊十郎に向かって身を乗り出した。

「わしの一番下の娘を娶《めと》る気はありまへんか。器量好《よ》しで、おまけに、金には一生困りまへんで」

「藪《やぶ》から棒に何だ。俺なんかと夫婦《めおと》になった女は、必ず後悔するぜ」

「ほう。女はお嫌いですかな」

「好きだが、金がついて回るのは厄介だ。酒と煙草のほうが、俺には似合っている。気の向いたときだけ俺の相手をしてくれて、何のしがらみもないからな」

伊十郎が天井に向かって、煙を吐き出している。

「急ぎはしまへん。蓬萊屋の航海に首を突っ込まはった以上、じきに、また会うことになりまっしゃろ」

「また、うまい物を馳走してもらえそうだ」

「もっとも、蓬萊丸が無事に航海しとれば、の話ですけどな。海難より怖いもんも、世の中にはいっぱいありますさかい」

天野屋はキセルを置くと、伊十郎と権左をうながした。

「さてと、ぼちぼち日が昇ります。蓬萊丸へご案内する頃おいですわ。よそ者はどうか知りまへんが、天野屋の舟で行く以上、大坂の人間は手を出しまへん」

茶店を出ると、潮風に混じって朝の気配がした。

これから一日の始まる夜明けが、権左は好きだ。

店の前には庄兵衛たちが控えており、伊十郎に向かって神妙に頭を下げていた。

「このお二人を無事に蓬萊丸へお連れせえ。お前らの最初の仕事や」

天野屋が改めて権左を見た。

権左も目をそらさず、しっかりと受け止める。

「お前さんは、わしの若いころによう似とる。あのころは、まだ何も持っとらんのに、世のなかがまるごと手に入りそうな気がしたもんや」

伊十郎はひと晩呑んで騒げば消えるほどの酒代くらいしか、庄兵衛たちに渡せなかった。だが、目の前の大商人は、日々の生活を与えてやれるのだ。やはり武士よりも、商人のほうが一枚上だ。

「蓬莱丸の知工はお前を買っとる。今度の航海も、せいぜい気張りや、権左」

普通の船なら炊《かしき》など誰でもいいだろうが、蓬莱丸は特別の北前船だ。大商人が炊にまで目配りするわけか。もっとも、名を成すような商人は、一度聞いた名前と話を、絶対に忘れないという。

「伊十郎の兄貴。蓬莱丸までは、俺らがしっかり送り届けたるさかいな。小さい舟やけど、大船に乗った気ィでいてくれや」

庄兵衛は勝手に伊十郎の弟分になったらしい。

案内されて天野屋の小舟に乗ると、伊十郎はさっそく煙草入れから、お気に入りのキセルを取り出した。権左が聞いてみると、一日に最低でも三十回くらいは吸わないと、イライラしてくるらしい。

詫《わ》びを兼ねているのか、さっき襲ってきた十人ばかりの連中が、四隻の小舟に分乗して見送りに出ている。

「たちやが、また仕事始めたんか。庄さん、精が出るのう」

海で仕事をしている男たちが、庄兵衛たちに次々と声をかけてくる。

「おお、天野屋のおやっさんに力を貸してもらうんや」

もともと干鰯と〆粕《しめかす》を商っていたたちやのおかみは、海難で夫と子に先立たれてから、庄兵衛のような孤児《みなしご》の親代わりになって、女手ひとつで商売を切り盛りしてきた。真っ正直な商売は薄利ではあったが、庄兵衛以下、手堅い商いを心がけていた。おかみは湊の若い衆が金に困っていれば、貸してやって面倒を見るから、湊で汗を流す男たちは、たいていたちやに恩義があった。干鰯と〆粕がうまくいかなくなってからは、河内の綿にも目を付けて何とか軌道に乗せようとしていた。

権左は、うまそうに煙をふかしている伊十郎の耳元で、ささやいた。

「伊十郎さん、あの婿入りの話を断ったのは失敗だったね。天野屋の末娘といえば、大坂でも指折りの小町なんだぜ」

「そうだったのか。そいつは惜しいことをしたな」

口とは裏腹に、伊十郎はまったく悔しそうな顔をしていない。

「まだ間に合うと思うよ」

「いや、いいさ。俺にも大事な奴がいるんでな。こいつの世話で精いっぱいだ」

腕のなかに抱かれたシロが、くるりとした巻き尾を懸命に振って、伊十郎の顔をペロペロ舐《な》めている。まるで恋女房のようだ。

「犬がよっぽど好きなんだね」

「ああ。犬公方は嫌いだがな。シロ、お前もだろ？」

伊十郎がふざけて煙を吹きかけると、シロは目をしょぼしょぼさせて顔を背けた。

「犬が嫌いな犬侍なんて、いるわけないか」

「そうでもないぜ。犬を武器としか見ていない犬侍もいるからな」

伊十郎は厳しい表情で、遠ざかっていく湊を眺めていた。

「兄貴、用心棒を続けるんやったら、知っといたほうがええ。蓬萊丸には公儀が一枚嚙んでるって噂や。せやなかったら、好き放題、いろんな湊に入れへん」

庄兵衛の言うとおりだった。入港の手続きなどはすべて知工任せだが、昨年の蓬萊丸は、思うがままに航行をしていた。

もっとも、公儀といっても一枚岩ではない。表面上は犬公方を頂点にまとまっているように見えても、内部では熾烈《しれつ》な権力争いが繰り広げられているのだろう。

「兄貴、あんた、相当わけありみたいやな。何かぎょうさん追ってきおったで」

「どうした？　犬公方が手勢を引き連れてぞろぞろ上方までやってきたのか」

「ちゃう。もっと腕の立ちそうな連中や。湊を出てから、ずっとつけられとる」

権左が振り返ると、明けやらぬ空の下、木の葉のように浮かぶ小舟の群れの中に、得物《えもの》を持った侍風の男たちの乗る舟があった。明らかにこの舟を追っている。もしかすると、住吉大社で伊十郎を襲った者たちか。

「俺のお気に入りのキセルを奪いに来たんだろう。江戸の上物だからな」

庄兵衛は丸太のような腕で櫓を漕《こ》ぎながら尋ねる。

「兄貴、ほかに心当たりはないんか」

伊十郎は慣れた口調で、煙を吐きながら応じた。

「残念ながらたっぷりある。この前、眠れん夜に数えてみたら、全部で百八つあった」

「除夜の鐘かいな」

「庄兵衛、煩悩の数がなぜ百八か知ってるか？　俺たちは人生で四苦八苦するだろ。四九が三十六に、八九が七十二。足して百八ってわけだ」

「ほんまかいな」

伊十郎はふざけているが、追っ手は蓬莱丸の用心棒になったこととも、無縁ではないはずだ。

「よおし、この場は俺らが守ったる。みんな、たちやの庄兵衛や！　頼む、手ぇ貸してくれ」

庄兵衛が四方八方に大声を飛ばすと、海の男たちがいっせいに応じた。

「たちやを助けたらんかい」

とつぜん、大坂の海に浮いていた何隻もの小舟がまるでひとつの生き物になったように、見る見るまとまって動き始めた。

「いくで、みんな!」

庄兵衛の小舟が一気に前へ躍り出る。

「おらよ」

その後ろへ、追っ手の航路を塞ぐように周囲の小舟が殺到した。

たちまち海には、舟が作る障壁が次々と現れた。通せんぼをするわけだ。

地団駄を踏んで叫ぶ侍どもの声が、風に乗って聞こえてくる。

「みんな、恩に着るで」

やがて権左たちを乗せた舟は沖合へ出た。

「あの、やけにでかい船が、蓬莱丸ってわけか」

大きな北前船が、小ぶりの島のようにどっしりと構えている。

「あれが日ノ本最大、二千五百石の弁財船《べざいせん》。おいらたちの蓬莱丸さ」

権左はわが事のように胸を張った。

二人が開《かい》ノ口《くち》（船の矢倉に設けられた出入り口）から蓬莱丸に乗り込むと、庄兵衛が別れの合図に片手を上げた。

「もともと天野屋のおやっさんは、蓬莱さんとはわけありの仲や。手ぇ組むって決めたんやったら、覚悟したはるやろ。兄貴の指図で動く阿呆《あほ》どもが大坂におるってことを、頭の隅に入れといてくれ」

「わかった。皆に、蝦夷の土産くらいは買ってくるさ」

「じゃあな、兄貴、権左。急いでくれ」

「出航するぞ」

蓬莱丸の船頭らしき男の野太い声が、海上に響いた。

ただちに四爪碇《よつめいかり》が上げられ、蓬莱丸は動き出した。

潮風に帆のはためく音が心地いい。

浜へ戻る庄兵衛たちの小舟が、朝の光を帯び始めた波間に小さくなってゆく。

――いよいよ出航だ。

これから、秋までかかる長い航海が始まるのだ。

「すこぶる順調な滑り出しじゃないか、権左」

「本気で言ってるの？　まったく、今年は波乱の船出だったよ」

「この程度で済めば、儲けものさ。俺の人生は、百難去ってまた一難の繰り返しだからな」

「伊十郎さんって、生まれつき運が悪いんだね」

「いや、百難に遭っても生き残っているんだぜ。たぶん運がいいのさ」

伊十郎は遠くを見るような目をしていたが、やがて視線を下げ、「なあ、お前もそう思うだろ」と愛《いと》おしそうにシロのあごの下を撫でた。

シロが眼を細めて、くうんと鳴いた。

四　知工

「あんたが、白柴か」

やや高いが厚みのある声に権左が振り返ると、丸顔にギラギラした目の小太りの小男が立っていた。蓬莱丸の知工《ちく》である。

黒々とした口ひげとあごひげは、犬の毛並みのようにも見えた。世には年齢のわからない男がいるもので、おそらくは三十代だろうが、二十代といわれても、五十代といわれても納得できる顔だった。この男はいかなる無駄口も叩《たた》かず、誰に対しても仕事以外の話を一切しないから、素性は誰も知らなかった。本当に商人なのか、船に乗る目的は金儲けだけなのか、何もかもが謎に包まれた男だった。

どの北前船でも、船頭の下で航海を取り仕切るのは「表《おもて》」（航海士）だが、かんじんの商売を含めて、諸事万端を取り扱う責任者が「知工」である。

船頭の手足となって、蓬莱丸を実際に動かしている人間は、この得体の知れない小男だった。己れの抱く野心が、全身の毛穴からほとばしってしまうのを、毛深く太い剛毛が必死で抑えているようにさえ思える。

「知工さん。この人が千日前伊十郎さんだよ。剣の腕は抜群で、犬も――」

「この私が、蓬莱丸の仕事を、役立たずの犬侍などに頼むとでも思うのか。天下六犬士の一人にして、龍王剣の遣い手。『音無《おとな》しの秘太刀』と怖《おそ》れられる必殺剣を持つとも聞く」

犬侍たちは素性を隠して裏の世界を生きる者たちだが、それでも「通り名」で知られた六人の犬侍は「六犬士」と呼ばれた。伊十郎はその一人なのだ。権左には、流派や秘太刀の意味もわからないが、伊十郎は相当の剣豪らしい。

シロはといえば、動きを潜め、三角の耳を立てて、睨《にら》むように知工を見つめていた。明らかに警戒している様子だ。

「あんたたちが何者かは知らんが、約束どおりの金と、三度のうまい飯を俺とシロに食わせてくれるなら、俺たちがこの船を守ってやる」

「必要な約束なら、商人はすべて守るものだ」

「ちなみに、必要でない約束は、どうなるんだ」

「不要な約束など、最初からしない」

「なるほど。その言い回し、今度どこかで使わせてもらおう」

「好きにしろ」

伊十郎が微笑《ほほえ》みかけても、知工は挑むような顔つきで見上げている。

二人は、値踏みするように互いを見つめ合っていた。長短の体格も対照的だが、性格も水と油のように違う。

「船頭からの指図は、すべて私を通して出される。あんたは万事、私に言われたとおりに動けばいい。何か聞きたいことでも、あるか」

「この船の目的を知っておいたほうが、何かと――」

知工は眼力だけで言葉をさえぎった。

「この船の行き先は、おそらく箱館《はこだて》か小樽《おたる》だ。途中、いくつも湊に寄る」

「北前船とはだいたい、そういう船じゃなかったか」

「内にも外にも、儲けになる新しい品を探す航海だと言ってある。あんたも、それ以上を知る必要はない。指図の理由は知ろうとするな。知ってしまったことは口外するな。これは、命令であると同時に、警告だ。あんたが大過なく航海を終えて、蓬莱丸で大坂へ無事に生きて戻るためのな」

「承知した。仕事で依頼主を後悔させたことは、一度しかない。さっそく最初の指図を聞いておこうか」

伊十郎にも失敗があったわけか。

権左は強い関心を抱いたが、知工は聞き流して続けた。

「じきに兵庫《ひょうご》ノ津《つ》に着く。権左と二人で、船から降りろ」

「せっかく乗ったってのに、もう降りるのか」

伊十郎の問い返しを無視して、知工は続けた。

「そのまま陸路、赤穂へ入れ。陸が難しければ、別の船を使え」

やはり蓬萊屋も、今の日ノ本でいちばんきな臭い町に用事があるわけか。

「よりによって赤穂か。入るのはいいけど、何をするのさ」

権左に向かって知工は狼《おおかみ》を思わせる鋭い目をぎらつかせた。白目には、稲妻のような血管が走っている。

「赤穂で、次席家老の大野九郎兵衛から、最高の塩を仕入れてこい。金は払ってある。蓬萊屋の鑑札で、城の中へも出入りできる」

平時なら、しごく簡単だったろう。だが今の赤穂では、天と地がひっくり返っている。何が起こるか、知れたものではなかった。

「なぜ、おいらたちだけで――」

「お前の耳は、ただの穴か？　理由は問うなと言ったはずだ。蓬莱丸は、四月十三日に赤穂へ入る。それまでに段取りをつけておけ。塩が手に入らなかったら、お前はもう、この船には乗らなくていい」

「知工さん、それって……」

「クビだ。他の船に乗るがいい」

「で、知工さんよ。俺は何をすればいいんだ」

すでに知工は踵を返していたが、首だけで振り返って、伊十郎を睨んだ。

「あんたの仕事は何だ？　用心棒だろう。蓬莱丸の炊を守れ。赤穂という鍋は今、日ノ本でいちばんぐつぐつ煮立っているからな」

「物騒な町は、金の匂いがプンプンするわけか」

伊十郎の言葉を背中で受け流しながら、これから戦にでも出向くような荒々しい足取りで知工が去った後、伊十郎は思い出したように、キセルを手にした。

「話をしながら、俺が煙草を吸いそびれるなんて、めったにない話さ。お前が言うように、あの知工はただ者じゃなさそうだ」

さしもの伊十郎も、知工にはすっかり気圧《けお》されたらしい。

「蓬莱丸には、訳ありの連中しか乗っていないけど、中でも船頭さんと知工さんは謎なんだ。おいらたちにも、何者かまったくわからない」

「そんな奴らに、わが身を預けるわけか」

「信じなきゃ、蓬莱丸には乗れないよ。嫌なら、乗らなきゃいいだけさ」

「謎だらけの船か。こう退屈じゃかなわねえ。面白そうじゃないか」

「あれだけ大立ち回りをしておきながら、天邪鬼な人だな。でも、蓬莱丸で、一つだけはっきりしていることがあるんだ。伊十郎さんもそうだけど、この船には、その道で第一等の人間しか乗っていない。おいらだって、そのつもりさ。おいらはまず、日ノ本一の炊になってみせる」

匂いの強い潮風に、蓬莱丸の巨帆が心地よくはためく音がした。帆にムシロではなく、値の張る木綿をわざわざ使っている大型船は、蓬莱丸くらいだろう。

船はすでに出見ノ湊を遠く離れていた。

おだやかな波のうえを、船は鳥のように進んでゆく。空荷だから、速い。右岸の陸《おか》では山が笑っていた。

「ときに、兵庫ノ津までは、どれくらいかかる」

「今日の風の調子なら、一刻（約二時間）と少しで着くはずだよ」

「それなら、ひと寝入りさせてもらおうか。着いたら起こしてくれ」

「合点承知した。おいらも仕事しないと」

水主たちは皆、気忙《きぜわ》しく働いている。同乗の水主たちを伊十郎に紹介するのは、いずれ落ち着いてからだ。

「暇なのは、俺たちだけらしいな。シロ、ひと寝入りしようぜ」

だが、シロは伊十郎の手招きにも応じず、うれしそうに甲板を駆け回っていた。

第二章　昼行燈と夏火鉢

一　塩の国

晴れた日の瀬戸内海の色は、おおよそ緑と青からできている。

色鮮やかな海の手前には、だだっ広い白の塩原が広がっていた。「十州塩田」と呼ばれる大規模な製塩地帯を持つ瀬戸内では似た景色もあるが、赤穂が最大で、日ノ本でも有数の奇観だ。

二人はこの日、元禄十四年（一七〇一）四月六日の朝、陸路で赤穂に入った。

「白い田圃《たんぼ》、いや、雪野原かな」

赤穂藩の塩田を前に、伊十郎が権左の隣で、満足そうにキセルを吹かせている。

「空気がいいと、煙も旨《うま》くなる。少しばかり塩の風味が混じっているがな」

塩田を見たいという伊十郎のたっての望みで、赤穂城に入る前に立ち寄ったのだが、粘りつくような潮風に晒《さら》されていると、まるで眼《め》の中に塩でも入ったように、痛みを感じる。

「この景色を拝めただけで、蓬莱丸の用心棒になった甲斐《かい》があったってもんだな。江戸の呑《の》み屋で会った赤穂藩士がしきりに自慢していた気持ちがわかったよ」

赤穂が誇る大塩田の手前には、釜屋や石炭納屋、鹹水《かんすい》槽、さらには塩納屋が立ち並んでいる。入浜《いりはま》式といわれる製塩は、干満の潮位差を利用して浜溝《はまみぞ》に海水を入れ、天日干しした表砂を沼井《ぬい》に集めて、だんだん濃くしていった塩水を、塩釜に送って煮詰める作業だ。赤穂は全国の塩の十分の一近くを生産するといい、広大な白い塩田には、大きな製塩施設を幾つも抱えている。

もちろん許可なしには入れない。浜は柵で囲われており、唯一の出入り口には、門番が四人も立っていた。うち一人は権左の顔見知りで、六郎兵衛《ろくろべえ》という冴《さ》えない小役人だった。

「面倒くさいお役人も、元気に頑張っているみたいだ」

六郎兵衛は、伊十郎と同じくらいの長身だが、今夜にも飢え死にしそうなほどの痩せぎすで、首もひどく細いために、まるでろくろ首の見本のような中年男で、現にそう綽名《あだな》されていた。昨年、蓬莱屋が塩を受け取った時も、余分な塩はただの一粒も渡すまいと思い定めたかのごとく、やることなすことが細かかった。「難儀じゃな」が口癖で、口うるさい。それでも大野九郎兵衛の下では厚い信頼を得ており、製塩については一家言も、二家言もあるらしかった。

だが、赤穂藩の改易《かいえき》を受けてろくろ首はどうするのだろう。おそらく塩以外の仕事では生きていけそうにない小役人だった。

「お、小舟が来たぞ」

子供が檻《おり》の中の珍しい動物でも見るように、伊十郎は柵の中に頭を突き入れている。

「上荷舟《うわにぶね》だよ。塩俵を船まで運ぶんだ」

「船に乗ってる時より潮の匂いが強いのは、塩を作ってるからだな」

伊十郎はまぶたを閉じて、高い鼻をクンクンさせている。

権左は、唸《うな》りながらしきりに頷《うなず》いている伊十郎の袖口を引っ張った。

「そろそろ、行こうよ、伊十郎さん」

「待て。赤穂で大事をなすには、もっと塩のことを知らねばならん」

「大げさだな。買った塩を受け取るだけだよ」

権左は、煙草《たばこ》入れをごそごそし始めた伊十郎の手を止めた。

「伊十郎さんはおいらの用心棒だろ。さ、行くよ」

赤穂藩の次席家老、大野九郎兵衛は、赤穂の塩を一手に預かり、「塩奉行」と呼ばれている。

その屋敷は意外に質素だが、手入れは行き届いていた。庭も清潔に掃き清められ、雑草一本見当たらない。庭の奥に建ち並ぶ蔵を見れば、塩が赤穂の台所をいかに潤沢にしてきたかは、おおよそ想像がついた。

権左が改めて家人に蓬莱屋の用向きを伝えて、小書院へ戻ったときには、部屋から伊十郎の姿が消えていた。

あわてて探すと、何やら犬たちのうれしそうに吠《ほ》える声が、庭から聞こえてきた。

「伊十郎さん！　そんな所で、いったい何をやっているんだよ」

たしかに長らく待たされてはいた。退屈する気持ちはわかるが、傍若無人にもほどがある。

藍色の羽織袴《はおりはかま》の六犬士のひとりはうつ伏せになって、二匹の犬と楽しそうに戯れていた。一匹はシロだが、もう一匹、あごの下を撫《な》でられて喜んでいるのは、薄汚れた赤いぶちの獰猛《どうもう》そうな大犬だった。塩田を見物した伊十郎と権左が塩田から城へ向かうときに出会った犬で、いっしょに大野屋敷までついてきてしまったのである。本来なら非礼にあたるが、元禄の世だから、大野家の家人たちも、迷惑そうな顔をしただけで、犬を邪険に追い払ったりはしなかった。

「知らないのか、権左。犬は毎日、遊んでやらないといけないんだ。犬侍なら、みんなやっているさ」

本当にあの怖そうな黒虎毛の犬侍も、犬と遊んでいるのだろうか。権左の見るかぎり、暇を持て余した伊十郎のほうが、犬たちに遊んでもらっているようにしか思えない。

「そうだ、お前たち。千日寺の門前で買った、俺のとっておきの羊羹《ようかん》でも、いっしょに食うか？」

伊十郎は懐から竹皮の包みを出すと、慣れた手つきで平べったい羊羹を取り出した。いつも持ち歩いているのだろうか。

呆《あき》れて権左が天を仰いでいると、

「おい、待てよ。俺も食うんだぞ。お前たちに全部やるなんて、いつ言った」

伊十郎が犬を相手に、でれでれした声音で文句を言った。

二匹の犬はといえば、うれしそうにしっぽを振りながら、伊十郎の顔をペロペロ舐《な》めている。

「ちっ、まあいい。また赤穂で買うさ。で、うまかったのかよ。ん？　どうだったんだ。何だと！　そんなにうまいのか」

大喜びした犬たちが、伊十郎の顔に左右から鼻先をこすりつけ始めたとき、渡り廊下の向こうから、女の声が聞こえてきた。

まもなく現れたのは、島田髷《しまだまげ》に落ち着いた飴《あめ》色の小袖姿の女性《にょしょう》であった。着衣にはしわひとつ、頭には乱れ髪ひとつ、ない。齢《とし》のころは三十半ばだろうか、凛《りん》とした威厳がある。明らかに身分の高い武家の内室《ないしつ》か何かだ。若い侍女をひとり、引き連れている。

女性二人は、渡り廊下の途中で、止まるべくして立ち止まった。

二人は少なからず呆気《あっけ》にとられた様子で、目と鼻の先で二匹の犬と戯れる浪人体の侍を、穴の開くほど見つめていた。

権左はひとまず、他人のふりをしようと決めた。

「りくさま、もしやあの赤いぶち犬は、誰にもなつかない難儀な……」

「そなたが『安兵衛《やすべえ》』と名付けた、あの厄介者に間違いないでしょう。驚きましたね。あの犬を手なずけてしまうとは」

人声に気付いた伊十郎は、おもむろに顔を上げたが、犬たちはますます図に乗って、伊十郎の顔を舐め続けている。

バツが悪くなったのか、伊十郎は半身を起こして、りくと呼ばれた女性と侍女に苦笑いしながら会釈した。あぐらをかいて、飛びついてきた二匹の犬を抱きかかえている。

まるで様にならない格好なのに、どこか奥ゆかしささえ感じさせるから、不思議だ。ちらりと見ると、大きな敷石の上には、ちゃんと風呂敷が敷かれていた。お気に入りの衣服が汚れないように、気を払って寝そべっていたわけだ。伊十郎は藍色が好みらしく、行李《こうり》にも色々な濃淡の藍色の羽織袴を揃《そろ》えているらしい。

「拭く物を差し上げなさい」

懐から手ぬぐいを取り出した侍女は、廊下にしゃがんで庭に手を伸ばし、

「どうぞお使いくださいまし」

と、伊十郎に差し出した。

伊十郎の腕の中にいる獰猛な大犬が怖いのであろう、侍女の腰が引けている。

「おお、これはありがとう存ずる。お優しい女性がただ」

手ぬぐいを受け取った伊十郎の次なる行動に、りくたちは思わず高い声を上げて驚いた。権左も同様だ。

何と、伊十郎は手ぬぐいで、己れではなく、羊羹で汚れた犬たちの口の周りを拭いてやったのである。

りくと呼ばれた女性が、ついと前へ進み出た。

「あなたさまは、赤穂へ何用でお越しになりましたか」

「仕事で、塩を求めにやって参り申した。ついでに、すっきりした後味の酒、苦みの利いた煙草に、甘すぎない羊羹も手に入れられたら、申し分ない」

伊十郎の人懐っこい笑みにつられたのか、りくもいつのまにか微笑《ほほえ》みを浮かべている。

「赤穂では、新しく焼塩を使った煉《ね》り羊羹が試みられています。わたしの家の者は気に入っていますが、お口に合うとよいですね」

うだつの上がらぬ商人が、耳寄りの儲《もう》け話を聞きつけでもしたように、伊十郎は慌てて身を乗り出した。

「赤穂の塩と羊羹の取り合わせは悪くないはずだ。寒天をどれほど使うておるか、ご存じか。使いすぎぬほうが俺の口に合う」

返答次第では刀さえ抜きかねないほど真剣な伊十郎の顔つきに、りくは袖口を口元に当てて笑い、

「そこまではわたしも存じませぬ。店によって違うでしょうから、色々試してみられませ」

と応じたが、ほどなく厳しい表情に戻った。

「他国の方にとって、今の赤穂はいささか過ごしにくい場所です。羊羹を買い求めるのも、普段のようには参りますまい。もしも何か困ったことがあったら、大石《おおいし》屋敷をお訪ねなさい。大石内蔵助《くらのすけ》といえば、あだ名は昼行燈《ひるあんどん》。城下の評判は芳しくありませぬが、人は、日が暮れてから、行燈のありがたみを知るものです」

りくが伊十郎を正面から見すえると、場がピンと張り詰めた。

「さて、大野さまのもとへ参りましょうか」

りくが侍女を従えて、廊下を渡っていった。


「実に、いい女だったな」

二人の女性が去った後、庭から上がった伊十郎は先ほど来、富籤《とみくじ》にでも当たったような顔つきで、同じ言葉を繰り返している。

「何度も聞いたよ。だけど伊十郎さんは、女の人なんかより、塩羊羹のほうがよっぽど気になるんじゃないの？」

「子供が何を申すか」

「おいらはもう、童《わらべ》じゃない」

権左は口を尖《とが》らせた。子供扱いされるのが一番嫌いだ。

「だが、お前はまだ、女性の何たるかを知るまい」

「そういう伊十郎さんは、ちゃんと知ってるのかい？　酒と煙草と羊羹には、やけに詳しそうだけどさ」

伊十郎は女嫌いではないようだが、先ほどのりくたちとのやりとりを見ても、奥手に見えた。

「女性が、男なんぞとはまるで違う、不可思議なる生き物だということは、わかっているつもりだ」

伊十郎はとびきりの名言でも吐いたような顔をして腕を組み、うんうん頷いている。

「なんだ。結局、わかってないんじゃないか」

「一人ひとり、出会ってから、わかっていくのさ。たとえば、あのりく殿だ。武家の女子《おなご》は、あのような齢の取り方をしてもらいたいものだ」

「おいらに言われてもよくわからないけど、もしかして伊十郎さん、あの人に惚《ほ》れちやったの？　奥方だよ。それも、筆頭家老の」

「心配するな。俺のさかりの時期はもう終わったんだ」

「伊十郎さんって、老けて見えるけど、まだ三十くらいだろ？」

「そうだったかな。そういえば近ごろ、齢を数えていない」

「あの世も近そうだ」

権左が憎まれ口を叩《たた》いてやると、伊十郎が苦笑しながら器用にあくびをした。

大野屋敷は、赤穂城三ノ丸の西はずれにあって、潮風をじかに感じられるほど海に近かった。書院からは海の色の変化まで、よくわかる。「塩屋口門《しおやぐち》」と呼ばれる西門を出ると、すぐに大沼があり、伊十郎と見た塩浜が広がっていた。塩奉行だけに、塩田に最も近い屋敷に住んでいるわけだ。

改めて用向きを伝えてから、すでに二刻《ふたとき》（約四時間）は経《た》っただろうか。

無作法など気にもとめず、心地よさそうに寝息を立てていた伊十郎が、ついに本格的ないびきを立て始めると、権左は藍染めの袖口を引っ張った。

「本気で寝ないでよ、伊十郎さん」

念入りに掃き清められた庭ごしに吹く、潮の香りを含んだ心地よい初夏の夕風は、眠りを誘うには十分だったらしい。ちなみに二匹の犬も、西陽《にしび》を浴びながら、庭でまどろんでいる。みんな、のんきなものだ。

「眠い時にはしっかり寝ておいたほうが、いざという時に、役に立つもんだ」

腕組みをしたまま壁にもたれ、ふたたびまどろもうとする犬侍の袖口を、権左はさらに引っ張った。

「ご家老にお会いするのに、居眠りはうまくないよ」

権左がしつこく体を揺すると、ついに観念したのか、伊十郎は両手を伸ばし、大口を開けてあくびをした。

「家老なんて、家柄だけで務める閑職さ。切れるやつもいれば、馬鹿もいる。藩や下々《しもじも》にしてみりゃ、くじ引きみたいなもんだな。それに、これだけ待たせておいて、無礼も何もないだろう」

伊十郎は愚痴を並べながら、根付《ねつけ》から提げていた煙草入れを取り出した。この男は煙草を吸っているか、酒を呑んでいるか、犬と戯れているか、眠っているか、一日じゅう、そのどれかしか、しないのかも知れない。

「家老が商人を待たせるのに、理由なんて別にいらないよ」

「俺は誰に仕えるでもない、天下の素浪人だ。相手が家老だろうと、藩主だろうと、物乞いだろうと同格、対等さ」

たしかに伊十郎という男は、相手が権左のような若い炊《かしき》でも、大富豪でも、追い剝ぎでも、水主《かこ》でも、はたまた犬でも、変わりない態度で接した。きっと将軍に対しても、同じように接するに違いない。いや、伊十郎なら、会うなり犬公方の鼻っ柱を殴りつけてしまいそうだ。

姫路を経て、昨日は有年《うね》の旅籠《はたご》に泊まったが、夜中に何度も伊十郎のいびきで起こされたくらいだから、しっかり睡眠は取っているはずだった。伊十郎のように鼻梁《びりょう》が高いと、いびきも喧《やかま》しくなるのだろうか。

赤穂ノ湊《みなと》には大小さまざまな商船が浮かび、城下はいくつもの方言が入り交じる人混みだった。蓬莱丸の中棚にぎっしりと塩俵を詰め込んだ時のように、ごった返している。人々の気が立っているのか、どこもかしこも怒号が飛び交い、火打石でわずかな火花を散らすだけで、大火事にでもなりそうなくらい、騒然としていた。

大野屋敷を訪ねたのは昼前だ。塵《ちり》ひとつ落ちていない小ぎれいな小書院で、権左たちはかれこれ三刻（約六時間）は待たされた勘定になる。

「退屈でたまらんな」

伊十郎といえども、さすがに酒を呑むわけにはいかず、煙草にも飽きたらしい。もっとも、お気楽な伊十郎は途中、また塩田を見に外へ出たり、犬と遊んだりと、好き放題やっていた。煙草を買いに町へ繰り出し、あるいは散歩に出て、戻れば寝ていたから、ぜんぜん退屈していないはずだ。

「それにしても、実質八万石ともいわれる中藩の次席家老の屋敷にしては、やけにみすぼらしいな」

伊十郎は改めて部屋を見回しながら、あくび混じりで遠慮なく感想を口にする。よく掃除されていて清潔だが、たしかに屋敷の中はあちこちがいたんでいた。

「大野様はケチで有名なんだ。夜な夜な塩納屋に入り浸って、塩の粒まで勘定してるって話さ。塩俵から漏れた塩は、ぜんぶきれいにすくい取って、私腹を肥やすらしいよ」

塩のことしか頭にない「塩の亡者《もうじや》」だと陰口を叩かれていると知って、九郎兵衛はむしろ喜んだという噂《うわさ》さえあった。

昨年の今ごろは、いたって平穏無事な赤穂に寄港して、知工《ちく》とともに大野屋敷を訪ね、九郎兵衛から恩着せがましく塩を売ってもらったものだ。長きにわたる航海中、権左は炊事に精を出すが、寄港すれば、陸でさまざまな用事を言いつけられた。普通の北前船の炊《かしき》は、ずっと船で炊事と雑用ばかりさせられて下船できないとも聞くが、権左の場合は蓬莱屋で、いわば商人の見習いをさせてもらっていた。

「民の血税を平気で無駄遣いする迷惑な奴《やつ》より、ケチな小役人のほうが、まだしも俺は好きだよ」

「会ってみればわかるけど、大野様のケチは半端じゃないよ。何しろ会うだけでも商人は金を払わなきゃいけないんだ。それでお茶の一杯も出るわけじゃないし」

「犬公方にも見習わせたいもんだ。犬だの、能だのにかける無駄遣いをやめれば、これほど民を苦しめずとも済むだろうにな」

異様なまでに犬を愛するこの国の支配者を忌み嫌う人間は、いくらでもいた。他方で、わずかでも褒める人間に、権左は会った覚えがない。時と場所を選びはするが、この時代、犬公方に対する陰口は、時候の挨拶とそれほど変わりなかった。

「伊十郎さんは知らないだろうけど、赤穂藩は気の毒な藩なんだ。何しろ藩を引っ張るべき二人の家老につけられたあだ名が、昼行燈と夏火鉢だからね。筆頭家老の大石様は、さっきりくさんが言っていたけど、昼間に灯《とも》っている行燈と同じで、役に立たない。次席家老の大野様は、さらにひどい。暑い夏に火鉢なんて、迷惑なだけだからね。武士が商人の真似事《まねごと》をして、のどかに塩を売っているだけならまだ良かったけど、この大変な時に、能無しの二人が家老じゃね……」

「行燈も火鉢も、必要なときには、なきゃ困る物なんだがな」

伊十郎はキセルをくわえながら立ち上がると、目を細めて庭奥の蔵を眺めた。大沼に面する屋敷の塀沿いに建てられた白壁の蔵は、整然と五つ並んでいる。

「あの蔵はまだ新しいな。建って十年くらいか」

「しこたま溜《た》め込んだ財宝を隠しておく場所が、なくなったんじゃないのかい」

権左は大野九郎兵衛という人間を、どうしても好きになれなかった。

大野は商人ではない。商才を買われ、家老にまで上り詰めた武士である。赤穂藩の次席家老がどれだけ偉かろうと、大坂で出会った天野屋儀兵衛のごとき大商人の金の使い方に比べれば、なんと小粒な男だろう。

「改易になっちまったとはいえ、取引先のご家老に向かって、お前もずいぶん手厳しいじゃないか」

「塩は出し渋る、値は吊《つ》り上げる、裏金は無理強いしてくる。大野様をよく言う人間なんて、一人もいないよ。己れのことしか考えちゃいない。犬公方と同じさ」

「なるほど。言っておくが、俺は飾りでここに座っているだけだからな。夏火鉢とは、お前が交渉しろよ」

「わかってるよ。商いは侍の領分じゃない、商人がやるものさ。と言っても、支払いは済ませてあるし、本来なら、受け取って船に積み込むだけの話だ。もったいぶってはいたけど、去年は何事もなく引き渡してくれた」

赤穂の塩は日ノ本の最高級とされ、常に品薄である。そのため「冬買《ふゆがい》」といって、翌春の寄港の際、確実に入手できるよう、前年の冬に代金を前払いしておくのが習いだ。

赤穂の製塩は、やり手の大野九郎兵衛の独擅場《どくせんじょう》で、極秘とされる特別な製法ごと藩が一手に握っているため、「最上等の塩を売ってやっているのだ」とでも言わんばかりに、お高くとまっていた。

変動はあっても、ふつう塩はおおよそ米の半値だが、九郎兵衛は逆に、赤穂の塩を、時に米よりも高く、法外とも言える値で売った。おまけに九郎兵衛はびた一文まけない。蓬莱屋は昨年も大量に購入したが、いい顔ひとつしなかった。知工が今回、権左のような半人前に塩の受け取りを命じたのは、九郎兵衛の欲深な顔を、見るのも嫌だったせいかも知れない。

「赤穂では今、正真正銘、大山が鳴動している。塩どころの話じゃないだろうさ」

大野屋敷を人がひっきりなしに出入りしている様子は、時おり聞こえるざわめきや怒鳴り声でわかった。

権左は他人《ひと》ごとのような、あくび混じりの伊十郎の応答が腹立たしかった。

「そんなことはわかってるよ。でも、塩を売りそびれたら、そのままご公儀に持って行かれちまうし、売り渋るわけはないんだ」

実際、城へ入るまでに商人を多数見かけた。赤穂藩の船、城の台所道具や、矢倉にあった具足、馬具、弓、槍《やり》から鉄砲、大筒までが売りに出され、火事場泥棒よろしく商人が赤穂の城下に殺到していた。

「だが、金はもう払ってしまったわけだ」

「ただじゃ、もちろん渡してくれないさ。だから、蓬莱丸が入り次第、大野様には裏金を渡す算段だよ。知工さんから、了解も取ってあるんだ」

「手回しがいいねえ。だが、甘くはないか？　浅野家の再興を見越せば、塩が蔵にたんまり残っていても、別に構わないさ。再興が成らなくても、大野九郎兵衛ほど、あくどく塩を作ってさばける奴はいないんだろう？　だったら、次に赤穂へやってくる大名にとっても、便利な男だ。そのまま召し抱えて使ったほうが、話は早い。塩を欲しがる商人に対して、塩奉行が下手に出る必要はないはずだ」

たしかに大野九郎兵衛なら、うまく立ち回って保身を図りかねなかった。

武士のくせに商売上手で、家老としての権力もちらつかせる、ひと筋縄ではいかない男だから、塩の受け渡しだけで、ひと悶着《もんちゃく》ありそうだった。

膝のうえで、権左は拳をぎゅっと握り締めた。

「権左、どうしてそんなにムキになるんだ」

「知工さんに言われたのを聞いていたろ。もし塩が手に入らなきゃ、おいらはクビだ。これだけ給金をはずめば、代わりはいくらでもいる。おいらは日ノ本一の船主にならなきゃいけないんだ。こんなところでお払い箱になってたまるかい」

北前船の炊には通常、年に一度の長い航海で、せいぜい二、三分（約六〜九万円）しか支払われない。これに対し、蓬萊丸の場合、実に八両（約九十六万円。一両は四分）と破格の給金である。普通の北前船の船頭よりも多くもらえる勘定だ。

「そうか。水主の世界も、厳しいもんだな」

いかにもうまそうに喫煙を終えた伊十郎が、さらに半刻ほどの間に何度か眠りに落ちて、また煙草入れをゴソゴソし始めたとき、ようやく九郎兵衛から呼び出しがかかった。

赤穂の白い塩田の向こうに、すっかり日は落ちていた。

大野九郎兵衛は吊り上がった目に鷲鼻《わしばな》が特徴的な初老の男で、ずいぶんひどい虫歯を三つも四つも同時に抱えているような顔をしていた。面長で鼻と口が突き出た九郎兵衛の顔立ちは、隙あらば小判でも啄《ついば》む気なのか、「餌は全部、俺の物だ」と言わんばかりに欲の皮の突っ張った鶏のようだ。体付きは蟷螂《かまきり》のように痩せ枯れているくせに、全身が欲の塊であるかのように、むんむんしていた。もともと愛想に乏しい男だが、主家が改易されたせいだろう、今は不機嫌の絶頂にあるらしい。

九郎兵衛はさんざん待たせた詫《わ》びなど、もちろんしなかった。権左の時候の挨拶やら、商人としての前口上を、いらだちを隠さず、骨ばった手で早々とさえぎってきた。

「塩はすでに、わしの手を離れた」

まるで小蝿《こばえ》でも追い払うような言い方だった。

「ですが、ご家老様。手前どもは、すでに冬買で――」

権左の言葉を途中で叩き折るように、九郎兵衛は立ち上がった。

「今の赤穂では、万事を筆頭家老が決める。文句があるなら、昼行燈に直《じか》談判せい。かような小僧を遣わしてくる商人なんぞに、会うてくれるかは知らんがな」

九郎兵衛はいくつもの部屋を面会に用いて、ひんぱんに行き来している様子だった。己れの都合のよい時に立ち上がって部屋を出て行けば、話を打ち切れる。九郎兵衛らしい客のあしらい方とも言えた。

「お待ちくださいませ、大野様！　それではお話が違います！」

権左が必死に食い下がっても、九郎兵衛は、

「次の面会がある。ずいぶん待たせておるでな」

と、まったく取り合わず、部屋を出ていった。

呆然《ぼうぜん》とへたり込む権左の後ろから、低音がぼそりと飛んできた。

「あれだけ待たされて、話は数瞬で終わりか。まあ、あの蟷螂爺父《おやじ》と長話など、したくもないがな。こうなれば、しかたない。昼行燈に会ってみようじゃないか」

「伊十郎さんは何もわかってないなぁ、まったく。人がいいだけの大石様は、赤穂藩のお飾りだ。つまり、何もしないし、できない。諦めろって話なんだよ」

権左は頭を抱えた。

——さあ、どうする。このままずっと小書院に居座れば、もう一度面会できるか……。

「昼行燈だって、いちおう明かりは灯《つ》いているんだ。夜になれば、役に立つさ。俺好みのりくさんが認めているんだ。ひとかどの人物だろう」

「船でも商いでも同じだけど、ふだん仕事のできない人間が、非常の時だけ、できるわけないよ」

「いや、どうかな。赤穂はどうしようもなく乱れていると覚悟していたが、城下は思いのほか平静を保っている。たしかに商人が金目の物を漁《あさ》りに押し寄せてはいる。外からややこしい連中も入り込んでいる。煙草を買いに出た時に町人と話をしたが、大石、大野の二家老は、藩札《はんさつ》を見事に処理したらしい。金回りをすばやく落ち着かせたから、民が落ち着いているんだ。騒いでいるのは、武士だけさ。昼行燈と夏火鉢の二人組は、とつぜんの改易にあたって、最悪の事態を見事に回避してきたともいえる。少なくとも並みの家老じゃできない芸当だ」

なるほど伊十郎も、まんざら物見遊山で町へ出ていたのではないらしい。

伊十郎が仕入れてきた話によると、藩主浅野内匠頭の切腹と赤穂藩取り潰しの報《しら》せが届いた翌日には、さっそく藩札の六分両替えが始められた。四分を回収できないわけだから不満も出たようだが、まったくないよりはましだ。十日もしないうちに、引き換えは終了した。しかも、大藩である浅野本家の広島《ひろしま》藩で大量に出回っていた藩札については、辣腕を振るって引き換えを拒み、広島藩に泣いてもらっている。

「もっとも、話は簡単じゃない。何しろ藩が潰れたんだ。多くの者が路頭に迷う。どさくさで踏み倒したくもなるだろうさ」

「だけど、おいらは商人だ。はい、そうですかって、引き下がれはしない」

「塩が受け取れないからって、別にお前のせいじゃないだろう。時が悪すぎたんだ」

「金がどうのこうのって話じゃないんだよ。誰の依頼なのか、知工さんからは聞いてないけど、とにかく蓬莱屋は、赤穂の塩を売るとお客に約束した。塩の仕入れができるかどうかに、商人の信用が懸かっているんだ」

知工がすべてを取り仕切っており、権左も全貌を知らないが、北前船では、昨年の航海時に依頼を受けた注文の品を届ける取引も少なくなかった。前払いを受けた顧客もいる。

「犬公方のえこひいきで赤穂藩が潰された話は、いまや全国津々浦々に知れ渡っている。皆、納得するだろうさ」

「それでも手に入れて渡すからこそ、大きな信用が得られるんだ。逆に言えば、商人が名を上げる絶好の機会なんだ。侍だって、同じだろ？　商人にとっても、約束は何よりも大事だ。約定《やくじょう》どおりに渡せるか、渡せないか。世の中、結果がすべてさ」

権左は両の拳をぎゅっと握り締めた。

「おいらは蓬莱丸の水主だ。無理だからって引き下がっていたら、日ノ本一の船主になんか、なれやしない。知工さんはおいらに塩を受け取って来いと指図した。今の赤穂藩がめちゃくちゃなのは、知工さんも知ってる。口は悪いけど、知工さんはおいらを買ってくれてる。大事な取引なのに、おいらならできると、信じてくれたんだ。だったら、意地でも赤穂の塩を手に入れて、期待に応えなきゃ。どうせ、たらい回しにされるだろうけど、ひとまず昼行燈に談判しろって言うなら、会いに行くさ」

権左が勢いよく立ち上がると、伊十郎は組んでいた腕を解いた。

二　大石内蔵助

「夏は夜、か。異郷で眺める月は格別だ」

伊十郎の視線の先を見ると、赤穂に半月が傾きかけていた。

「浜に出たら、瀬戸内の波間に揺れる月明かりが、何ともきれいだろうな」

「今は月どころじゃないよ。さあ行こう、伊十郎さん」

大石内蔵助の屋敷は通りこそ違うが、同じ三ノ丸にあった。遠くはない。

大野屋敷を出て間もなく、前に二つ、後ろに一つ、人影が現れた。

影は物も言わず、シャッと高い音を立てて、抜刀した。

「何だ、いったい。ちょっと待って！　人違いだよ。おいらたちはただの商人だ」

権左は大声で叫んだが、相手は聞く耳を持たぬ様子で近づいてくる。

いつの間に抜いたのか、伊十郎はすでに刀を構えて、権左の前に出ていた。

「シロ、後ろを頼む」

半月に一片の雲が懸かった。

伊十郎はためらうそぶりもなく、己れから飛び込んだ。

二間の間合いが一瞬で消えた。

たちまち肉を打つ鈍い音がして、前の二人がうずくまった。

権左が背後をふり返ると、すでに白い影が侍に飛びかかっている。

空では半月が再び顔を見せた。

あっという間に立ち回りは終わっていた。

伊十郎が音無しの秘太刀を使ったのか、剣戟《けんげき》の音さえしない。

「城明渡しの取り込み中に、金目の話ですまぬな。この小僧が言うように、俺たちは赤穂へ塩を受け取りに来ただけだ。他意はない」

伊十郎の低音を聞くか聞かずか、三人は走り去っていった。前の二人は峰打ち、シロに撃退された後ろの一人は噛《か》まれたはずだ。

「ありがとう、伊十郎さん。助かったよ」

「俺たちを殺すつもりはなかったようだ」

伊十郎は息ひとつ乱していない。さすが六犬士だ。

「それで、斬らなかったんだね」

「殺生は好かんのでな。あいつらは赤穂藩士だろう」

住吉大社でも、伊十郎は襲ってきた連中の命をひとつも奪わなかった。無法者相手にいつまで通用する生き方なのかわからないが、権左は好感を持った。

「どうして、よそ者を襲ってきたんだろう」

「脅しだよ。大野九郎兵衛ゆかりの者なら、誰でもよかったのさ。赤穂藩士たちは、これから歩むべき道を、まだ決めかねているんだ」

大石屋敷の客座敷は、筆頭家老の大石内蔵助に面会を求める赤穂藩士たちであふれ返っていた。二十人余りいるだろう、藩士たちは必死の形相で、侃々諤々《かんかんがくがく》議論し合っている。

泣き出しそうな顔をした中年の痩せ侍がひとまずの応対を任されており、誰かに呼ばれるたび、汗をかきかき、あたふたと駆けずり回っていた。

伊十郎が呼び止めて用向きを伝えると、寺坂吉右衛門《てらさかきちえもん》と名乗った痩せ侍は、ひどくすまなそうな顔をして、

「面会まで時が相当かかり申すが、お待ちになりまするか」

と尋ねてきた。

ふり返る伊十郎と寺坂に向かって、権左はこくんと頷いてみせた。手を挙げて合図する老侍に、寺坂が「ただいま」と言って踵《きびす》を返すと、伊十郎はしかたなさそうな顔をして、廊下の奥に目をやった。

行列は次の間まで続いており、権左と伊十郎も座って並んだ。

赤穂藩士たちはさまざま議論を交わしながら、相当殺気立っている様子で、何人かは権左と伊十郎を刺すような目で睨《にら》んでいた。見るからに浪人と丁稚《でっち》のような二人組で、しかも見慣れないよそ者だ。無理もなかった。

が、伊十郎に微塵《みじん》もかまう様子はない。腰から外した細身の刀を抱きしめるようにして座り、気持ちよさそうに一服終えると、まもなく寝息を立て始めた。

「伊十郎さんはいつでもどこでも、眠れるんだね」

あっという間に夢の中なのか、権左の声は伊十郎の耳に届かなかったらしい。

改めて近くでまじまじと見ても、驚くほど眉目秀麗の美男だった。

さきほど初めて伊十郎の見事な太刀さばきを見た。いや正確に言えば、暗がりの早業だったせいもあり、はっきりと見えたわけではない。

いかに最強と評されても、犬侍は本流から外れた邪道な武士だ。ただ強いだけの侍といってもいい。強さゆえに庶民の憧れとはなりえても、本来意味している蔑称のとおり、武士たちは、犬侍たちを内心で軽蔑しているに違いなかった。

あれほどの剣の伎倆《ぎりよう》を持ちながら、なぜ伊十郎は、犬侍などに身を持ち崩したのだろう。もともと身分の低い足軽か何かだったのだろうか。

「わしは番頭《ばんがしら》、奥野将監《おくのしようげん》様の意を受けて来ておるのじゃぞ。なにゆえこの行列に並ばねばならん」

いつの間にやら現れた三人組は、どこかで見た姿形だった。手当てを済ませたようだが、一人は手首を押さえ、もう一人は足を引きずっている。最後の一人は犬に嚙まれた前腕をさすっているが、声の大きい気の強そうな坊主頭だった。

「順番抜かしはならぬと、筆頭家老様から固く仰せつけられております。何とぞおゆるしくださりませ」

寺坂の泣き出しそうな顔は生まれつきらしく、一見気が弱そうに見えても、その同じ顔のままで、なかなかに毅然《きぜん》と対応していた。

「ちっ、亡き殿のお弔いを済ませ、江戸から急ぎ戻ってみれば、何とも情けない話。昼行燈も困ったお人よ。赤穂じゅうに臆病風を吹かせておる。わが殿のご無念に思いをいたさば、おとなしく黙って城を明け渡すなぞ、言語道断。赤穂藩士が突き進む道は、籠城玉砕をおいて、他にないではないか。いっそのこと、昼行燈も消すか。昼間に行燈の火が消えたとて、誰も気付くまいて」

犬に嚙まれた坊主頭は連れの二人を顧みると、顔を見合わせて嗤笑《ししょう》した。

坊主頭は権左と伊十郎に気付いて、わずかに決まり悪そうな顔をしたが、足音荒く近寄ってくると、居眠り中の伊十郎を見下ろした。

「よそ者が昼行燈に何用だ。まさか浪人の分際で、赤穂藩の内輪に口を出す気ではあるまいな」

むろん権左など、端《はな》から無視してかかっている。

やがて伊十郎は目を閉じたまま、低音で答えた。

「さっき言ったとおりだ。塩を受け取りにきた」

坊主頭は伊十郎の前に座って、身を乗り出してきた。いかにも勝気で、喧嘩《けんか》っ早そうな顔をしている。

相変わらず、権左は眼中にない。おそらく、身分だけを頼りに生きてきた男なのだろう。中身のない人間ほど、身分や富に頼るものだ。

「犬に嚙まれたのも、犬侍に会ったのも初めてだ。お主、名は?」

ようやく伊十郎は柳葉のような切れ長の眼を開いた。

「千日前伊十郎」

応答には、さげすみも、へつらいもない。

「わしは田中貞四郎《たなかさだしろう》と申す。亡き殿を江戸でお弔いしたのは、このわしぞ」

他の二人は平野半平《ひらのはんぺい》、河村伝兵衛《かわむらでんびようえ》と名乗ったが、伊十郎は覚える気がさらさらない様子で、眠そうな眼でかすかに頷いただけだった。

田中は己れが百五十石の手廻者頭《てまわりものかしら》で、浅野内匠頭が切腹した夜、他の家臣たちとともに、主君の亡骸《なきがら》を引き取り、泉岳寺《せんがくじ》に葬ると、その場で剃髪《ていはつ》し、決意を秘めて赤穂へ戻ってきたのだと、誇らしげに語った。

「昼行燈は塩なんぞあずかり知らぬ。赤穂の塩はすべてケチな夏火鉢が握っておるゆえな」

「その夏火鉢殿から、筆頭家老に直談判するよう言われたものでな」

田中が権左ではなく、伊十郎に話しかけてくるため、しかたなく応じている。

「そいつは、得意のたらい回しだ。夏火鉢は一文でも多く私腹を肥やしてから、折を見て赤穂からずらかる肚《はら》だろう」

「そうだったのか。そいつは弱ったな」

言葉とは裏腹に、伊十郎は困った顔などしていない。

「さっきは手荒な真似をして、すまなかった」

田中は悪びれもせず、犬に嚙まれた痕を示しながら、声を出して笑った。

「とにかく今は、大野九郎兵衛を懲らしめてやらねばならん。夏火鉢が今、赤穂藩士たちに何を命じておると思う？　城内の掃除じゃぞ。城を徹底的に綺麗《きれい》にして公儀に明け渡すとほざいておるわ。呆れ果てて、物も言えぬ。不忠もここに極まれりじゃ。昼行燈が夏火鉢の不忠の片棒を担ぐ気なら、われらにも考えがある」

居並ぶ赤穂藩士にこそ聞かせたい話らしく、田中は大声だ。

どこか狂気を含んだ田中の眼が、権左は気になった。

「大手前《おおてまえ》で揃って腹を斬ってみせるという藩士もおるが、どうせ切腹するなら、籠城して死に花を咲かせ、武士の一分《いちぶん》を保つべきだとは思わぬか」

「思わん」

伊十郎の吐き捨てるような言葉に、田中が身を少し乗り出した。

「お主とて、もともとは武士なのであろう。わかるはずだ」

「あいにく武士の一分など、とうの昔に捨てた」

伊十郎は田中が熱弁を振るう間に、行燈から火をもらって、うまそうに煙草をふかしている。やおら煙草盆にキセルを打ちつけた伊十郎が、低音で続けた。

「世の物事の多くは、急進派の馬鹿が墓穴を掘って失敗する。馬鹿な連中が暴発すれば、幕府は失政への批判も免れて、騒擾《そうじょう》のかどで赤穂浪士たちを堂々と切り捨てられる。むろん浅野家再興の話も吹っ飛ぶ。塩田も入れて赤穂藩八万石を幕府がまんまとせしめるわけだ。あんたたちが籠城してくれたら、犬公方は手を打って喜ぶだろうな。感状の一枚でもくれるやも知れんぞ」

ふつう人々は、幕府を「ご公儀」と呼ぶが、伊十郎は唾棄するように呼び捨てている。その口調には幕府、とりわけ犬公方に対する抜きがたい嫌悪が感じられた。

田中は怒るかと思いきや、作り笑顔を浮かべた。

「千日前殿とやら。お主を見込んで、折り入って話がある」

「待ってくれ。なぜ、俺があんたに見込まれるんだ」

「お主は犬侍だろう。腕も立つ」

犬侍と聞いて、視線がいっせいに伊十郎に集まった。

「赤穂藩の面々を気の毒には思うが、俺たちは塩を買いに来ただけでな。面倒な諍《いさか》いに巻き込まれるのはごめんだ」

「塩は、赤穂の誇る白い財宝だ。塩に手を出す以上は、どうしたって巻き込まれる」

その場にいる赤穂藩士たち全員に聞こえるように、田中は宣言してみせた。

「誰が何と言おうと、わしらは赤穂城に籠城して、公儀と死ぬまで戦う」

「勇ましい話だが、ちっとは勝算があるのか」

「喧嘩両成敗は天下の掟《おきて》。しかるに、吉良上野介はピンピンしておる。おかしいではないか」

感極まった様子で目に涙さえ浮かべながら、田中はいきりたった。自説に酔いしれる手合いらしい。

「大野九郎兵衛は、亡き殿のお引き立てによって、次席家老にまで上り詰めた男。大恩を忘れ、黙って城を明け渡すなど、断じて許すまじ。だいたい世に汚いものはいくらもあるが、あの老人ほど汚らしき代物はない。大野は塩を食い物にして私腹を肥やしてきた。赤穂藩の財産を、耳を揃えて公儀に差し出そうとしておるのは、すべて己が保身のためよ。さような輩《やから》を生かしておくわけにはいかぬ」

伊十郎は首を振り振り、田中から身を引きながら、ていねいな手つきでキセルに刻み煙草を詰め込み始めた。

「あんたが、しこたま金を溜め込んでいるという次席家老は、着物も質素なら、屋敷も粗末なボロ家だった。ぜいたくな暮らしをしているようには見えなんだがな」

「小心者ゆえ、昼行燈に気兼ねしておるだけよ。現に、小金を溜め込むための蔵をいくつも建てておる。しょせん守銭奴は死ぬまで守銭奴よ。あの世に金を持っていけるわけでもなし、そんなに金が好きなら、武士なんぞやめて、商人になればよかろうに」

「改易を受けて、家人たちに手厚く金を渡しているとも聞いた」

大野屋敷でさんざん待たされていた間、散歩へ出た時に、家人たちに聞いていたのだろう。

「ふん。口止め料に決まっておろう。とにかく武士の風上にも置けん奴なのじゃ。千日前殿、われらに手を貸してくれぬか」

「内輪に関わるなといったのは、あんただろう。よそ者が口を出す話ではあるまい」

伊十郎はわざと田中の癇《かん》に障るような言い回しをしている。

田中がさらに身を乗り出すと、息を吐きかけるように小声でささやいた。

「お主は塩が欲しいのだろう？　大野九郎兵衛を殺《や》れば、塩を渡してやる。わしは奥野将監様に口がきける。奥野様はこの藩でたった一人のまともなお方だ。今の赤穂に法なんてありゃあせん。塩が必要なら、無理やり奪うしかない」

「なるほど。が、俺はただの用心棒でな。決めるのは俺じゃない。商人だ」

「何？……まさか、この小僧が」

田中は胡散《うさん》臭そうな目で、初めて権左を見た。

「こいつは行く末、日ノ本一の船主となり、巨万の富を築く男だ」

伊十郎が、権左をかえりみた。

「この取引に乗るか？　権左、お前が決めろ。俺の仕事は、お前を守ることだけだ」

「考えるまでもないさ。無理やり品を奪うなんて、商人じゃない」

「赤穂の塩はぜんぶ前金だ。金を払ったんなら、持って行ってもよかろうが」

田中の言葉に、権左はゆっくりと首を横に振った。

「奪ったら、それはもう、商売とは言わない」

「きれいごとを抜かすな。手を汚さぬ商人がどこにいる」

「手を汚す商人もいるけど、そんなのは大商人じゃない。富を築いたところで、ただの金持ちだ」

「小僧のくせに、生意気な――」

田中が身を乗り出してくると、待っていたように、伊十郎は口をすぼめて田中と権左の間に紫煙を走らせた。

「話は終わりだ。他を当たってくれ。昼行燈に会うまで、俺はもうひと寝入りしたい」

田中は憤懣《ふんまん》やる方ない様子で立ち上がると、「臆病者どもと、犬の糞《くそ》侍に用はない」と吐き捨て、三人で足音荒く部屋を出て行った。

「助かりました。乱暴な方たちでござるゆえ」

寺坂が近づいてきて、ぺこりと頭を下げると、伊十郎はキセルの先をカツンと灰落としに当て、一回で煙草の灰を落とし入れた。

「群れる奴らはたいてい弱い。いや、弱いから、群れたがるんだ。田中なにがし以外は名も忘れた。ああいう手合いはどの藩にもいる。声が大きくて、口先だけ威勢はいい。勝算もないのに後先考えずに突っ走って、周りに迷惑をかける連中だよ。あの手の奴らに限って、いちばん肝心なとき、いの一番に、ずらかったりするものさ」

低音でも、伊十郎の悪口は赤穂藩士たちに聞こえているはずだが、特に反論もないのは、皆、同じ思いだからか。

「それにしても、たまげたぜ。赤穂藩では、あんな馬鹿に百五十石も扶持《ふち》していたのか」

伊十郎の暇つぶしの話し相手に選ばれた寺坂は困った様子で、気の弱そうな顔を軽く掻《か》くだけである。

「あいつは石高《こくだか》で人間の値打ちが決まるとでも思っているらしいな。もしそうなら、犬公方が日ノ本で一番偉いって話になる。馬鹿も休み休み言えよ」

またもや伊十郎がいびきをかき始め、赤穂藩士たちの尽きぬ議論を聞くうち、権左にも事情が飲み込めてきた。

主君の切腹と浅野家の改易、さらには吉良上野介生存の報を受けて、赤穂藩士たちはおおよそ四つの立場に分かれていた。

まず、次席家老の大野九郎兵衛の「恭順開城論」は、名を捨てて、とにかく無用の流血を避けようと主張する。浪士となった赤穂藩士たちには、家族もいれば、身内もいる。縁者を頼り、赤穂を出て他藩に仕官するという道もある。現に渡りをつけ、あるいはすでに赤穂を去った藩士たちもいた。だが、恭順開城論はその弱腰が糾弾され、九郎兵衛にいたっては命まで狙われる始末である。

最も過激なのは、江戸から戻ってきた田中貞四郎たちの「籠城玉砕論《ろうじょうぎょくさいろん》」である。藩士三百余名が城に立てこもって、幕府から派遣される収城使《しゅうじょうし》の軍勢と戦う。播磨国《はりまのくに》・龍野《たつの》藩主の脇坂淡路守《わきさかあわじのかみ》が備中国《びっちゅうのくに》・足守《あしもり》藩の木下肥後守《きのしたひごのかみ》とともに、四千を超える兵を率いて城を請け取りにくるというから、むろん勝ち目のない戦だ。だがそれでも、不義に対し、徹底した抗議を貫くというわかりやすい立場だ。武士にとって聞こえはよさそうだが、鬱憤も晴らせず命を捨てるだけで、浅野家再興もありえなくなる。どうやら少数の考え方のようだった。

筆頭家老の大石内蔵助は立場をまだ明確にしていないようだが、幕府の収城使が城下に来たとき、大手前で揃って殉死して見せ、浅野家再興を嘆願する「殉死嘆願論」に傾いているらしい。

籠城玉砕と殉死嘆願の大きな違いは浅野家再興にあるが、再興の見込みがないなら、結局は同じ話になる。これらの立場に対して、死ぬのは無駄だ、むしろ恭順開城した上で、吉良上野介を討ち果たし、主君の恨みを晴らさんとする「復仇論《ふっきゅうろん》」も根強くあった。やや意外にも思えるが、ひとまず命を拾うという復仇論は、現在の局面に限れば、結果として恭順開城論と軌《き》を一《いつ》にしていた。

「武士ってのは、面倒な生き物だな。やたらと死に急ぐ」

いつのまにか目を覚ましていた伊十郎が、権左にだけ聞こえる低音で話しかけてきた。

「伊十郎さんなら、どうするの」

「俺なら、吉良上野介を討って、逃げるさ。憂《う》きことばかりの人生だが、死んだらもう、酒も煙草も楽しめないからな」

「羊羹もだろ。ときに、あの三人組はどうする気かな」

「次席家老の暗殺、あるいは、赤穂へやってくる収城使の襲撃。何をやってもいいのさ。一度きりでいい、とにかく事を荒立てて、赤穂藩士たちをとことん追い詰めれば、後はむりやり籠城玉砕へ追い込める。いちばん頭の要らないやり方だ」

のそりと、人が近づく気配があった。

「蓬萊屋殿、お待たせいたしました。ご家老がお呼びでございまする」

寺坂がぺこりと頭を下げた。


「面目ござらん。何ぶん今の赤穂は、昼行燈には荷が重すぎるでな。あの連中、あれこれ文句を言うとらんで、いっそわしと代わってくれれば、ありがたいんじゃが」

大石内蔵助は苦笑しながら待たせた詫びをすると、筆頭家老とは思えぬ柔らかな物腰で、伊十郎と権左を迎え入れた。

「己れを棚の上に上げる。文句だけはさんざん言う。それでも己れは何もしない連中が、平安の古《いにしえ》から、あちこちで、のさばっている」

伊十郎が返すと、内蔵助は疲れた顔で小さく笑った。

「何ぞ失敗をすれば、おおいに責められるが、よき政《まつりごと》をしたところで、あんまり褒めてはくれんしのう」

大きな額と福耳《ふくみみ》、ふくよかで大作りな顔は、美男とは言いにくい。だが、左右で不釣り合いにも見える一重まぶたの小ぶりの眼、高くはないが形のよい鼻と薄い唇が、なんともいえぬ愛嬌《あいきょう》を醸し出している。人が良いだけで頼りなさそうな内蔵助は、一見愚鈍にさえ思えるが、多くの家臣が詰めかけるのは、内蔵助の人望を端的に示しているのか。それともやはり、単に筆頭家老の地位ゆえなのか。

「お察し申し上げる。赤穂は初めてだが、煙草を買いに行ったら、童が親の使いで煙草を求めていた。俺の好きな光景だ」

「ほう。何ゆえかな」

伊十郎はすぐには答えず、懐から黒革の煙草入れを取り出して、内蔵助に示した。キセルも入る大きさで、龍の前金具がついている。伊十郎は訪れる先々で、必ず煙草屋へ寄るらしい。

「どの町でも煙草屋へ行けば、民が幸せかどうか、すぐにわかる。赤穂の町の主は、浅野家ではない。民だ。塩田という海の宝のおかげも大きかろうが、藩の一大事だというのに、民に動揺はいささかもない。貴藩がよき政をされてきた証《あかし》だ」

「お天道様以外にも、見てくれる人がおるのはありがたい。平時には文句しか言わんくせに、いざ事が起これば、話をこじれさせたあげく、赤穂から早々に姿を消すろくでなしもおってのう」

相手が他国者だけに愚痴をこぼしやすいのか、内蔵助は親しげに二人に微笑みかけてきた。本来なら、面会も会話も許されないほど身分の高い侍だが、人懐こく温厚な丸顔に、権左は好意を持った。伊十郎も同じだろう。

「なにせ、素浪人は気楽だ。酒でも呑みながら、政の悪口ばかり並べ立てておれば、多少は物を考えているように見えて、様になる」

「なるほど。落ち着いたら、貴殿の指南を仰ぎたいものじゃ」

二人がいつまでも与太話を続けるので、「蓬莱屋の用向きにございますが」と、権左が割って入った。内蔵助は権左の口上をふむふむと最後まで聞いていた。一人ひとりにこれほど丁寧に応対していれば、長い行列ができるはずだ。

内蔵助は改めて困ったような顔をしながら、首をひねった。

「蓬莱屋からは、他に誰ぞ来られぬのか」

かような大事に下っ端の炊を寄越《よこ》した蓬莱屋の真意をはかりかねているようだ。

「手前どもが先に参りましたが、この十三日には船が赤穂へ入ります。そのおり、蓬莱丸の船頭と知工がご挨拶に参るはずでございます」

「わしは商才に乏しいでな。あいにくと塩に関しては、すべて次席家老の大野九郎兵衛に委ねておる」

にこやかな顔をしながら、内蔵助もたらい回しで塩の受け渡しを拒むつもりか。

「ですが、大石様。塩奉行の大野様からは筆頭家老様に、しかとお話をするようにと、承《うけたまわ》ってまいりました」

内蔵助は目を閉じ、腕を組んで考え込んだ。広い額を見ていると、昼行燈どころか、なかなかの切れ者のようにも思えてきた。ここで騙《だま》されるわけには、いかない。

「弱ったのう。すでに約束した塩なら、渡すが道理じゃ。されば、しばし待たれよ。文を書いて進ぜよう。わしも明日会うた時、しかと九郎兵衛に伝えおく」

文机《ふづくえ》に向かった内蔵助は、さらさらと書いた一通の文に封をして、権左に手渡した。

「夜も更けておるが、今宵《こよい》の宿は何とされる。今の赤穂で宿は取れまい」

内蔵助が水を向けると、伊十郎が応じた。

「屋敷塀にでももたれて、犬を抱きながら眠るもまた一興。犬は人より体が温かいゆえ、寒い夜分は重宝する」

「犬は今、いかがされた」

「屋敷に入る前に別れたが、まだ赤穂の町を散歩しておるのか、連れでも見つけておるのか。俺と同じで、気ままな性分ゆえ」

「今宵は、この屋敷の長屋に泊まられよ。狭い部屋じゃが、屋敷には内湯もあるゆえ、旅塵《りょじん》も落とせよう」

「それはありがたい話なれど……」

なぜそれほど厚遇されるのか。二人が怪訝《けげん》そうにしていると、内蔵助が察したように軽い笑みを浮かべた。

「りくから、なかなかに面白い犬侍が赤穂に現れたと、聞いたものでな。あのりくが一目置くとは、人物もおるものよ。いやはや天下は広い」

大野屋敷で昼間に出くわした女性は、やはり内蔵助の妻だったわけだ。

「奥方には、みっともない姿をお見せした」

「いや、まこと心を通わせるためには、相手と同じ高さで物を見る必要がある。人も犬も、同じ話。犬と対等に向き合うためには、地べたまで視線を下げねばならぬ。頭でわかってはおっても、なかなかできぬ真似じゃ」

あのとき権左は、伊十郎が寝そべって犬と遊んでいるだけだと思っていた。だが、あれは獰猛な赤ぶち犬の心を開くためだったのか。通りがかりで伊十郎の意図を見抜いたりくも、そんな伊十郎に興味を示す内蔵助も、やはりただの人物ではなさそうだった。

「赤穂藩にも、多少の下心があってな。元禄の世では、皆が大なり小なり犬の扱いに困っておる。われら赤穂藩士は明日なき身だが、立つ鳥跡を濁さずの俚諺《りげん》もある。犬がらみで困り事が生じたときは、千日前殿にひと肌脱いでもらいたいのじゃ」

「承知した。宿をお借りする御礼だ」

「さてと。どうも仕事が追っつかぬ。明日からは城に寝泊まりして、諸事さばいていかねばなるまいて」

三　塩奉行

寺坂吉右衛門に長屋へ案内されるやいなや、伊十郎は大の字になって寝転がったが、権左はすぐに叩き起こして、ふたたび大野屋敷へ向かった。

「若者の仕事熱心は頼もしいが、付き合わされるほうはかなわんな」

「明日、ご家老同士が話をする前に大野様と会っておいたほうが、蓬莱屋の誠意が伝わるからね。普通に考えれば、ただのたらい回しだけど、どうも大石様が嘘《うそ》を吐《つ》いているとは思えないんだ。甘いかな」

権左は提灯《ちょうちん》の明かりで、行く手を照らしていく。

「まだ俺にもわからんな。平時には誰も気付かなかったろうが、大石内蔵助という男は、相当の策士かも知れん。俺も昔、軍学を修めたが、あの筆頭家老は、かの山鹿素《やまがそ》行《こう》から軍学を学んだ男だ。東軍流《とうぐんりゅう》剣術の遣《つか》い手でもある。昼行燈が赤穂の夜を照らす唯一の明かりになるやもな」

「ただの行燈じゃや、ないわけか……」

「愚鈍に見えて、抜群に切れる輩も時どきいる。とつぜん天から災厄が降ってきて、四分五裂した赤穂藩士たちを、曲がりなりにもまとめて、藩内の混乱を抑えるなんざ、並大抵の人物にはできない芸当だ。つまり、大石内蔵助は大野九郎兵衛と同じくらい、食えぬ奴ってことさ。塩が受け取れるかどうかはわからんな」

「廊下で面会を待っているときに話を聞いていたら、大石様は大手前で並んで切腹するって話だよ。ご立派とも思わないけどさ」

「その話も眉唾だな。昼行燈はしたたかな古狸《ふるだぬき》さ。田中なにがしの馬鹿な動きも、ちゃんと公儀への脅しに利用しているはずだ。これ以上藩を追い詰めると、暴発する愚か者が出ますぜってな。百家争鳴《ひやっかそうめい》の藩論を無理にまとめようとしても、反発を買う。それなら今は、暴発だけは防いで、結論を出さずに、曖昧なままで放っておくのが一番賢いんだろう」

「いったい大石様は、どうする気なんだろう」

「おそらく大石内蔵助の胸中にあるのは、最初から浅野家再興の一点だ。立つ瀬があるとすれば、そこしかないからな。いったん赤穂を去るとしても、内匠頭の弟（浅野大学長広《だいがくながひろ》）による再興が認められれば、路頭に迷った浪士たちも、再仕官できる。六分両替えで藩札を処理したのも、田中なにがしの暴発を止めてきたのも、浅野家再興を見通して、最善を尽くすためだ」

「じゃあ、もし浅野家の再興が無理だとわかったときは、どうするんだろう」

「真の武士なら、はい、そうですかって、わけにはいかないさ。次の手を打つだろう」

「仇討《あだう》ちか……」

「たとえばの話だがな」

「まあ、赤穂のことは藩士が納得できるようにすればいいさ。おいらたちの仕事は塩だよ。さっき大石屋敷でお侍さんの話を聞いていたら、藩士たちへの配分もほぼ済んだらしい。うちに塩を渡しても渡さなくても、誰も文句を言わない。赤穂藩と取引してきた蓬萊屋に、武士が義理を果たしてくれると期待するしかないんだろうね」

四ツ（午後十時）過ぎだというのに、大野屋敷からはまだ明かりが漏れていた。

内蔵助からの文があると伝えると、九郎兵衛はすぐに面会に応じた。相変わらず忙しそうな様子で、今夜は眠るつもりがないらしい。

「そうか。蓬萊屋としては、なんとしても塩が欲しいわけか」

九郎兵衛はいまいましげに繰り返した後、細い吊り目で、権左と伊十郎を順繰りに見た。内蔵助とは好対照で、見るからに抜け目のない蟷螂顔である。

「冬買《ふゆがい》で前金もお支払いしておりますし、首を長くして、赤穂の良質な塩を待っている取引先もございます」

九郎兵衛は内蔵助の文をもう一度眺めると、懐に突っ込みながらジロリと権左を見た。

「小僧。塩が欲しいのなら、条件がある」

すでに支払いを受け、塩を渡す義務があるはずなのに、開き直って条件まで付けてくるとは、卑怯《ひきょう》な商いのやり方だ。赤穂藩の追い込まれた境遇を逆手にとって、最大限の利を得ようとしているわけか。この老人は老い先短いくせに、それほどまでに金が欲しいのか。

「承ります」

両手を突く権左に向かって、九郎兵衛は少しだけ身を乗り出した。

「潰された赤穂藩には、暴発寸前の馬鹿者と、城の前で腹を切ると息巻く能無しばかりよ。口先でがなり立てるだけで、何も仕事をせぬゆえ、まるで力にならん。沈みかけた船から早々に逃げ出した藩士たちも少のうない。要するに、人手が足りんのじゃ。されば、蓬莱屋は、わしの仕事を手伝え」

恭順開城派としては、滞りなく明渡しの事務を進めねばならないが、赤穂藩士たちの協力を満足に得られないのだという。

「手前どもにできることなら、何なりと」

権左には、否《いや》も応《おう》もなかった。九郎兵衛がうんと言わぬかぎり、塩の入手は覚束《おぼつか》ない。

「ご公儀よりの沙汰で、武家屋敷の明渡しは四月十五日、開城は十九日と決まっておる。明日は七日じゃ。とにかく時が足りぬ。ずいぶん足元を見られたが、十七艘《そう》の藩船は全部売れた。御台所道具も、足軽具足五百領も半分ほどは売り払った。鉄砲と大筒がまだ残っておるが、ほかに今ひとつ、城を明け渡すにあたって困り事がある」

次席家老として、藩の財産を早期に処分し、分配する仕事を見事にこなした大野九郎兵衛は、少なくとも商人としては、優れた才覚を持っていたと言えるだろう。だが、強気の九郎兵衛が困っている話とは何なのか。

「犬じゃよ」

吐き捨てるような九郎兵衛の意外な言葉に、権左は面食らった。

「赤穂城内はもちろん、武家屋敷に塩田を含め、藩有地におる犬を勘定してもらいたい。実につまらんが、大事なお役目ぞ」

家人を呼んで持って来させ、畳の上を滑らせて差し出された冊子には「御犬毛付《おんいぬけつけ》帳《ちょう》」と記されている。

「改易と聞くなり、犬目付《いぬめつけ》めがとっとと赤穂を出て行ってしまいおってな。もともと充《あ》て職で、嫌や嫌や仕事をしておったゆえ、さっさと投げ出しおったのじゃ。民の犬はそのままでよいが、城明渡しの日に『犬がどうなっておるか、わかりません』では、赤穂藩としての面目が立たぬゆえな」

「仕事は犬の勘定……にございますか」

「今は綱吉公が支配する元禄の世じゃ。黒は何匹、白は何匹と指折り数えて『城内犬《じょうないいぬ》之覚《のおぼえ》』にまとめて公儀に提出せねばならん」

先年の備中松山藩水谷《みずのや》家の改易では、浅野内匠頭が収城使に任じられたため、大石内蔵助が城へ乗り込んで明渡しを受けたが、その際も犬の勘定で難儀したという。

「さっさとどこぞの藩へ行ってしもうたが、実はわが藩にも、犬好きの藩士が何人もおった。すこぶる迷惑な話じゃが、飼い犬がたくさん子を産んでおってのう」

権左は唇を噛んだ。犬が苦手というだけではない。塩の取引とは何の関係もない雑用を依頼されて、肩透かしを食らった気分だった。

権左は頭を巡らせて、犬勘定をしなくて済む理由を考えてみた。

「かしこまりました。が、手前はよそ者で、城内の勝手を知りません。武家屋敷の中にも簡単には入れてもらえないでしょうし――」

「頼りになる男を付けると、昼行燈が書いてきた。犬侍もおるゆえ、仕事もおおいにはかどろう」

内蔵助の文には「犬勘定をさせろ」と書いてあったのか。昼行燈はやはり抜け目のない男だ。

九郎兵衛は満足げに頷くと、立ち上がった。

「されば犬勘定の一件、蓬莱屋にしかと頼んだぞ。明日から三日以内に済ませて、首尾を報せよ。わしは書き物を仕上げねばならん。こよいも徹夜じゃて」

九郎兵衛が去った後、権左は頭を掻きながら、かたわらの伊十郎にこぼした。

「どうして大野様は、必死になって城を明け渡したがるんだろう。犬の数なんて、どうでもいい話じゃないか」

「公儀に恭順して真摯に協力したとなれば、覚えもめでたいはずだ。九郎兵衛は次の仕官を見越しているんだろう」

さいわい伊十郎は居眠りせずに、黙って話を聞いていた。

「藩の塩を質に取って己れの保身に使うなんて、最後までいかにも夏火鉢らしいや」

「元禄の世ってのは、ずる賢くなければ、渡っていけないのさ」

「藩の財産をほとんど売ったらしいけど、本当にまだ塩は残してあるのかな」

「あの夏火鉢が、蓬莱屋にただ働きをさせたとしても、俺は別に不思議にも思わんね。色々思案するより確かめたほうが早い。塩を手に入れたいんだろう？」

「でも、どうやって」

「塩納屋へ行けば、塩俵が積んであるさ」

重い塩俵をわざわざ城中へ運び入れたりはしない。塩田近くの塩納屋に保管してあるはずだ。だが、日ノ本最高の塩を作ってきた赤穂藩は、藩をあげて製塩の秘密を守ってきた。藩滅亡の危機と混乱のさなかとはいえ、抜け目のない大野九郎兵衛が塩田を野放しにしているはずもなかった。

すでに伊十郎は立ち上がっている。

四　塩納屋

二人はあえて塩田に通じる塩屋口門を避け、大石屋敷門前を通って大手門から出ると、城の堀を回り、あたりの様子を窺《うかが》いながら塩田へ向かった。

「忍び込むには、うまい方法がある」

権左はあわてて背伸びをして、伊十郎の耳元に向かってささやく。

「手荒な真似はしないでよ、伊十郎さん」

「俺が田中なにがしのように、下品で粗野な人間に見えるのか？」

伊十郎が親指と人差し指で丸を作ると、短く笛を吹いた。

どこからともなく現れた白い柴犬が、うれしそうに伊十郎の足元にまとわりついている。

「どうしてシロには、伊十郎さんの居場所がわかるの？」

伊十郎は細長い指で、己れの高い鼻の頭をトントン叩いた。

「あ、そうか。匂いだね。犬は鼻がいいから」

「おまけに、耳もいい」

堀沿いに塩田へ向かう。今朝がた、伊十郎と眺めた塩浜だ。

「やっぱり、なかなか厳重だね」

ろくろ首の六郎兵衛を筆頭に、四人いる門番の視界に入らないよう、屋敷の陰に隠れながら進む。

「頼んだぞ、シロ」

伊十郎がふさふさした尻をポンと叩くと、シロは声も立てずに駆け出した。

「だいじょうぶかな」

「ああ。賢い犬だからな。良くも悪くも、犬公方の馬鹿な法度に守られてもいる」

やがて激しく吠えるシロの声がした。門番たちの注意はしばらく犬に集中しているはずだ。

伊十郎は権左に向かって頷くと、長身を生かして、軽々と柵を乗り越えた。権左も長身の伊十郎に助けられて、塩田に入った。

「塩納屋はあっちだよ」

権左が先導する。昨年、塩俵を蓬莱丸へ運び込む際に手伝ったから、勝手は知っていた。

塩納屋の中に入ると、強烈な塩の匂いが、痛みを感じるほどに眼と鼻の粘膜を突いてくる。

二人の眼前には、明かり取りの窓から入る月影に照らされて、うず高く積み上がった大きな白い塩の山があった。伊十郎の背よりもずっと高く、天井まで届かんばかりである。

「ほう。さすがに赤穂だけあって、見事な塩だ」

「ああ、まだあった」

権左は白い輝きに、覚えずため息を漏らした。

「まだ俵に入れていないんだ。色々あって、人手が足りないんだろうね」

「何百俵ぶんあるんだろうな。今の相場なら、優に数百両にはなりそうだ」

「この塩を、蓬莱丸が手に入れられるか。公儀に取られるか、それとも夏火鉢がくすねるのか……」

赤穂藩が改易されなければ、難なく手に入った塩だが、今、目の前にあっても、蓬莱丸に積み込めるかどうかはわからない。

遠くで犬の吠える声がした。シロだ。

「まずい。誰かが来る」

伊十郎は厳しい表情で腰の刀の柄《つか》に手をやっていた。

外で人の声がした。こっちへ近づいてくる。

シロは、門番たちをひきつけた後、見張り役を引き受けていて、伊十郎に危険を知らせたわけだ。

権左はあたりを見回した。

だだっ広い塩納屋には、奥の壁に堰《せ》き止められるようにして、塩の山があるだけだ。

塩納屋の出入口はひとつで、外へ出ればすぐに見つかる。

伊十郎は戸口へ視線をやっていた。

戸の脇に身を隠して、入った瞬間を襲うつもりか。

血は流さないだろうが、塩納屋に忍び込んで悶着になれば、商売など吹っ飛んでしまう。

伊十郎は権左に目配せして、足早に戸口へ向かった。

権左もあわてて駆け出す。が、塩で滑って、派手に転んだ。

それでも声はあげなかった。だが、気付かれたか。

戸口のすぐ外でがやがやと声がした。数人はいる。

駆け戻った伊十郎が、権左の体を担ぎ上げた――。

大した時間ではなかったはずだが、四半刻も経ったような気がした。

二人は塩山の裏側へ回りこんで隠れた。伊十郎が刀で斬ると、山が崩れ、塩で身を隠せたのである。

入ってきたのは、大野九郎兵衛とその腹心たちのようだった。顔は見えなかったが、ろくろ首たちだと声でわかった。さいわい定期の見回りだったらしく、伊十郎と権左に気付いてはいなかった。

だが、九郎兵衛たちの会話は、いただけなかった。

「ご家老様。ご覧の通り、今宵も塩ひと粒、変わりございません」

「ご苦労。じゃが、よいか、六郎兵衛。すでに塩はすべて引渡し済みじゃ。されば、この塩については口外無用。わしの指図があるまで、決して動かしてはならんぞ」

人声が遠ざかっていくと、先に塩の山から抜け出した伊十郎が、権左の半身を引きずり出してくれた。

「夏火鉢はおいらたちにも、塩はないって、押し通すつもりなのかな」

「まったく食えん夏火鉢だよ。どうやらこの塩の山は、簡単に手に入りそうにないな」

「だけど、上等の塩でこれだけ清めてもらえば、穢《けが》れとか悪運は、向こうから逃げていきそうだね」

権左が髪についた塩を払うと、二人は顔を見合わせて苦笑した。

広大な塩田のせいだろう、潮騒《しおさい》は塩納屋まで届かなかった。

第三章　犬勘定

一　犬探し

赤穂城は初代藩主の浅野長直《ながなお》により約四十年前に建てられた海城で、船が接岸できる船着き場を設けてある。築城にあたっては、著名な軍学者、山鹿素行の助言も得たとされる名城であった。本丸にも、二ノ丸にも馬場があり、だだっ広い城内に、重臣たちの屋敷が並んでいる。

白い外壁は赤穂城外れの武家屋敷まで延々と続く。そこにも潮風は届いていた。

権左と寺坂吉右衛門は、ようやく行き止まりまで、犬を追い詰めた。

「寺坂さん、そっちにやるから、頼むよ！」

権左が木の棒で小犬を追い立てる。

小犬は、寺坂が隠れている灌木《かんぼく》のほうへ駆け込んでゆく。

「よし来た」

寺坂は小犬に覆いかぶさるように抱きつこうとした。

が、小犬は直前で気付いて、進路を変えた。寺坂はそのまま植え込みに顔から突っ込んだ。その脇を小犬が走り抜けてゆく。

夜明け前に大石長屋へ訪ねてきたのは、寺坂吉右衛門だった。犬勘定のために、さっそく大石内蔵助の命令で、「赤穂藩士の末席を汚す身」ながら、蓬莱屋付けを命じられたという。寺坂は本来、内蔵助の盟友である吉田忠左衛門《よしだちゆうざえもん》の家来だが、吉田自身は二十里離れた藩領加東郡《かとうぐん》の郡奉行《こおりぶぎよう》であり、任地で明渡しの準備をしていたため、吉田に言われて内蔵助の手足となって動いていた。

権左は伊十郎に手伝わせようと考えていたが、揺り起こしても伊十郎は大いびきで答える始末で、埒《らち》が明かない。やむなく寺坂と二人で犬探しに繰り出したのである。

「犬の数なんて、元禄の世じゃなきゃ、どうでもいい話なんだけどなぁ」

権左は寺坂を助け起こしながら、愚痴をこぼしてみた。

寺坂は手を合わせて「面目ござらん」と苦笑いしながら、しきりに頭を下げている。邪気が微塵《みじん》も感じられない足軽だ。すでに三十も半ばを過ぎている年齢だが、世にはこれほど清らかな心根の大人もいるわけか。

寺坂は御犬毛付帳に記された毛色に近い紐《ひも》を用意していた。犬をうまく捕まえてそのしっぽに紐をくくりつけるのである。そうすれば数え間違いもないし、幕府の収《しゅう》城使《じょうし》の仕事がはかどると、寺坂は考えたらしい。

老いた犬や子犬などは捕えられたが、中にはすばしこい犬もいて、難儀した。夜明け前から駆けずり回って、やっと五匹のしっぽに目印をつけたが、二人の腕や足はすでに引っかき傷だらけだった。この調子だと、何日かかるかわからない。

「あと一人、どなたかおってくだされば、多少はかどるのでござるが……」

おそらくは日ノ本でいちばん慌ただしい赤穂の町で、犬探しを手伝ってくれそうな暇な人間は、一人しかいそうになかった。

「伊十郎さんを説得しよう。犬侍なんだから、犬の扱いは誰よりもお得意なんだ。お腹《なか》も空《す》いたし、いったんお長屋へ戻ろうよ」

すでに日は高く上がっているから、伊十郎も起きているはずだ。

案の定、伊十郎は寝転がってシロとじゃれ合っている最中だったが、「断る」と、権左の頼みをにべもなく峻拒《しゅんきょ》した。

伊十郎が起き上がって、シロの体全体を手のひらで優しく撫《な》で回すと、シロは目を細めて嬉《うれ》しそうな顔をした。さらに伊十郎はシロを直立させ、二本の前肢《まえあし》を左手でにぎり、右手で下腹部を丁寧に触ってゆく。

次は四肢で立たせ、一本ずつ肢の関節を尾のほうへ屈伸させ、肉球をひとつずつ押してゆく。犬も病気をするが、早めに見つけてやるのが一番いいらしい。

「少し伸びてきたな」

伊十郎は脇差で器用に爪を切ってやっている。浪人は普通、腰に大小二本の刀を差さないはずだが、犬の世話に必要だから、伊十郎は差しているそうだ。

「どうして手伝ってくれないんだよ」

「なぜ俺が、犬なんぞを数えねばならん」

「だって、伊十郎さんは犬侍だろ？　毎晩、シロを抱いて寝ているじゃないか」

兵庫ノ津で蓬莱丸を降りて赤穂へ向かう道中も、権左は同じ部屋で伊十郎と隣り合わせに寝た。伊十郎は旅籠《はたご》に着くと、まずシロの体を洗い、手ぬぐいで丁寧に拭いて乾かしてやる。伊十郎はシロと同じ褥《しとね》に入って眠るが、シロはよく躾《しつ》けられていて粗相などしないし、伊十郎のいびきにもかかわらず、明け方までぐっすり眠っていた。

「勘違いするな、権左。俺は用心棒だぜ。今回はお前の警固を頼まれただけだ。俺はお前を守ってやる。だが、それ以上は俺の仕事じゃない。二人いれば、昼間なら大丈夫だろ」

伊十郎は赤穂の水は酒に劣らず美味《うま》いと言って、例の赤ひょうたんに入れて飲んでいる。赤穂で井戸を掘れば塩の味がするため、藩ではかれこれ百年近く前に、熊見川《くまみがわ》を二里ほどさかのぼって水路を引き、水を城下に供給するようになった。

「伊十郎さんが、そんなに冷たい人だとは思わなかったよ」

「お前はいつ俺を、温かくて思いやりのある人間だと勘違いしたんだ？　今は善良な人間が片っ端から馬鹿を見る元禄の世だぞ。親切が仇《あだ》となって返ってくる」

「もう、いいよ」

権左は話を打ち切るように立ち上がった。

己れの顔が泣きそうに歪《ゆが》んでいくのがわかった。伊十郎の目には、親犬に牙を剝《む》かれた子犬のように、うろたえて見えているだろうか。

権左は別に甘えん坊ではない。早くに父を亡くして、世の厳しさも人並み以上に知っていた。むやみに人に心を許したりしない。

だが、伊十郎は違った。いっしょに過ごしているうちに、まるで実の兄のような親しみを覚えていた。初めての経験だった。甘えられる幸せを、いつのまにか感じていた。独りよがりと言われれば、そうかも知れない。大石内蔵助の気さくさも、寺坂吉右衛門の優しさも、権左の勘違いに拍車をかけていたのだろう。

――そうだ。世の中は冷たく、厳しいものなんだ。

「行こう、寺坂さん。まだ二十四以上も残ってる」

寺坂は心配そうな顔をして、何度も頷《うなず》いた。

「一人、よい御仁《ごじん》に心当たりがござる。仕事の合間なら、手伝ってくれるはず。待っていてくだされ」

――犬？　クソガキが、犬なんて知るかよ！

犬について尋ねるたび、権左たちは罵倒された。

「堪忍してくだされよ、権左殿。十五日までには、皆、故郷から出て行かねばならんのでござる。わしのように財産が何もなければ、身ひとつで気楽なのでござるが……」

赤穂藩士たちはひと月ほど前に、とつぜん職を失った。

田中貞四郎のように暴発を企てる者もいるが、多くの者は、新天地で新しい生活を始める。身分の高い武士ほど、引っ越しの準備で忙しく、気が立っていた。藩士が自《じ》裁《さい》を決意しても、その家族まで付き合うわけではない。遺《のこ》していく家族のための準備があった。

「やっぱり三村《みむら》さんがいなくなってから、さっぱりだね」

寺坂が連れてきた三村次郎左衛門《じろうざえもん》も気のいい男で、「赤穂藩の大事」と聞くや、二つ返事で協力を約してくれた。これまた、腰の低い三十絡みの小太りの小兵《こひょう》で、犬勘定の仕事と聞いても、嫌な顔ひとつせず、二刻《ふたとき》ほどいっしょに犬を捕まえてくれた。だが、身分の低い台所役人で、城で台所の雑用があるらしく、あたふたと仕事に戻って行った。

権左は広い城中を、寺坂と二人で歩きながら、犬の影を探す。

道の脇に小さな白い物が見えた。まさか……。

駆け寄った権左は白い紐を拾い上げると、その場にへたり込んだ。

「見て、寺坂さん……」

「縛りが弱かったのでござろうか」

目印につけておいた紐が犬のしっぽから外れたのだ。自然に取れたのかも知れないが、誰かの意地悪か何かだとすれば、ますます手に負えない。捕まえた十二匹のうち、何匹の犬のしっぽから目印が落ちたのか。これからも外れるだろう。ある程度は覚えているが、兄弟なのか、似たような犬もいた。同じ犬を二度勘定してしまうかも知れない。

権左は力なく立ち上がった。

暗がりで目を凝らすが、日はすでに落ち、屋敷塀の影も夜に溶け込んでいた。耳を澄ましても、さっきまで聞こえていた犬の遠吠《とおぼ》えさえしない。あの犬は、すでに勘定済みなのか、それとも……。

――やり直しだ。今日の苦労も水の泡になったわけか。

船の炊《かしき》の仕事なら、美味《おい》しい食事を作れば、水主《かこ》たちが喜び、笑顔を見せてくれた。誰かの役に立っていると実感できた。だが、犬を勘定したところで、いったい誰が喜ぶのだ。大野九郎兵衛が吊り目をわずかに緩めるくらいが関の山だろう。ただ単純に犬を数えるだけの作業が、権左はたまらなく嫌になってきた。

「おいらたちは、何て馬鹿な真似《まね》をさせられているんだろ……」

犬の数を知ることがいったい何の役に立つのだ。こんな世の中にした犬公方が、ますます憎らしくなってきた。

「公方様は各藩に対し、御犬毛付帳を作るよう厳命してござる」

心から「お犬様」を大切にしていれば、すぐに犬の数などわかるはずだというわけだ。

「犬の数なんて、適当にごまかせばいいじゃないか」

「もし数が違えば、揚げ足を取られかねぬと、大野様に言われ申した。今、赤穂藩は滅びの瀬戸際にござるゆえ……」

「今日はこれくらいにしようよ、寺坂さん」

「名案でござるな。湯屋でひと風呂浴びてから、戻り申そう」

大石屋敷の内湯よりも広くてのびのびできる。ひねもす駆けずり回った疲れを風呂《ふろ》屋町《やちょう》で落としてから、大石屋敷へ向かった。

途中、二人を探していた台所役人の三村が、余り物で済まないがと、にぎりめしをくれた。赤穂藩では身分の低い者ほど人柄がいいらしい。塩で潤う赤穂藩は、他藩に比べると裕福で、町でも物乞いなどは見かけなかった。浅野家改易《かいえき》は、平穏な暮らしを営んでいた赤穂藩をとつぜん襲った天災のようなものだった。

いっしょに長屋でにぎりめしを食べようと戻ってみると、伊十郎は不在だった。

口いっぱいにほおばりながら、権左は年上の侍に尋ねた。

「赤穂藩の行く末について、寺坂さんはどう考えているの？」

「拙者《せっしゃ》は足軽でござる。お殿様とはお話ししたこともござらん」

赤穂藩士三百八名のうち、百名ほどは改易された浅野家をさっさと見限り、他家に仕官すべく、私財をまとめて、すでに赤穂を離れていた。

「抗議して腹を切るなんて、おいらなら、ごめんだよ。まさか寺坂さんまで……」

「拙者はお許しがいただける限り、どこまでも大石様について参る所存」

「武士って、しんどい生業《なりわい》なんだね」

日がな長屋で犬と遊び、酒を呷《あお》り、煙草《たばこ》を吸っている気楽な浪人もいる。

「拙者のように、何をやっても才乏しき者が、生涯惚《ほ》れ込めるお人にお会いできただけで、幸せだと思うてござる」

農民出身の足軽とはいえ、寺坂もいちおうは武士だが、年若の権左に対しても鄭《てい》重《ちょう》に接した。蓬莱屋は赤穂藩の大口取引先であり、権左がその蓬莱丸の水主だという事情のせいかと思ったが、そうでもない。赤穂の町を歩いていても、寺坂は皆に対して物腰の低い男だった。

「あのものぐさな犬侍、いったいどこへ行ったんだろう。暇なんだから、手伝ってくれたらいいのにさ」

「千日前様にも、思うところがおありなのでござろう」

「あるわけないよ。単に、面倒くさいだけさ。様なんて呼ばなくていいよ、ただの浪人なんだし」

言ってしまってから気付いた。

赤穂藩士たちも、すでに浪人同然なのだ。商人と違って、武士の世界では、実力よりも身分が大きくものを言う。ほかに拠《よ》って立つもとはない。武士が身分を失うとは、地獄へ落とされるくらいに重大な意味を持つはずだった。

そういえば、伊十郎はどうして浪人になったのだろうと、ふと思った。

「ありがたくも拙者は、主《あるじ》ともども大石様のおそばに長らくお仕えして参った。三村殿ともよく話すのでござるが、世には非の打ち所のない武士がおわす。弱きを扶《たす》け、強きを挫《くじ》き、気高く、潔い。本物の侍だけが持つ威風が、その方がたにはござる。日ノ本広しといえど、数えるほどでござろうが、さいわい拙者はさようなお方に、親しゅうしていただき申した」

「大石様のことだね」

寺坂は胸を張って、大きく頷いた。

伊十郎も大石を高く買っているようだが、まだ若いせいだろう、権左には昼行燈《ひるあんどん》がそれほど立派な人物のように思えなかった。武士なら家柄だけでやっていけるだろうが、実力と努力を求められる商人の世界では、とても生きていけないのではないか。

「拙者は同じ威風を、千日前様に感じ申した」

「それは何かの勘違いだよ。たいてい居眠りしているか、だらしなく寝転がって、酒を呑んでるか、煙草を吸ってるか。本人も言ってるけど、あんな大人になっちゃだめだって、おいらも思っている」

寺坂は何がおかしいのか、にんまりと笑っている。

「権左殿は、千日前様に惚れておわすな」

「何だい、あんな手前勝手なやつ」

「犬勘定の手助けを断られて、腹が立っておわすか」

権左にもわかっていた。なんのかんのといっても、伊十郎がそばにいると、心が落ち着いた。温かくなった。ほっとできた。

権左が気を取り直すように首を振ったとき、大きな笑い声が聞こえた。さっきから何やらにぎやかな声が、母屋のほうから届いてくる。

滅びゆく赤穂藩の家老屋敷で、場違いなどんちゃん騒ぎを繰り広げている男が、もしもいるとするなら、ただひとり、千日前伊十郎しかいなかった。

「おお、ひさしぶりじゃ。いつも大石屋敷はにぎやかでござったが、このひと月ほどは、火の消えたように静まり返ってござった」

寺坂はにこにこ笑っている。

渋い低音とともに、琵琶《びわ》の澄んだ音が聞こえてきた。

「平家琵琶でござるな。いいお声じゃ」

伊十郎は酒と煙草のほかに、音曲もやるわけか。遊ぶために生まれてきたのか、こと遊興に関しては、実に造詣の深い男だ。

「時と場もわきまえずに……。伊十郎さんらしいや」

「どれ、せっかくじゃから、拙者たちもお邪魔いたそう」

寺坂はゆらりと立ち上がったが、権左は大きく首を振った。

「おいらはやめておくよ。明日も日の出前に起きて、犬を探さないと間に合わない」

犬勘定がどれほど馬鹿々々しい無意味な仕事であっても、ひとたび引き受けた以上は、きっちりとやり遂げる必要があった。

権左は薄い敷布団をさっと敷くと、寝転がって夜着を体にかけた。

二　赤穂の夜

二日目、三日目の犬勘定も、苦労したわりには、はかばかしい成果を得られなかった。

夜明け前から日暮れまで、権左は寺坂と二人で、時どきは三村も加わって、犬探しに明け暮れた。が、結局、間に合わず、九郎兵衛に頼んで、期限を一日延ばしてもらった。

しっぽの目印は役に立たないとわかり、権左はそれぞれの犬の特徴を、しっかりと頭へ叩《たた》き入れた。犬勘定に没頭する権左を尻目に、赤穂藩が放出する火縄銃、法螺貝《ほらがい》や太鼓、弓、槍《やり》、刀、具足、笠《かさ》などが城から運び出されていった。火事場泥棒よろしく、赤穂藩の足元を見ながら、大坂の商人たちが乗り込んで上手な商売をしているらしい。

一日の終わりに風呂屋町で寺坂と湯船に浸《つ》かると、つい居眠りをしそうになった。伊十郎は、酔っ払って隣で寝ている伊十郎のいびきのせいで、何度も起こされた。伊十郎は朝寝坊だから、すれ違いでひと言も口を交わしていない。

「今夜も、伊十郎さんは呑んで騒ぐんだろうな」

「実に楽しい御仁でござる。りく様を始め、大石家の皆様は、すっかり伊十郎様に首ったけのご様子」

ふてくされてはいても、伊十郎が褒められると喜んでしまう己れに、無性に腹が立った。

「寺坂さん、台帳に記されているのに見つからない犬は、あと九匹もいる。明日じゅうに全部見つけるのは、難しいかも知れないね」

権左が話題を変えると、寺坂が唸《うな》った。

「弱り申した。浅野家再興のために今、役立たずの拙者にできることは、犬の勘定くらいなのでござるが……」

田中貞四郎のように次席家老を狙う輩もいれば、へとへとになるまで愚直に犬を探し続ける足軽もいる。寺坂のためにこの仕事をやり遂げようと、権左は思った。

「元気を出してよ、寺坂さん。だいぶ慣れてきたし、何とかなるさ」

大石屋敷の隅にある長屋に戻ると、意外なことに明かりが灯《とも》っていた。

中に入ると、寝転がっている伊十郎の長い脚が見えた。そのすぐ隣にシロが寄り添い、もう眠っている。

「おう、権左。犬勘定のほうは、はかどっているか」

強い酒臭《しゆしゆう》がした。今夜は母屋でどんちゃん騒ぎをして、平曲《へいきよく》を披露しないのか。赤ひょうたんを片手に首尾を尋ねてくる伊十郎とは、目を合わせなかった。

「伊十郎さんには、関係ないだろ」

「どうした、権左。何を怒っているんだ」

「別に何も。疲れているだけだよ」

「いい若い者が疲れるとは、困りものだな」

「お邪魔いたしまする」

寺坂がにぎりめしの包みを手に現れた。

最初の日にもらったにぎりめしをうまいと褒めたら、この日も三村が大石屋敷に届けておいてくれたらしい。長屋で寺坂といっしょに三村のにぎりめしを食べながら、明日の犬勘定の戦略を練るのが、ここ数日の日課となっていた。

「おお、うまそうだな。ひと休みしていたら寝入っちまって、小腹が空いていたんだ」

寝転がったまま、伊十郎がにぎりめしの包みに長い腕を伸ばす前に、権左は包みの端を持って、寺坂のほうに移動させた。

「やっぱり怒っているじゃないか、権左。俺にもくれよ」

「伊十郎さんは、何も仕事をしてないだろ」

「まあまあ、権左殿。三村殿がいくつも、こしらえてくだすったゆえ」

幕府に引き渡すか、捨てるくらいならと、城ではたくさん米を炊いて、人々に振舞っていた。

「おお、うまい。にぎりめしは、握りすぎないほうがいいんだ。それと、同じ話でな。人間、何でもむきになれば、失敗するぜ」

権左は相手にせず、にぎりめしの包みを、今度は伊十郎のほうへ押しやると、寺坂との間に御犬毛付帳の写しと赤穂の絵地図を置いた。

「まだ探していないのは、大石屋敷と大野屋敷、あと塩田のほうだね」

「犬は動くから厄介なのでござる」

にぎりめしを三つ平らげた伊十郎は、両手を大きく伸ばしながら大あくびをして、半身を起こした。

「うまいものを食わせてもらった礼に、いいことを教えてやろう。犬ってのはな、鼻がいいんだ」

権左はこの日初めて、伊十郎と目を合わせた。

「そうか……餌で集めるわけか」

「犬の好物は、味よりも匂いなんだ。人間なんて比べ物にならないほど、やつらの鼻はいいからな」

「引き寄せるには何がいいんだろう」

「鰯《いわし》なんかがいいんだが、獲《と》れる季節じゃない。それなら、干鰯《ほしか》が手ごろだろうな。上方は紀州が産地だ。赤穂の町は裕福だから、たくさん手に入る。そいつを使って町のあちこちを巡りながら、犬を集めれば話が早い」

「なんだよ。もっと早く教えてくれればいいのに」

「俺もここ数日、取り込んでいたからな」

「酒と煙草とどんちゃん騒ぎだけじゃないか」

「手厳しいな。犬勘定よりも大事なことが、いくらでもあるんだよ」

「そうですか、そうですか。へん、誰が好き好んで、犬なんか探すもんか」

権左が伊十郎に嚙《か》みつくと、脇で見ていた寺坂が四角くなって頭を下げた。

「他国の方のご厄介になり、重ねがさね面目ござらん。赤穂藩の末席を汚す身として――」

骨張った寺坂の肩を、伊十郎が気安く叩いた。

「で、あんたも、昼行燈といっしょに腹を切るのか」

それにしても、重い話を気軽に尋ねる男だ。

寺坂が、どこまでも内蔵助について行くと答えると、伊十郎は、

「しんどい話だねぇ」

と言いながら、長い手を伸ばして小ぶりの竹包みを取った。開いて、宝物でも扱うように、黒文字で羊羹《ようかん》を丁寧に切り分け、ひと切れつまむと、口に放り込んだ。

「りくさんが言っていた塩羊羹だ。塩を使っても味がぜんぜん尖《とが》っていない。甘さもほどよく抑えてある。寒天も使いすぎずに、小豆の粒もざらつくぐらいで、俺好みだった。こいつは病みつきになりそうだ。お前もひとつ、どうだ」

権左は放り投げられた竹包みを受け取る。

今日、赤穂の町でいくつも味見をした上で仕入れてきたらしい。

「まったく迷惑な話だよな。いかなる理由であれ、家臣、一族郎党を路頭に迷わせる藩主なんて、ろくでもない奴《やつ》さ。吉良との間で何があったのかは知らんが、内匠頭さえ堪《こら》えれば、皆、故郷を失わずに済んだんだ。斬りたいほどの遺恨があるなら、わざわざ松ノ廊下で抜かずとも、その辺の犬侍に頼んで、吉良を闇討ちさせればよかったのさ。俺は、昼行燈もあんたも、不憫《ふびん》でならんね。もののついでに言えば、馬鹿の田中たち三人組だって、立派な被害者だ」

酔いのせいか、伊十郎は饒舌《じょうぜつ》である。

「伊十郎さんもいちおう侍なら、武士の一分《いちぶん》があるんだろう？」

「ない、ない。そんなものは、建て前にすぎん。天下の素浪人には関係ないさ。大物を持ち出してすまんが、あの韓信《かんしん》だって、股の下をくぐったろう。内匠頭も後先考えて行動しろってんだ。昼行燈だって、りくさんや家族、朋友《ほうゆう》たちと今まで通り、幸せに暮らしたかったに決まっているだろうに」

伊十郎は壁にもたれかかって、シロの背を時々さすってやりながら、なおひとくさり浅野内匠頭の悪口を並べ立てていたが、ふたたび眠りに落ちた。

今日は羊羹を仕入れたくらいで、何も疲れるような仕事をしていないはずだが、いつでも、いくらでも眠れる男らしい。

長屋の戸を叩く音がして、寺坂が返事をして開けると、ひとりの婦人が立っていた。

「りく様！」

寺坂は土間に膝を突くと、痩せた背中をぴんと伸ばして平伏した。

筆頭家老の室だから、足軽の身分からすれば、雲の上の人である。他方、権左は伊十郎と同じで、家来でもなんでもない。ただの水主だから、商売となれば話は別だが、相手が誰でも、態度を変える必要はなかった。

「伊十郎どのはもうお寝《やす》みでしたか。きっとお疲れなのでしょう」

りくは音も立てずに板間に上がると、背筋を伸ばして正座した。

その前で伊十郎が壁に背をあずけ、いびきをかいている。

「何も疲れるような仕事はしてませんよ」

伊十郎を起こそうとする権左を、りくが手で制した。

りくは家老の室だけあって、近づきがたいほど威厳があった。顔つきは平凡だが気品があって、身分をひけらかす厭《いや》らしさがまるでない。落ち着いた物腰は、育ちの良さと奥深い教養を感じさせた。

「今日も丸一日、引っ越しのために屋敷の片付けを手伝ってもらって、大変助かりました。伊十郎どのは本当によく働いてくれます」

「りく様、何かの勘違いじゃありませんか。伊十郎さんが働き者だなんて」

内蔵助は筆頭家老として城に詰め、暴発しそうな藩士たちをなだめながら、赤穂城の円滑な明渡しに向けて忙殺されている。十五日には武家屋敷を明け渡さねばならないのに、大石家では男手も足りず、伊十郎が大活躍をしていたらしい。

「怠け者に見えても、本物の男は、やる時にはやるのです。琵琶も売ってしまいましたから、今宵は平曲を愉《たの》しめません。このお酒は蔵にあったものですが、ここ数日のお礼に、伊十郎どのに差し上げようと持参しました」

りくは微笑《ほほえ》みを浮かべながら、高いびきの伊十郎を見ていたが、やがて権左と寺坂に小さく頷いてから、長屋を去った。

「母屋でふた晩、大石様がお城からお戻りになられぬ間、伊十郎様と大騒ぎし申した。伊十郎様がそばにいてくださると、何事も何とかなるような気持ちがするのでござる。大石家の皆様も同じでござろう」

寺坂が権左をしかと見つめている。

内蔵助とりく夫婦には二男二女がいたが、特にお転婆な長女のくうが伊十郎に懐いて、膝の上を離れない。伊十郎の嫁になると言って聞かず、当の伊十郎も目尻を下げて喜んでいたらしい。長男の主税《ちから》は、城で内蔵助の力になっており不在だが、伊十郎は数え十一歳の次男吉之進《きちのしん》とも仲良くなり、一緒に風呂へ入った。さらには酒と煙草を教えて、ご満悦だったという。

赤穂藩士とその家族は皆、先行きの見えない不安のまっただ中にいる。天下の素浪人がのびやかに呑み、琵琶を奏でて歌う姿は、りくたちに多少の安心を与えたのかも知れなかった。

「剣の腕も抜群なのに、どうして犬侍になったんだろう……」

「どんなしぐさにも、育ちは出るもの。りく様は、伊十郎様を囲んで、にぎやかに最後の赤穂を楽しんでおわしたが、これほどの侍が、はたして赤穂藩士の中に何人おるか……」

寺坂が身づくろいして去ると、権左は、壁にもたれたままいびきをかいている伊十郎を起こした。権左は平たいせんべい布団を二つ敷いて、夜着にくるまる。

行燈の火を吹き消した。

昨日まで聞こえていた母屋の騒ぎも、今日はない。伊十郎がここにいるのだから、当然の話だ。今さらだが、意地を張らずに、権左も母屋の宴《うたげ》に顔を出せばよかったと後悔した。

二人並んで、寝転がっている。むろんシロも、伊十郎の隣で寝息を立てていた。


「寝たのか、権左」

しばらくして隣から低音が響いた。

顔を横に倒すと、伊十郎が身を起こしていた。暗がりに目もすっかり慣れている。

「いや。疲れすぎても、なかなか眠れないもんだね」

「今、日ノ本でいちばん気の毒な町にいて、寝床にありつけるだけ幸せな話だ」

この今も、内蔵助は城で明渡しのための雑務に追われているはずだった。連日の徹夜を余儀なくされている。途切れとぎれの仮眠を取るのが関の山だろう。

伊十郎はシロを抱き寄せて、頬で顔を愛撫《あいぶ》している。

「まるで恋仲みたいだね」

伊十郎はシロが可愛《かわい》くてならないらしく、ともにうつ伏せに寝そべって、口付けしている時さえあった。シロのほうは両目を閉じており、まるで恋人のようで、権左は気まずくなって目をそらせたものだ。

「そう言われると、恥ずかしいな。いっそシロと夫婦《めおと》にでもなるか」

「伊十郎さんは、衆道《しゅどう》の気があったんだ」

「シロは雌だぜ」

「知らなかったな。犬侍が使う犬は、雄だけだと思っていた」

「ほとんどは雄だ。だが、柴犬はもともと強い犬じゃない。雄でも、柴犬なら、力はたかが知れている。それなら、賢くてわかり合える雌犬のほうが頼りになる」

犬侍にとって、犬は刀と同じ武器ではないわけか。いつかシロか己れの命か、どちらかを選ばねばならない時、伊十郎はどうするのだろう。

「そういえば、さっきりく様が来てね。えらく伊十郎さんを褒めていたよ」

「いい女に褒められるほど、嬉しい話はないな。犬公方なんぞに褒めちぎられるより、よほど自慢になる」

「どうして犬公方が伊十郎さんを褒めるんだよ」

「これだけ犬と仲良くしているんだ。感状の一枚くらい欲しいもんだな」

犬公方は犬を大切にしろと法で強制するが、伊十郎のように犬を可愛がってはいない気がした。

「将を射んと欲すれば、まず馬を射よ、だ。俺の見たところ、塩を握っているのは夏火鉢だが、決めるのはやはり昼行燈だ。今、この国でいちばん忙しい御仁だから、簡単には会えない。頭を使わないとな」

「もしかして、塩を手に入れるために？」

「それだけじゃないがな。俺はああいう凜《りん》とした女性には弱いんだ。ある日とつぜん、今まで暮らしていた平穏な生活が終わりを告げる。それでも、弱音を吐かない」

心なしか、伊十郎の口調が湿っている気がした。

「夫は公《おおやけ》のために、私《わたくし》を捨てて尽くしている。いつ命を落としてもおかしくはない。周りから見れば昼行燈だったかも知れないが、大石内蔵助は大切な家族を照らしていたんだ。もう二度と、平穏な暮らしは戻ってこない。それを百も承知で、りくさんは泣き言ひとつ漏らさず、幼子たちを抱えて気丈に振る舞っている。男なら、犬の勘定より、ひと肌もふた肌も脱ぎたくなるじゃないか」

母屋は静かだ。伊十郎の闖入《ちんにゅう》がなければ、主が不在の大石屋敷は、ずっとこのように静まり返っていたに違いない。

どこかで犬の遠吠えがした。数えそびれた犬だろうか。

「ねえ、伊十郎さん。一寸先は闇って、その通りだね」

「ああ、陳腐な俚諺《りげん》だが、嘘《うそ》じゃない」

「おいらの家族もそうだった。おいらは越廼《こしの》の漁村に生まれたんだ。親父は三国《みくに》ノ湊《みなと》に出て、腕利きの雇船頭《やといせんどう》になった。親父は働き者で、商売上手だった。しっかりと稼いで金を貯《た》めて、それでも足りないぶんはあちこちから金を借りて、ついに自前の船を持ったんだ。十年前の話さ。それは当時、最大と言われた新造船だった。おいらも乗せてもらった。作りたての木船の匂いは今でも覚えてる。親父は日ノ本一の北前船の船主になるはずだった」

権左は仰向けのままで胸を張った。

「親父はその大きな北前船を『天々丸《てんてんまる》』と名付けた。天を目指して翔《と》ぶ船なら、決して沈みはしないからね」

伊十郎が、いつものようにキセルをふかし始めた。

「でも十年前、親父の乗っていた天々丸は、初めての航海から戻ってこなかった。あんな大きな船が、まるで神隠しにあったようにね」

権左が水主になったのは、天々丸について調べるためでもあった。

「海難、か……」

北前船は一度の航海で、一千両（約一億二千万円）もの巨利を上げるといわれたが、死の危険と背中合わせの商売だ。だからこそ皆、神仏にすがり、住吉大社で航海の安全を願い、命がけで海へ繰り出すのだ。

「借金でこしらえた船を沈めたんだ。親父を見込んで、なけなしの金をつぎ込んだ人もいた。おいらたちは三国にいられなくなった。ちょうどお袋のお腹のなかに妹がいたんだけど、結局、生きては産まれなかったんだ。お袋は体が丈夫じゃないのに、敦賀の漁村で針仕事をしながら、おいらを育ててくれた」

「天々丸は、どこで沈んだんだ」

「羽州《うしゅう》の酒田ノ湊を出たところまでは、わかってるんだ。でも、天々丸は松前《まつまえ》にも、箱館にも入らなかった。津軽海峡は難所だから、そこで沈んだのかも知れない。親父は赤穂の塩も扱っていたんだ。おいらは三国ノ湊へ戻って、一から船の仕事を始めた。おいらが蓬萊丸に雇ってもらおうと思ったのも、天々丸について何かわかるかも知れないと思ったからさ。でも、甘かったよ。十年経《た》ってから探したって、何が出てくるわけでもなかった……」

昨年の航海で湊へ寄るたびに、権左は炊の仕事に精を出しながら、暇さえあれば天々丸について尋ねて歩いたものだ。だが結局、何ひとつ手がかりが得られなかった。

「後ろばかり振り向いていたら、歩けないからね。おいらはもう、童《わらべ》じゃない。おいらはまず日ノ本一の炊になる。いつか必ず自前の北前船を持つんだ。船の名前はもちろん天々丸さ。いつかお袋を乗せてやる」

「若いのに苦労したんだな。お前がいつも一生懸命な理由が、わかった気がするよ」

権左は控えめな口調で尋ねてみた。

「伊十郎さんに、家族はいないの？」

これまで伊十郎は家族の話をしたことがなかった。

「俺にはそういうの、いないんだ……」

伊十郎は話を打ち切るように、煙草入れを片づけた。ゴロリとだらしなく横になる。

「上から下まで、大石家の皆は働き者だ。離れを除いて、引っ越しの支度はすべて済んだ。明日はお前の犬勘定を手伝ってやるよ」

「本当かい」

「ああ。お前の相棒の、赤穂で一番人柄のいい侍から話を聞いた。苦手なはずの犬を相手に、お前が噛み傷、引っかき傷をこしらえながら、夜明け前から日暮れまで駆けずり回ってるってな。大嫌いなことを、一生懸命にやっている奴を、俺は嫌いじゃない」

いつの世も正直者が馬鹿を見るのだろうが、見ている人は見ているわけか。

「ありがとう。恩に着るよ」

「見直したか？」

「伊十郎さんは、それなりに立派な人だよ。チャランポランだけどさ」

「立派ってのは、身分が高かったり、唸るほど金を持っている連中のことじゃないのか」

「もちろん違うさ。将軍だからって、誰も犬公方を立派とはいわないだろ。金をいっぱい持っていたって、夏火鉢のように使い方を知らない人間だっているんだ」

「で、お前がいちばん立派だと思う人間は、誰なんだ」

「立派かどうかは、まだわからないけど、目指している商人はいる」

権左は胸を張って答えた。

「紀伊國屋文左衛門さ」

紀伊の出で、紀州の有田《ありた》みかんを江戸で大量に売りさばいて評判になり、さらには材木商ともなり、ついには一代で巨万の富を築いた大富豪だ。謎だらけの大商人だが、五十絡みだとも、まだ三十を出たばかりだとも聞く。

「紀文なら、天下の美酒に煙草が、いくらでも楽しめそうだな」

「どうして、そういう考えしかできないのさ。伊十郎さんは何のために生きているんだい」

「うまい酒と煙草のためかな。……いや、生きるために俺は呑んでいるのか」

「まじめに尋ねたおいらが、つくづく馬鹿だったよ」

「まあそう言うな。まじめ一筋で生きていると辛《つら》いもんだぜ。江戸は四谷の小さい武家屋敷にくそまじめな武士がいてな。近くの屋敷に泥棒が入ったっていうんで、番犬はいないかって、知り合いに尋ね歩いたんだ。俺にも相談に来た。どうなったと思う」

「どうせシロが活躍したんだろ」

「いや。そいつはどの番犬にしようか、まじめに考え抜いたんだ。たっぷり時間をかけてな。結局、屋敷で番犬を飼う前に、泥棒に立て続けに入られた」

権左が黙っていると、不満げな低音が聞こえてきた。

「冗談みたいな話だろ。面白くないか？　そいつの屋敷は番犬がいないから狙い目だって、泥棒連中に吹聴《ふいちょう》したような――」

「そんなことはわかるさ。でも、伊十郎さんって、犬の話ばっかりだね」

天々丸の悲劇が話題になったために、伊十郎が権左の心をほぐそうとしているのだと、わかってはいた。

「それなら、犬以外の話をしてやろう。何にするかな。……よし。お前も知っているだろうが、紀州は犬の産地でな、優れた猟犬を出す国なんだ」

「のっけから、犬の話じゃないか」

「まあ、聞けよ。ある日、紀州の山で、猟師が傷付いた狼《おおかみ》に出くわした。助けて手当てをしてやったんだが、何日かして、その猟師の家の前に生まれたばかりの子犬が置かれていたんだ。猟師はそいつを大切に育て上げた。体が青っぽく見えたから、アオと名付けてな。アオは、紀州でも最高の猟犬と言われるまでになった」

「やっぱり、どう考えても犬の話じゃないか」

「いや、育てるうちにわかったんだが、アオは狼だったのさ。だが、猟師の村には、妙な言い伝えがあった。人に育てられた狼は、生き物を千匹殺したら、次にはその主を食い殺すってな。権左がその猟師なら、どうする」

「商人としては、八百匹ほど仕留めさせてから、売るのが正解かな。大評判の猟犬だ。高く売れるよ」

権左の戯《ざ》れ言に、伊十郎はさびしげに笑っただけだ。

「それだけ長く生き物と暮らすとなぁ、権左。もう、離れられなくなるんだよ」

「伊十郎さんなら、どうするのさ」

「猟師をやめるかな。ほかで食い扶持《ぶち》を稼げばいい」

「それで、アオはどうなったの」

「ある日、姿を消した。猟師がいくら探しても見つからなかった。犬もそうだが、あいつらは人が何を考えているか、わかっているのさ」

「もう、会えなかったんだね……」

「いや、再会したんだ。それから何年かして、猟師は山の中で狼の群れに襲われた。

鉄砲の弾が尽きて、死を覚悟した時、一匹の狼が現れた。人に育てられたから、群れにはもう入れなかったんだろうな。アオは猟師を救うために、狼の群れと勇敢に戦って、追い払った。だが傷付いて、猟師の腕の中で息を引き取った。……ほら、権左。犬の話じゃなかったろ？」

伊十郎はあくび混じりで同意を求めてきた。

「犬も狼も、似たようなもんじゃないか」

伊十郎と出会う前、権左は脇目も振らず、がむしゃらに働くだけだった。

小さなことをやり遂げて積み重ねていく。もちろんその結果、得られる達成感はあった。だが、伊十郎といっしょにいる時のように、穏やかな時の流れを感じていたろうか。笑い合えるような馬鹿話をしたろうか。伊十郎と出会ってから、権左の人生は、確実に変わり始めていた。

「おいら、最初は伊十郎さんがよくわからなかったけど、今は、伊十郎さんみたいな兄さんがいたらいいなって、思ってる……」

返事の代わりに、伊十郎のやかましいいびきが、いつものように聞こえてきた。

三　雌犬と火縄銃

「よし、やった！　こいつで、白犬は全部だ」

権左の言葉に、寺坂が笑顔で頷き返した。

伊十郎の作戦は、大成功だった。

ちょうど城の蔵で持て余していた干鰯があった。寺坂が抱きかかえる七輪で権左が炙《あぶ》っていると、たちまち犬たちが寄ってきた。

伊十郎は親しげに声をかけ、手を差し出して餌を与えてやる。干鰯に夢中の犬の体をなで回して、ひたすらじゃれ合った。犬侍だけあって、伊十郎は犬の喜ばせかたを一から十まで知っているようだった。伊十郎が奇声を上げながら、あごの下や背を撫でてやると、犬たちはうれしそうな顔でしっぽを振るのだ。

仲良くなると、伊十郎は犬たちをぞろぞろ引き連れて、城中を闊歩《かっぽ》し始めた。犬たちが楽しそうに吠え、しっぽを振りながら伊十郎の周りを囲む。その後ろを、干鰯をいぶしながら、権左と寺坂が歩くわけだ。

にぎやかな犬の行列と餌の匂いに、次々と犬が集まってきた。

見慣れた犬たちが多いが、なかには未発見の犬も混じっていた。探し回る手間が省け、権左はずいぶん得をした気持ちになった。

「御犬毛付帳では、あと若い雄の黒犬が二匹に、年寄りの白犬が一匹いるはずなんだけどな。どこに隠れてるんだろう」

伊十郎でも、もう打つ手がないだろう。

見ると、伊十郎は、いつかの赤ぶちの大犬「安兵衛」に顔じゅうを舐められている。すっかり友だちになったらしい。

「腹を空かせておらんのでござろうか……」

干鰯を炙りながら寺坂がつぶやいたとき、伊十郎はようやく安兵衛から解放された。

「きっと食い物より欲しいものがあるのさ」

伊十郎は餌を食べ終えた白犬の体をなで回してから、さっと抱き上げた。

「この犬がよさそうだ。餌はもういい。次の策に移ろう」

一匹の黒犬が武家屋敷の裏木戸から猛然と現れたとき、権左と寺坂は同時に快哉《かいさい》を叫んだ。見覚えのないやや小さめの犬だった。

伊十郎が胸に抱く白犬に向かって、黒犬は飛びかからんばかりに吠えている。伊十郎は気にする風もなく、城じゅうを歩き回った。その後も、どこに潜んでいたのか、もう一匹の黒犬が現れた。ようやく伊十郎が白犬を地に下ろすと、黒犬どうしで激しい喧嘩《けんか》が起こった。

「後は放っておくさ」

「ねえ、伊十郎さん。いったい何をしたんだい」

「雌の匂いを使ったのさ。雄のなかには、恋わずらいのせいで、飯もろくに喉を通らない連中がいるからな」

なるほど、今は盛りの季節だ。伊十郎は、犬の発情を利用したわけだ。

「残りはあと一四、年寄りの犬だけど……さすがの伊十郎さんでも、お手上げだよね。もう死んじゃったのかな」

権左の言葉に、伊十郎は寺坂をふり返った。

「奥の手を使うしかないようだ。いろいろ面倒もありそうだが、家老たちに責めを負ってもらおう」


半刻後、伊十郎が構える火縄銃が、空に向かって火を噴いた。

伊十郎は涼しい顔で撃っているが、体の芯を震わすような物凄《ものすご》い轟音《ごうおん》だ。

犬探しの初日に寺坂と悪戦苦闘した、行き止まりの武家屋敷まで来た。

筆頭家老大石内蔵助の命令と断って、門の中へ入る。

伊十郎がカルカで銃口から火薬を詰めている。むろん弾丸は込めていない。

煙草に火を付けるのと変わりない表情で、伊十郎は火蓋を切り、引き金を引いた。赤穂の青い空の下で、猛烈な轟音が響く。

最初は伊十郎に言われて手で耳を塞いでいたが、権左もさすがに慣れた。

「あ、出てきた」

床下から、見覚えのない白い犬が飛び出してきた。

ずいぶん齢《とし》を取っているらしく、腹が少したるんでいる。

「やった！　これが最後の犬だ」

権左は寺坂と手を取り合って喜んだ。寺坂は感涙に咽《むせ》ばんばかりの顔である。

が、その二人の脇を、遅れて現れた黒い子犬が一匹、通り過ぎていった。

「……あれ？　寺坂さん、見たことのない犬だよね」

寺坂は御犬毛付帳を食い入るように見ていたが、やがて顔をあげた。

「一匹、多くなり申した」

「人と同じで、犬も増えるさ。他にもいる」

「そんな……きりがないよ」

「この界隈《かいわい》はもういない。行くぞ」

肩に火縄銃を担いで、伊十郎が歩き出した。

伊十郎の奥の手は、犬たちを音で震え上がらせて、住処《すみか》から追い出す作戦だったわけだ。

鉄砲の借用と使用については、大野九郎兵衛に掛け合って、しぶしぶ認めてもらった。伊十郎が射撃を楽しんでいる節もあるが、空砲でも空や地面に撃ち込んでいる。万一、弾が入っていたらことだ。

「犬は人より耳がいいから、大きく聞こえるのかな」

「赤穂城下で鉄砲をぶっ放す無法者など、長らくいなかったろう。犬は聞いたことのない音に怯《おび》えるものなんだ」

その後、伊十郎はむしろ楽しそうにあちこちで発砲を続け、御犬毛付帳に記載されていない犬まで見つけた結果、七匹も追加になった。

役目を無事に果たし、さっそく寝転がりたいという伊十郎の提案に従って、三人は大石屋敷へ向かった。

「拙者は先に戻り、夕餉《ゆうげ》の支度を確かめて参りまする」

几帳面《きちょうめん》な寺坂が急いでその場を離れると、伊十郎がとつぜん空腹を感じたように腹へ手をやった。

「りくさんの指図で、きっとうまい飯を用意してくれているだろうな」

「伊十郎さんはいつも暢気《のんき》でいいや」

「気楽そうに見えるやつほど、意外に悩みを抱えているもんだぜ」

「いったい、どんな悩みがあるってのさ」

「そうさな、大坂で見かけた黒虎毛の犬侍が追ってきやしないか心配で、好物の塩羊羹も満足に喉を通らない」

「へえ。伊十郎さんでも、怖い相手がいるんだ」

「ああ。俺とシロでは、まず奴に勝てんからな」

「そんなこと、どうしてわかるの」

「俺が目標とした犬侍がいたんだ。が、黒虎毛に一撃で倒された。犬だけじゃない。あの男は虎帝剣《こてぃけん》を極めている」

無類の強さを誇る伊十郎でも勝てない犬侍がいるのか。

「日ノ本は広いんだ。よりによって、赤穂なんかにやって来やしないよ」

「赤穂は今、日ノ本でいちばん耳目を集めている国だ。塩も石高に入れれば、実質八万石が大きく揺らいでいる。世間は、日ノ本一良質な塩田が誰の手に落ちるのか、気になるところだろうさ。赤穂改易を聞きつけて、寝る間も惜しんで悪い奴らが陰謀を巡らしているとしても、別に不思議じゃない。おかげで、近ごろは夜しか眠れなくなった」

「それが人並みだよ」

「人生の醍醐味《だいごみ》は昼寝と、陽《ひ》のあるうちに呑む酒にこそある。何しろ恵まれた境涯にある者にしか許されない贅沢《ぜいたく》だからな」

「ものぐさ太郎だなぁ」

「だから間違っても、俺を手本にしないほうがいい」

「誰がするもんかい」

「だが、今日はよく眠れそうだ。頭も体も使ったからな」

犬とじゃれ合うのに頭を使うのだろうか。

「伊十郎さんは昔からそんなだったの?」

「そんな、とは何だ」

「チャランポランで、いいかげんだって、ことだよ」

「お前くらいの齢のころは、すこぶる真面目だったたな。人はきっかけ次第で驚くほど変わる。ほら、蛙《かえる》だって、おたまじゃくしからずいぶん変わるだろ」

いいかげんな譬《たと》えだが、権左はいちいち反駁《はんばく》しなかった。

大石屋敷に向かうと、何やら人だかりができている。

「また、何か厄介事かな」

「ああ、いい話ではなさそうだ」

人だかりの中心には、困惑しきった顔つきの寺坂がいた。

権左たちは、寺坂に乞われて母屋へ出向き、りくと対面していた。

「吉右衛門どの。騒々しいですが、何があったのです」

「りく様。実は……」

寺坂から耳打ちを受けたりくの顔色が変わっていた。

「いずれわかることですし、これも乗りかけた船なら、蓬莱屋のお二人にお願いするほか、ありますまい」

「されど、赤穂藩の秘密にございますれば、筆頭家老様の了《りょう》を得て――」

「心配無用です。旦那さまも、今は犬どころではありますまい。この屋敷のことは、離れも含め、すべて私に任されています。私が決めたことに異議を唱えるはずもありませぬ。だいたい吉右衛門どのも、このお二人に頼むほかないと考えて、お連れしたのでしょう」

　寺坂はしばらく悩んでいた様子だったが、りくに重ねて促されて、ついに語り出した。

「どの藩も同じでございましょうが、赤穂藩にも凶暴な犬がおり申した。以前なら始末できたはずが、今はあの法度がござるゆえ、でき申さぬ。されば、町なかにけが人が何人も出て、困り果てておったゆえ、この屋敷にこっそり引き取ったのでござる」

大石屋敷は広大だ。犬の声も聞こえにくい。離れの庭に凶暴な犬を養う小屋を密《ひそ》かに作り、人々を守ったのだという。昼行燈と揶揄《やゆ》されながら、人知れず善行を施していたわけだ。御犬毛付帳では死亡したことにし、記載から外して辻褄《つじつま》を合わせた。

「いかなる理由があるにせよ、犬を檻《おり》へ閉じ込めたとあっては、法度に反しまする」

万一届けられていない犬小屋があり、台帳に記載されていない犬がそこに閉じ込められていたとなれば、生類憐れみの令に反する。どの藩でも大なり小なりある話で、本来たいした問題ではないはずだが、揚げ足を取って何枚か尾ひれをつければ、浅野家を陥れる手ごろな材料に早変わりする。浅野家再興にとっては、明るみに出ないほうがいい話だった。

「されば、早々に始末をつけねばと、拙者が……」

明渡しの日が近づくなか、寺坂は昨夜遅く、内蔵助から猛犬小屋を閉じ、犬を始末するよう指図を受けた。

「実は今朝、犬の餌に毒を混ぜて死なせるつもりが、どうしても食べようとせぬので、困っておったのでございまする」

犬は賢い生き物だ。鼻もいい。毒だと気付いたのだろう。

寺坂は犬探しを終えて戻ると、刀を使うのもやむなしと意を決した。

「さきほど離れに向かったところ——」

小屋の戸が空いており、中にいたはずの三匹の猛犬が姿を消していたのである。

あわてた寺坂が大石屋敷の家人たちに尋ねたところ、内蔵助の十二歳の長女くうが名乗り出た。くうは時どき檻の中の犬たちに会いに行っていたらしいが、今朝、犬たちを始末しようとする寺坂の企てに気付き、助けようと放してしまったのだという。

せっかく勘定を終えたのに、また新たな犬が城下へ放たれたわけだ。

「承知した。けが人が出る前に、われらで何とかいたそう」

「だけど、伊十郎さん。犬を殺《あや》めるわけにはいかないよ」

猛犬であっても、生類憐れみの令によって等しく保護されている。

「手分けをして見つけ次第、連れ戻そう。そのまま大石屋敷の庭に放つ。犬の数が減ると厄介だが、生まれれば増えるものだ。新しい台帳に追加して、大石屋敷で飼っていた体を装えば、辻褄は合わせられる。この屋敷を譲り受けた者が苦労するだろうが、好きにさせるさ。文句があるなら、犬公方に言いやがれ」

「この猛犬小屋の話は、信頼できる赤穂藩士にしか明かせませぬ」

「じゃあ、人選はあんたに任せるよ」

「伊十郎どの。何とかお願いいたしまする」

頭を下げるりくに、伊十郎は笑顔で応じた。

「お任せあれ。赤穂浅野家の治政の最後で、猛犬に噛まれる民を出すわけにも参るまい。赤穂の美酒をさんざん馳走《ちそう》になったお返しだ」

「まったく、赤穂で塩の代わりに、犬を探す羽目になるとはね」

赤穂に入ってからの四日間、権左はずっと犬と格闘してきた。それでも、今回さして憂鬱でないのは、伊十郎がそばにいるからだ。

「暇でたまらん馬鹿が数えたんだろうが、江戸だけでも、犬は十万匹以上もいるらしい。生類憐れみの令を破ったなんて、くだらん理由で改易されたら、未来永劫《えいごう》浮かばれんからな。どの藩も犬を邪険には扱えない。かくて、どの町にも犬はゴロゴロいるわけさ」

一匹目の猛犬はシロが見つけて、伊十郎とともに大石屋敷の中へ追い込んだ。もう一匹は三村たちが体じゅうを噛まれながら、何とか捕まえたらしい。あと一匹だ。もう日は傾きかけているが、今日のうちに捕まえておきたかった。

「最後の一匹が、いちばん手に負えぬ犬でござってな」

「胡麻毛《ごまげ》の大きな柴犬だったね」

「柴犬に胡麻毛はめずらしいな。会ってみたいものだ」

並んで歩く三人と一匹の影法師が、ずいぶん長くなった。

「もうすぐ日が沈むね。急がないと」

伊十郎はにわかに立ち止まって、踵《きびす》を返した。

「雁首《がんくび》揃《そろ》えて探す必要はないだろう。俺はシロと塩屋口門を出て、塩田のほうを探してみる。権左たちは城内をもう一度調べなおしてくれ」

伊十郎がシロと足早に去り、権左と寺坂が歩を進めるうち、道の真ん中に人だかりができていた。

「寺坂さん、まさか！」

人をかき分けてゆくと、案の定、胡麻毛の大きな犬が唸り声を上げていた。柴犬ではなさそうだった。とがった三角の耳に、細い目をしている。

犬の前では、少女が尻餅をついて震えていた。猛犬を町に放ってしまった責任を感じて探していたのだろう。

「くう様！」

寺坂がへっぴり腰で、鞘《さや》から刀を抜いた。

権左はその隣で右手に石つぶてを握り締めながら、愚痴をこぼした。

「考えてみれば、おいらたち二人で、どうやって猛犬を捕まえるんだ？　伊十郎さんは肝心なときにいないんだから、もう。どこを狙えば、けがをさせずに——」

目を狙えば、話は簡単だ。道幅ほどの近さで権左の腕前なら、必ず命中させられる。

だが、犬の眼《め》を傷付けた人間は、未来を失う。

「おやめなされ。権左どのはまだ若い。拙者が何とかいたす。どのみち大手前で切腹する身なら、話は同じでござる。この命は、すでに赤穂藩のために捧《ささ》げ申した。早いか遅いかだけの違いじゃ」

刀を構えながら、寺坂は前に出たが、明らかに腰が引けている。この気優しい男が剣術など得意なはずもなかった。だが、赤穂藩士が犬を斬れば、浅野家再興の足を引っ張るだろう。寺坂の持つ刀の切っ先が震えている。

「もともとは、わしの甘さが招いた出来事。犬を殺めても、すぐに腹を切れば、藩にご迷惑はかかるまい。有名な酒岡藩の例もあり申す。されば、頼みがござる。権左殿は、寺坂吉右衛門が乱心したと、お役人に言うてくだされい」

十年近く前、江戸の紀州屋敷で五匹もの犬を斬殺し、その後、自害した若い武士の話は、権左も聞いていた。浅野内匠頭のようにとつぜん乱心したとされていた。だが一方で、紀伊徳川家の幼い姫を守るためだったとの噂《うわさ》を聞いた覚えもある。

寺坂が覚悟を決めたように、一歩前へ踏み出した。

「だめだ、寺坂さん！」

寺坂の腰抜け剣法では、猛犬から少女を救い出せそうになかった。嚙まれ方によっては寺坂もくうも、命を落とすかも知れない。女子《おなご》が顔にけがでもしたら、一生悔いるだろう。とすれば、くうを確実に救えるのは、権左だけだ。

唸り続けていた猛犬がついに牙を剝いた。
寺坂が悲鳴のような雄叫《おたけ》びを上げながら、刀を大上段に振りかぶった。
――どうする。このままなら、誰かが必ず傷付く。
権左は、石つぶてを持った右腕を高く上げた。
――一瞬の出来事だった。
権左たちと犬の間に、藍色の影が走った。
甲高い金属音と鈍い音が、同時にした。
権左の投げた石は、伊十郎の広い背中に当たって地面に落ちた。
寺坂が振り下ろした刀は、伊十郎の右手の刀が受け止めている。
権左は、驚愕《きょうがく》した。
「千日前様……」
寺坂は驚いた顔で、あわてて刀を引いた。
猛犬が、伊十郎の左腕に嚙み付いている。
人間に心を許さぬ、野生の獣の眼だ。
「おい、お前。痛いじゃないか」
嚙まれながら、伊十郎は平然とした顔をしている。
「この犬にも、言い分はあるだろうさ。とにかく今の世の中、犬を傷付けると、ろくな話にならん。おだやかに行こうぜ」

伊十郎は右手の刀を下ろすと、地面に刺した。そのままその手で、己れの腕を嚙んでいる猛犬の顎の下を撫でた。

「紀州犬じゃないか。お前も、誤解されそうな顔で、損をしておるな」

「こんな物を食っても、うまくないぜ。お前も苦労してきたくちだろう？　苦労人どうし、仲良くしようや」

伊十郎は笑顔で紀州犬の背を優しく撫でてやる。

「これも何かの縁だ。近づきの印に、名前をつけてやろう。俺は十回も変名したから、名付けは得意なんだ。紀州犬の雄だから、紀之助《きのすけ》で、どうだ。何、平凡だと？　いや、名前は凝りすぎないほうがいいんだ。下手をすりゃ、覚えてもらえないからな」

伊十郎は左腕を嚙んだまま唸り続ける犬の鼻に、己れの高い鼻をくっつけた。

「おい、紀之助。そろそろ晩飯にしないか」

犬侍と犬は、見つめ合ったままだ。

その気になれば、伊十郎なら、刀で犬の命を奪える。

本当の生類憐れみとは、この犬侍のような生き方を言うのではないか。

胡麻毛の犬のぎらついていた野性の眼が、心なしか和らいでいる。

やがて紀之助は、殺気立った唸り声を潜め、牙をゆっくりと緩めた。

四　喧嘩ギセル

「ほう。犬コロをまじめに探したんじゃな」

その夜、さんざん待たせたあげくに現れた次席家老、大野九郎兵衛の言葉に、権左ははらわたが煮えくり返った。

「赤穂藩から塩を引き渡していただくために、蓬莱屋としてお引き受けした大事な仕事ですから、もちろんでございます」

権左がなんとか怒りを押し殺しながら応じると、九郎兵衛は、

「四日間も探したなら、十分、十分。犬の数を勘定したところで、誰が儲《もう》かるわけでもない。収城使とて、まじめに探したりせんじゃろうが、念には念を入れておかんとな。立つ鳥、跡を濁さずよ。上出来じゃ」

権左たちの苦労などさして意に介さぬ様子で、九郎兵衛はこくりと頷きながら、立ち上がった。

「大儀であった」

「おそれながら大野様、塩はいつ頂戴できましょうか」

「塩か。ちょうど会う用事もある。わしから筆頭家老に伝えておこう」

まさかまた、たらい回しか。

「お待ちくださいませ。大石様は、塩については、すべて大野様に任せてあると仰せにございました」

「これまではな。じゃが、知ってのとおり、赤穂藩は潰れてしもうた」

「それでは、いったい何のために、この四日もの間、明けても暮れても、手前どもが犬探しをしていたと仰せにございますか」

権左は必死で食い下がった。

「くどいぞ、小僧。とにかく今はもう、わしの一存で塩は動かせぬ」

「犬を数えれば塩を渡すと、約束なさったではありませんか」

九郎兵衛は欲深そうなつり目をさらに吊《つ》り上げた。

「されば、筆頭家老に伝えておくと言うておるではないか」

「たらい回しはおやめ下さいませ」

「無礼者、控えよ」

九郎兵衛は一喝すると、足早に部屋を出て行った。

権左は歯を食いしばった。

やはりただ働きをさせられたのか。まだ若いから、商人だから、甘く見られたのか。

卑怯《ひきょう》なのは九郎兵衛だし、交渉事は権左の仕事だとはわかっていても、すぐ後ろで一部始終を眺めながら、何も言ってくれなかった伊十郎まで、腹立たしく思えた。

「大野九郎兵衛という男、俺には少しわからぬようになってきた」

「……すごく、わかりやすいじゃないか。たらい回しで踏み倒すつもりだ」

「騙《だま》す気なら、家臣に報告を受けさせて、お前に会わずともよかったはずだ。やり方は恐ろしく下手くそだが、さっきのお前とのやり取りは、もしかしたら労《ねぎら》いのつもりだったのかも知れん」

「まさか。おめでたいよ、伊十郎さんは」

「根は人がいいからな、俺も」

「おいら、蓬莱丸を降りなきゃいけないかも知れない」

「早まるな。大石内蔵助にもう一度会ってみようじゃないか。俺も、赤穂が迎えた暗すぎる夜に、大石屋敷に戻ってこない昼行燈が何をしているのか、気になっていたところでな」

　月光があたりを薄青く染めている。

　大野屋敷の庭の向こう、夜の海に、月影で照らされた赤穂城本丸の白い矢倉が浮かんでいた。

　夜も深まると、本丸の待合《まちあい》にいる人間は、権左と伊十郎だけになった。相手は取り

込み中の筆頭家老だ。たかだか商人との面会が後回しになるのは、当然の話だった。もしかした
端座したまま仮眠をとる伊十郎の姿は、ある意味で見事とさえいえた。もしかしたら居眠りの鍛錬までしたのかも知れない。

暗がりではっきり見えなかったが、伊十郎が紀州犬に差し出した前腕には、細工がしてあった。おかげで、伊十郎はとっさにお気に入りの煙草入れを、手ぬぐいで巻きつけておいたのだ。おかげで、前腕は軽傷で済んだ。もっとも、伊十郎の気に入っていた竹の羅宇《う》キセルは折れてしまい、使い物にならなくなった。

権左がはばかりから戻ると、伊十郎が長い腕を天井に突き出して、伸びをしていた。

「伊十郎さん、また羊羹、食ったろ」

「どうして、わかる」

「口の端に餡《あん》が付いてる」

「ん?」

と、伊十郎は手の甲で口を拭った。

洒落《しゃれ》者なのか、無頓着なのか、よくわからない男だ。

「塩羊羹は江戸でも売り出せる味だとわかった。普通の羊羹も試してみんとな。明日、是非とも買わねばならん」

「伊十郎さんには、北前船より菓子屋の用心棒が向いているよ」

「なるほど。では、これより美味い羊羹が見つかったら、その湊で早めに船を下りたほうがよさそうだな」

権左は冗談のつもりだったが、伊十郎は腕組みをして首を捻《ひね》っている。

「長らくお待たせいたしました」

ようやく内蔵助に呼ばれ、寺坂の案内で伊十郎とともに、赤穂城の小書院上ノ間に入った。本来なら、一生入れない場所のはずだ。

あと数日で満ちようとする月が、赤穂藩の誇る広大な白い塩田を柔らかく照らしていた。明るいのに、月の形ははっきりしていない。海霧が湿気を上らせるせいか、月はぼーっとおぼろで、城の周りを薄青く輝かせていた。

この幻のような景色は、城のここからしか見られまい。

「亡き殿がこよなく愛された眺めであった。わしにとっても、見納めでな」

内蔵助は、赤穂城の蔵にあったという、とっておきの美酒を振る舞ってくれた。なるほど内蔵助は酒を呑みながら話そうと、蓬莱屋との面会を後回しにしたわけか。

酒が舌に合ったらしい伊十郎はすこぶる上機嫌だった。相伴にあずかった寺坂は少し呑んだだけで顔を真っ赤にしている。権左もいちおう呑んではみたが、酒の味を知らないから、うまいかまずいか、さっぱりわからなかった。それでも、この一夜のささやかな酒席が、権左にとって一生の思い出になるだろうことはわかった。

「九郎兵衛の差配で、城の蔵にある具足も馬具も、鉄砲も大筒もすべて売り払った。大坂の若い商人がうまく立ち回っておったそうな」

「誰しも故郷を失うのは、耐え難いものだ」

伊十郎のおだやかな低音が、慰めを含んで響いた。

「貴殿には、経験がおありのようじゃな」

「だが、悪い話ばかりでもない。おかげでこうして、赤穂藩の誇る、昼ならぬ夜行燈殿と酒を酌み交わせる」

「人に決して懐かなかった犬と友垣になり、誰もが手を焼いておった猛犬を手なずけるとはの。其許《そこもと》は不思議な力を持っておるようじゃ」

「世間には、犬に好かれる人間と嫌われる人間がいる。犬に好かれる人間が幸せになれるとは限らぬのが辛いところだ」

内蔵助は軽く笑ってから真顔に戻ると、伊十郎に頭を下げた。

「千日前伊十郎殿。寺坂とわが娘くうの命、さらに赤穂の民を守ってくれたこと、ひいては、浅野家再興の望みを繋《つな》いでくれたことに対し、心より御礼を申しあげる」

赤穂藩の筆頭家老が両手を突いて、深々と頭を下げた。

寺坂は軽格の侍だからこそ、高い誇りを持っている。あのとき犬を傷付けたなら、累が内蔵助たちに及ばぬよう、必ずその場で腹を切ったはずだ。浅野家再興を切望する赤穂藩は今、犬の問題などで付け入られてはならない。あのとき伊十郎はとっさに判断して、くうと寺坂だけでなく、滅びかけている赤穂藩をも救ったといえる。むろん、権左の未来も、だ。

「俺も長らく浪人の身、気ままはよいが、藩の庇護《ひご》などを得られぬ身の上だ。浪人どうし助け合わねばな。ときに、ご多用のおりもおり、素性もよう知れぬ商人の炊とその用心棒に会われたは、赤穂の美酒と塩田の美観を自慢するためではござるまい」

内蔵助は苦笑しながら頷くと、目を閉じて酒をひと口味わってから口を開いた。

「塩については安堵《あんど》されよ。必ず蓬莱屋の手元に渡るよう、九郎兵衛に手配させる」

内蔵助の言葉には、有無を言わせぬ重みがあった。

信じるか、信じないかだけの問題だ。

伊十郎が納得したように頷く。権左は内蔵助に向かって手を突いた。

「かたじけのう存じます、大石様」

内蔵助は頷き返すと、伊十郎の空の盃《さかずき》に酒を注《つ》いだ。

「今宵、酒を用意させたは、抜群の伎倆《ぎりょう》を持つ天下の犬侍と、犬の話なぞしてみたいと思うたからよ」

伊十郎は怪訝《けげん》そうな顔をしながら、手にした盃をうまそうに呑み干した。

「十年近く前の冬であったか、江戸の紀伊藩邸に塩を売りに行ったことがあった。

『徳川御三家の御用達《ごようたし》となれば、赤穂塩はさらに格が上がる』と、九郎兵衛に連れられてな。おりしも江戸では、雪が降り出していた。夕暮れどきであったが、紀州藩中屋敷の庭も、雪化粧を始めておった。その日、紀州藩を訪れていた酒岡藩家老の子息がとつぜん乱心し、紀州犬を五匹も斬り殺す事件が起こった。その若者は翌日、法度に反した責めを負い、自害したと聞いている。実はまだ生きておるとの噂も耳にしたが、真偽のほどはさだかでない。仮に生きているとしても、世に知られれば、虚偽を届け出た酒岡藩が責めを負わねばならぬ。ゆえにその者は生涯、陽のあたる場所へ出られぬ道理だ」

内蔵助の細い眼がわずかに見開かれ、伊十郎の眼を正面から捉えた。

穏やかに見つめ合う二人の間を、張り詰めた空気がゆるゆるとよぎってゆく。

寺坂が干された盃に酒を注いでも、伊十郎は手を伸ばさなかった。

「その日、われらは紀州屋敷で一人の犬侍を見た。黒虎毛の甲斐犬を従えている侍であった」

もしや大坂を出航するときに見た犬侍か。

伊十郎が切れ長の目で内蔵助を鋭く睨《にら》みつけた。

間を置いて、伊十郎がゆっくりと問い返した。

「……なぜ、そんな話を俺に」

「今日、それらしき男を赤穂で見かけたと、知らせがあったからじゃ」

伊十郎はわずかに顔色を変え、厳しい表情で話の続きを待った。

「今思えば、われらは赤穂の塩という白き財宝を持ちながら、愚かなほどに無防備であった。つらつら思案してみたが、今回のわが殿の一件も、もしや犬使いと関わりがあったのではあるまいか」

「と、言われると」

酒好きの伊十郎がさっきから、酒に見向きもしていない。

「わが殿と吉良上野介の間の確執の原因はさだかでないが、江戸から戻った藩士たちの話によれば、わが殿は、吉良から数々の理不尽な仕打ちを受けられていた。そんなおり、こたびの勅使饗応《きょうおう》に先立ち、伝奏《てんそう》屋敷にわが藩が用意しておいた用具一式が、何者かによって荒らされたそうな。それも、一度ではない。二度までもじゃ。面妖な話なれど、誰も下手人の姿を見ておらぬ。屋敷の門番も、怪しい人間が出入りした形跡はないと断言しておる。不可解でならぬとな」

「自ら手を下さずとも、そんな真似のできる者たちが、元禄の世にはいる」

「さよう。犬使いなら、広い屋敷のどこからでも、犬を入れることは造作もない」

今の権左ならわかる。犬を使った伊十郎の技を見れば、十分にありうる話だ。

「さらに、天下御免のお犬様なら、たとえ江戸城、松ノ廊下であっても入れる。されば、こうは考えられぬか」

内蔵助はこれまでにない強張《こわば》った表情を見せた。

「わが殿は犬使いの操る犬に襲われたのだ。わが殿は身を守るために、殿中で脇差を抜かれた。だが、犬に罪は着せられぬ。ゆえに、その場に居合わせた者たちは口裏を合わせ、その場に犬などいなかったことにした。短気なご気性ではあったが、わが殿に限って、乱心などありえぬ。わが殿がなにゆえ殿中刃傷《でんちゆうにんじよう》に及ばれたか、誰も辻褄の合った話ができぬのは、犬使いのせいではないかと、わしは見ておる」

「犬使いと吉良のつながりは？」

思案顔の伊十郎に向かって、内蔵助が大きく頷いた。

「相当昔からのつながりやも知れぬ。吉良は上杉家の姫を正室としたが、吉良の義兄にあたる上杉綱勝《つなかつ》公が跡継ぎもないまま、若くして急死した件は其許も承知であろう」

結果、吉良上野介の嫡男が上杉家を継いだ。

「綱勝公は毒殺されたという噂もあるが、実際には亡くなるふた月ほどまえに、犬に噛まれたという話がある」

「なるほど、狂犬の病か……」

狂犬咬傷《こうしよう》は死に至る病であり、犬公方の政《まつりごと》で犬の数が急増する以前からもあった。

「それだけではない。京にある小野寺十内《おのでらじゅうない》と申す者に調べさせた。吉良上野介は高家《こうけ》筆頭として、風変わりな狆《ちん》を、当今《とうぎん》に献上したとわかった。そもそも公方様の犬狂いはとつぜん始まったわけではない。一人の犬使いが公方様を誑《たぶら》かしたせいだとされている」

「吉良上野介がその犬使いと関わりがある、と」

「おそらくは紀州藩を通じてな」

吉良の長男綱憲《つなのり》は、上杉家へ養子に入ると、紀州藩の栄姫《えいひめ》を正室として迎えた。つまり吉良の義理の娘は、紀州藩の姫である。

「伊十郎殿も犬侍なら、紀州犬を使う恐るべき犬使いの一族を知っておろう」

犬侍は元禄の世になって、とつぜん現れたわけではなかった。

太古の昔から、人は犬と暮らしてきた。狩猟や生活の場だけではない。人々は身を守るために犬を使ってきた。目立たないが、犬は戦でも利用された。名だたる犬の産地には必ずといっていいほど、犬を巧妙に使う一族がいた。各地の闘犬は遊びではない。戦う犬を育て、鍛えるための場だ。犬の利用は戦闘に限らないが、犬使いが自らも高い戦闘能力を持つ侍である場合に、「犬侍」と呼ばれるだけの話だ。犬公方が出て、犬が法で守られた最強の「武器」と化したために、昔からいた犬侍が、にわかに脚光を浴びたにすぎない。

日ノ本には、もっとも数が多い柴犬以外にも、地方特産の犬がいる。甲斐犬《かいけん》、紀州犬《きしゅうけん》、秋田犬《あきたけん》や土佐犬《とさけん》など、それぞれの犬種の特徴を生かした犬使いが各地に生まれた。権左の故郷である越前にも「越《こし》の犬」がいる。

「歴史上、要人の暗殺にも、時おり犬が用いられた。まさか犬に殺されたでは、かっこうがつかぬゆえ、まことしやかな死因が後付けされてはおるがな」

相槌《あいづち》を打つ伊十郎によれば、紀州犬は人になつきやすいが、ときにイノシシさえも食い殺すほどの猛犬が出る。ゆえに紀州は、優れた犬使いがよく出る国だ。

「浅野家は関ヶ原の功によって、初代紀州藩主となった。後に広島へ移されたが、約二十年の紀州時代に、犬使いの一族と結びついた。赤穂に紀州犬がいるのはそのためだ。犬公方が世に出るまで、各藩は犬を自在に用いることができた。賢く、人に忠実な犬を、政に使わない手はない。弱小藩はいざ知らず、少なからぬ藩において、犬を扱う侍たちがいた。今はたいていその者たちが犬目付になっておるがな。さて、こたびの事件を受け、わしは何か知らぬかと思うて、赤穂藩が使うておった紀州犬の犬侍に、仔細《しさい》を尋ねようとした。が、すでにその者は殺されておった。驚くべきことに、己れの使うておる犬に首筋を嚙まれてな」

内蔵助はまっすぐに伊十郎を見た。

「生類憐れみの令は、気まぐれで出されたのではない。陰謀によって発布されたのだ。

犬使いは隆光大僧正《りゆうこうだいそうじよう》を操り、幕閣の中枢にまで入り込んでおる。こたびの饗応に際し、わが殿は、何か重大な秘密を知ってしまわれたのではないか。内匠頭様は正義を重んずるお方でな。見過ごすことができず、不正を糺《ただ》そうとされ、逆に陥れられた。ゆえにこそ、家臣との面談も許されぬまま、即日、切腹に追い込まれたのだ。かように考えれば、刃傷の理由も、かような裁定がされた理由も腑《ふ》に落ちる。わしの推量が正しいなら、わが赤穂藩は、吉良と犬使いによって滅ぼされたことになる。同時に浅野家再興を考えれば、その者たちこそが、大きな障害ともなろう」

もしも内蔵助の読みが正しいなら、赤穂藩士たちは、犬公方を操る犬使いとも戦わねばならないわけだ。

内蔵助は疲れた顔に、相手の心を蕩《とろ》かすような微笑みを浮かべた。

「捨てる神あれば、拾う神あり。犬使いの中にも、強い力を持つ善玉がいるとわしは知った。犬使いと戦うには、犬侍の力が要る。伊十郎殿、手を貸してはくれぬか」

権左に伊十郎の心の中は読めなかった。

だが、いつもは憎たらしいほどに余裕綽々《よゆうしやくしやく》で、冷静な伊十郎が、内蔵助の話のために心をかき乱されている様子は見て取れた。

「今しがた、江戸へ送っていた使者が戻った。わしの嘆願書は結局、ご公儀の大目付のもとには届かなんだ。籠城するなどと息巻く藩士もおるなか、吉良に対する仕置き

がなくば、城明渡しに大きな支障をきたしかねぬ、されば武士の一分を立ててくださ
れと、ぎりぎりの駆け引きをしてみたが、通らなんだ」

伊十郎が内蔵助の空盃に気付いて酒を注ぐと、内蔵助は小さく頷き、高く昇ってきた窓の外の月を見やった。月の光に照らされた大気が、さらに深い藍色を帯びている。

「浅野家再興こそ、わが第一義。されど、おそらくは犬使いを敵に回してしもうた藩じゃ。おまけに、赤穂藩も一枚岩ではない。明日からはさらに面倒な日々がやってくる。されば、赤穂藩の大事をお主に引き受けてはもらえぬかと思うてな」

「お待ちあれ」

伊十郎は、すぐには頷かなかった。

「先ほどのお話といい、初めて酒を酌み交わす天下の素浪人を、なぜそこまで信用なさる」

「わが妻が認めた男だからじゃ。りくは言うた。千日前伊十郎の笑みを見ると、油照《あぶらで》りの夏に緑の風が吹き抜ける竹林《ちくりん》へ入ったような心持ちがするそうだ。わし好みの漢《おとこ》ゆえ、信じてもよいとな」

「それだけでござるか」

「りくが認めたなら、それで十分じゃ」

内蔵助が初めて、半眼を閉じた。

伊十郎も誘われるようにまぶたを閉じ、長い指を目頭に当てていたが、やがて諦めたように軽く頷いた。

「……して、拙者に何をしろと」

「手始めに、赤穂の夏火鉢こと、大野九郎兵衛を守ってもらいたい。その後は、寺坂なりを通じて、わが願いを貴殿に伝える。むろん相応の礼はするつもりだ。さいわい、塩のおかげで、赤穂藩は貧乏ではない。潰された後も、まだしばらくの間はな。そのために、ずいぶん知恵を使いもした」

「赤穂一の嫌われ者、夏火鉢をよそ者に守らせる、と」

「さよう。わしと同じで誤解されやすいが、悪い男ではない。明日からは、暴発組の動きがいよいよ激しくなろう。九郎兵衛の命が危ない。わが藩にしがらみがない天下の素浪人殿だからこそ、できる大事もある。滅びゆく赤穂藩を代表し、大石内蔵助からの頼みとして、受けてもらいたいのじゃ」

　かねて恭順開城派の大野九郎兵衛は、急進派の赤穂藩士から命を狙われていた。幕府が武士の一分を立てないと知れば、暴発組はまず九郎兵衛を血祭りにあげて、藩論を一気に籠城玉砕へ持ち込もうとしかねない。実際、九郎兵衛は何度か襲われてもいた。いちばん単純なやり方だ。

　内蔵助は徳利《とっくり》に手を伸ばすと、やるともやらぬとも返事をしない伊十郎の盃に注いだ。

「羽州の酒はうまいのう。酒岡藩とは、かねて塩の取引で懇意にしてござってな」

権左も昨年の航海で学んだが、雨や雪が多く、あまり塩の取れない東北では、塩が高く売れた。北前船は代わりに酒を仕入れたりもする。

伊十郎は盃を呑み干してから、観念したように深い息を吐いた。

「承知した。風変わりな御仁なれど、お守りいたそう」

内蔵助は空になった伊十郎の盃に、なみなみと酒を注いだ。

「かたじけない。されど、わしの依頼じゃという話は、伏せてもらいたい。真に信ずるに足る藩士以外には、わが秘策を明かせぬのでな」

「秘策の中身を尋ねるほど野暮ではないが、俺もどうやら厄介事を引き受けたようだ」

「難しい仕事ゆえ、お主に頼んでおる」

ついに酒が尽きると、内蔵助が人の好《よ》さそうな笑みを浮かべた。

「そうじゃ。伊十郎殿はくうを守るために、お気に入りのキセルを壊してしもうたと聞いた。されば、わしの愛用のキセルを代わりに使うてみてはくれぬか」

内蔵助が伊十郎に差し出した、飾り気のない焦げ茶色のキセルは、細長いのにどっしりとして重そうだった。

「おお！　喧嘩ギセルか」

鉄製で、護身にも使えるという。一時期流行したそうだが、太平の世が爛熟《らんじゅく》するにつれ、使われなくなった。今では、なかなか手に入らないらしい。

伊十郎はためつすがめつキセルを眺め、二つも三つも飴玉《あめだま》をもらった子供のように、うれしそうな顔を見せた。汚い大人ばかりの世知辛い元禄の世で、なるほど伊十郎の笑みを見るとホッとする。たしかに緑風の竹林かもしれない、と権左は得心した。

その夜の明け方、静かに大石長屋を訪れた者があった。寺坂である。

「ぜひとも、お二人にお見せせねばならぬ物がござる」

寺坂が四角くなって両手を突くと、権左は大急ぎで伊十郎を叩き起こした。

長屋を出て、大野屋敷の前を通り、塩屋口門を出ると、すぐにほのかな潮の香りが三人を包んだ。

「お二人は赤穂の塩を手に入れるために、犬探しまでしてくだすった。赤穂藩士の末席を汚す身なれど、わが藩にとって恩義ある方たちを、欺き続けるわけにはいき申さぬ」

いったい寺坂は何度、末席を汚すのだ。

「今は三村殿が一人で宿直をしてござれば、塩納屋をご覧になれまする」

この数日で半数以上の藩士たちが赤穂を離れた。そのため、塩田にも人手が足りなくなり、台所役人までが駆り出され、寺坂も三村を手伝ったらしい。

寝ぼけ眼の伊十郎を連れて、皆で塩田へ向かった。

待っていた三村は、寺坂の姿を認めると、黙って頷き返し、木戸を開けた。

「ご覧くだされ」

大きな塩納屋の中に、塩の山は影も形もなかった。あるのは建物にすっかり染みついた塩の香りだけだった。

「まさか……」

覚えず権左はくずおれた。蔵の床はきれいに掃き清められていた。

「ご覧のとおり、塩はござらぬ。あいすみませぬ……」

伊十郎も憮然《ぶぜん》とした顔で、がらんどうになった塩納屋の天井を見上げていた。

赤穂へ最初に入った夜、伊十郎とともに塩があることは確認した。二人とも塩まみれになったから、幻などでは決してない。この夜、当番となり、塩納屋を点検しようとした三村が、塩のないことに気付き、寺坂に相談したという。

この数日の間に、あの大量の塩を誰かが運び出したのだ。むろん塩を一手に預かる塩奉行、大野九郎兵衛の指図に決まっていた。大石内蔵助もそれを知らないはずがない。

「大野様は、塩を渡す気もないのに、おいらたちをさんざん利用したわけか。とんでもない悪党だ」

「面目ござらん。藩士たちも大野様のやり方には、かねて業《ごう》を煮やしており申した。利用するだけ利用して捨てる。それが、大野様のやり方でござる。あの御仁と関わって良いことはひとつもござらん」

　温厚な寺坂でさえ、義憤で声を震わせている。

「だけど、大石様まで、おいらたちを騙すなんて……」

「塩は一手に大野様が扱っておられ申した。されば、内蔵助様も、仔細まではご存じなかったのではござらぬか」

　黙って腕組みをしていた伊十郎が口を挟んだ。

「いや、値段を吊り上げるために、赤穂の塩は売り渋られさえしてきた。まだあってもおかしくはない。高く売れる、とっておきの隠し塩がな」

「そんなの、どこにあるんだよ」

「塩奉行、大野九郎兵衛以外の誰が持っているというんだ」

　大野屋敷の庭には、蔵が建ち並んでいる。

「黒虎毛も隠し塩を狙っているのかな」

「あるいはもう、手に入れたのかもな。仔細はわからんが、白い大金なら、誰でも欲しかろう。いずれにしても、大野九郎兵衛がその気にならないかぎり、塩は手に入らないのさ。だから、守れと、昼行燈が言ってきたんだろう」

赤穂藩士たちには、失うものがない。やぶれかぶれの連中だから、九郎兵衛を守るために権左たちが命を落とすかも知れなかった。

権左には大望がある。こんな所で死ぬつもりはなかった。

では、命のために塩を諦めるのか。

違う。商人は約束を守るために命を懸けるのだ。それが本物の商人だ。

権左は大望のために、寺坂は忠義のために生きている。だが、いったい伊十郎は、何のために生きているのだろう。

「信じてみようじゃないか。暮れてゆく赤穂の夜を照らし始めた昼行燈、大石内蔵助を」

伊十郎がぼそっとつぶやいたとき、まだ明けやらぬ赤穂の空の下、どこぞから犬の遠吠えが聞こえてきた。

第四章　開城前夜

一　連判状

昼下がりの赤穂の日差しは、あくまで穏やかに城下を照らしている。

「大変だよ、伊十郎さん、大石様が切腹の連判状を皆に書かせたらしいんだ。寺坂さんから聞いた」

大石長屋に飛び込むなり、権左が大声で報告すると、伊十郎はめずらしく酒もキセルも手にしておらず、すっと背筋を伸ばし、ていねいに刀の手入れをしていた。

この昼の評定で、大石内蔵助の提案を受け、六十名余りの赤穂藩士たちが起請文《きしょうもん》に連判した。その中には足軽の寺坂吉右衛門や、台所役人の三村次郎左衛門も含まれていた。内蔵助は殉死嘆願論で、ひとまず藩士たちをまとめたという。

「どうして大変なんだ。武士ってのは、そういう面倒くさい生き物だろ。犬は皆で並んでおっ死《ち》ぬなんて、酔狂な真似《まね》はしないがな」

錆《さび》や傷がないか、伊十郎は刀の切っ先を立てて、刀身をしげしげと眺めている。

「このままじゃ、寺坂さんも、三村さんも、みんな死んじゃうんだぜ」

伊十郎は愛用の刀に、丁子油《ちょうじあぶら》をていねいに塗りながら、問い返してきた。

「塩を買いに来ただけのよそ者に、何ができるってんだ」

「だって、あんなにいい人たちが……」

「平安の古《いにしえ》から、いい人間ほど早く死ぬと決まっている。今に始まった話じゃないさ」

伊十郎は決まって「平安の古」を持ち出すが、それ以前はどうなのだ。

「大石様も、大手前で切腹するんだよ。止めなくてもいいのかい」

権左は昨夜、内蔵助と伊十郎の間で交わされた会話を、すべて理解できたわけではない。だが、松ノ廊下の一件は犬使いの陰謀だと見抜いたうえで、共闘を約したはずだった。なのに、内蔵助はなぜ、舌の根も乾かないうちに、腹を斬ると言い出したのだろう。

「昼行燈《ひるあんどん》はすでに江戸から不首尾の報《しら》せを受けて、浅野家再興の嘆願が通じなかったことを知っていた。昨日と今日で、何も事情は変わっていない」

「じゃあ、やっぱり切腹はしないのかな」

「無駄死にするつもりなら、俺に頼み事などしやしない。俺もシロも、身はひとつだけだ。夏火鉢を守るだけで精いっぱいさ」

この日の朝、大石内蔵助と大野九郎兵衛の会談が決裂した。

権左に教えてくれた寺坂も又聞きだが、口角泡を飛ばしながら、二家老は藩士たちの前で相当やりあったらしい。最終的に、内蔵助が切腹の連判状を提案したところ、九郎兵衛は「腹なぞ切って、何になる」と吐き捨てた。「腰抜け家老めが！」とめずらしく激昂《げきこう》した内蔵助に一喝されたが、九郎兵衛は気にも留めず、途中で席を立った。十名ほどが九郎兵衛に従ったという。

内蔵助はあらかじめ九郎兵衛と道を違《たが》えるとわかったうえで、九郎兵衛の警固を伊十郎に頼んだと見ていい。

伊十郎は真剣な表情で、刀身を眺めている。

今度は人を斬らねばなるまいと覚悟しているのかも知れなかった。

「その刀、名前はあるの？」

「龍《りゅう》ノ涙《なみだ》と書いて、龍涙《りゅうるい》だ」

「ずいぶん変わった名前だね」

伊十郎は柄《つか》の目貫《めぬき》を指さした。

「見ろよ。龍の眼《め》に、水晶がはめ込んであるだろ。光に当たると、眼が輝いて涙に見える時がある。龍だって、悲しい時には哭《な》くものさ。ちょいとわけがあって、命よりも大切な刀でな。何の因果か、これで夏火鉢を守る。暗殺を依頼されるよりは、気が楽だ」

「どうして、あんな家老を守らなきゃいけないんだ」

「赤穂藩士が誰ひとり、守ろうなんて思わないからさ」

九郎兵衛を支持した十名ばかりは、さっそく赤穂を離れ、どこかへ逐電《ちくでん》したらしい。

「守るって言っても、どうするつもりなのさ」

この日の早朝、伊十郎と権左は大野屋敷に出向いたが、九郎兵衛は会おうともせず、門前払いを食らわせていた。

「俺の出番は、まさにこれからだ」

伊十郎は音も立てず、鞘《さや》に刀を収めた。

「行くぞ、権左。赤穂での居場所がなくなった今なら、夏火鉢も会ってくれるはずだ」

長屋の土間に立って、伊十郎はいつものように指笛を吹いた。

木戸を開けると、長屋の前にはもう、シロがちょこんと座り、しっぽを振っていた。

血相を変えた侍たちが、赤穂の町を足早に歩いている。すれ違うのは、他国へ移り住む藩士の家族だろう。後ろめたいのか、急いで脇に寄り、侍たちをやり過ごす。

赤穂城下はどこもかしこも、日ノ本じゅうの厄介事を集めてきたように、殺気だっていた。

大野九郎兵衛の屋敷内も、同様だ。

大野屋敷でようやく面会を許され、改めて護衛を申し出た伊十郎に対し、九郎兵衛は「無用。わしは簡単には死なん」と言い放った。だが、おめおめ引き下がるわけにもいかない。内蔵助の命《めい》だと強引に居座ろうとしたとき、にわかに玄関先が騒がしくなった。

勢いよく怒鳴りこんできた四人は、大石内蔵助の腹心で、武闘派の岡島八十右衛門《おかじまやそえもん》とその取り巻きだった。

応対に出た九郎兵衛は、まず面倒くさそうな咳払《せきばら》いをひとつくれてやってから、式台に座した。その隣には伊十郎が正座し、その斜め後ろに権左が控えている。

「夏火鉢！　このわしが、いつ藩の金を盗んだ。言うてみよ。さあ、いつ盗んだ」

ひげ面の岡島が太鼓腹を突き出すようにして大声で怒鳴るたび、つばきが四方八方に飛んだ。

「お主が盗んだなぞと言うた覚えはないわ。されど、お主の手の者が、藩の公金を持ち逃げしたのは、紛れもなき事実。なれば、配下の不始末について、上にあるお主が責を負うのは当然じゃと――」

九郎兵衛が言い終わる前に、岡島が噛《か》みついた。

「どうせ公儀に取り上げられる金ではないか。それを、わしに払えというのか」

本来、九郎兵衛のほうが身分は上だが、岡島は気にもかけていない。赤穂ではもう、藩内の秩序が壊れているらしい。

詰め寄る岡島に向かい、九郎兵衛は落ち着き払って頷《うなず》いた。

「さようじゃ。たとえ理不尽に改易《かいえき》されようとも、播州《ばんしゅう》浅野家は最後まで、清廉潔白でのうてはならぬ。お主らは殉死嘆願をするそうじゃが、ご公儀に渡すべきものも渡さずに、願いが通るとでも思うてか」

「貴様が清廉を語るなぞ、へそが茶を沸かすわ。強欲で悪名高い塩奉行、大野九郎兵衛が、商人たちからあくどく裏金をもろうておったのは、江戸の物乞いでさえ知っておる有名な話ではないか」

九郎兵衛は岡島を鼻で嗤《わら》った。

「相手は貧乏人ではない、赤穂の塩で儲《もう》けておる商人から、塩田開発のために金を巻き上げて、何が悪い。わしは商人たちから正々堂々と、たんまり金を取ってきたが、藩の公金にはびた一文、手をつけた覚えはないぞ」

「藩に支払われるべき金を、貴様が横取りしただけではないか。同じ話よ」

岡島が九郎兵衛の鼻先に、太い指先を突きつけて怒鳴るが、九郎兵衛は怯《ひる》まない。

「いいや、違う。金が藩の金庫に入ってしまえば、何に使われるか知れたものではない。公金とせぬからこそ、大きな金を塩田に回せるんじゃ」

「塩田の開発は、貴様が私服を肥やすためではないか」

「何が悪い。わしの手元に金が増えれば、ますます塩田のために使える。わしのおかげで、赤穂は日ノ本一の塩田を持つにいたった。その値打ちたるや、数万石に相当するともいわれておる。わしが子供のころ、赤穂の武士は煙草《たばこ》を吸う金にも事欠いたが、日ノ本広しといえど、古来、赤穂ほど、塩の力で富み栄えた国はない」

「ふん、己れの手柄を誇ったところで、空《むな》しいのう。塩田も結局、公儀に取り上げられるだけではないか」

「いや、浅野家再興さえ成れば、また取り戻せる。お主らがくたばるのは勝手じゃが、大手前で切腹してみせて、それで何が得られる。恭順し、開城する以外に、浅野家にどんな道があると申すのじゃ。頭を冷やして考え直せ、阿呆《あほ》どもが」

九郎兵衛の歯に衣着《きぬ》せぬ言いようは、岡島の怒りの炎に油を注ぐだけだった。

「腰抜けの夏火鉢が、やかましいわ」

ついに堪忍袋の緒が切れたか、岡島が九郎兵衛の胸ぐらを摑《つか》もうと手を伸ばした。

九郎兵衛が後ろ手を突いてのけぞる。

間髪《かんはつ》を容《い》れず、伊十郎がさっと二人の間に入っていた。

「お待ちあれ」

「何じゃ、貴様は。よそ者は引っ込んどれ」

岡島が野良犬でも見るように、丸顔を突き出して怒鳴った。

伊十郎はやおら懐から手拭いを取り出すと、顔にかかった岡島の唾を馬鹿ていねいに拭いた。

「あいにくと、いろいろ引っ込めぬ事情があってな」

「貴様の事情など、どうでもよいわ。どけ！　さもなくば、叩《たた》き斬るぞ」

「実はこのたび、塩奉行、大野九郎兵衛殿の用心棒になった千日前伊十郎と申す。しがない犬侍なれど、以後お見知りおきあれ」

伊十郎は、慇懃《いんぎん》無礼に岡島に頭を下げた。

「別に、頼んだ覚えはないんじゃがのう」

九郎兵衛のつぶやきをよそに、岡島は刀の柄に手をかけながら、朗々と啖呵《たんか》を切った。

「田中貞四郎《たなかさだしろう》のごときへぼ侍をやり込めて、図に乗っておるようだが、本物の赤穂藩士が使う東軍流《とうぐんりゅう》剣術は、田中の口先だけのなまくら刀とは、わけが違うぞ」

伊十郎は刀の柄に手もかけず、片膝を立てたままだ。

「貴殿に手荒な真似をする気はない」

「何じゃと。ならば舌で、わしを説き伏せると申すか」

「いや、どうやら、それも無理であろうな」

伊十郎は優雅なしぐさで座り直すと、両膝に両手を置いた。ピンと伸ばした背筋はまっすぐ下へ流れ落ちる滝のようで、息を呑《の》むほどに美しい。これが、寺坂のいつか言っていた、一流の武士が持つ「威風」なのか。

「では、何とする。わしに引く気はないぞ」

「俺も犬侍のはしくれだ。犬を使う」

権左が斜め後ろから覗《のぞ》きみると、伊十郎は口もとに微笑《ほほえ》みさえ浮かべていた。

「犬なんぞに何ができると申す」

岡島は天を仰ぎながら大声で嗤った。

「だいいち、頼りの犬コロがおらんではないか」

岡島は片手を目の上にかざして、おおげさにあたりを見回しながら、取り巻きに笑いかけた。

「犬は馬鹿な人間よりも、よほど賢い。殺し合いも、自決もせぬ」

伊十郎の皮肉に、岡島は笑いを止めて真顔に戻った。

「言うておくが、今の赤穂藩士に、犬は武器として通用せぬぞ。間もなく己れも死に、藩も滅ぶのじゃからな。犬公方の法度なんぞ、糞《くそ》くらえじゃ。犬なら何百匹でも叩き斬ってくれようぞ。さあ、抜け！　貴様を斬り捨て、裏切り者の大野九郎兵衛を討つ」

犬侍が力を発揮できない場所が今、日ノ本にひとつだけあった。捨て鉢になった赤穂藩士にとって、生類憐れみの令など何の意味もなかった。犬も、ただの犬にすぎない。

ついに岡島が剣を抜き放った。取り巻きたちも次々と抜刀する。

「やむをえぬ。相手をいたそう。されど、犬侍に犬がおらんでは、勝負にならぬ。さればば、犬が戻るまで待ってはくれぬか」

伊十郎は総髪を掻《か》きながら、弱り顔で頼み込んでいる。

「情けなや。犬に頼って生きる侍なんぞ、武士の風上にもおけん。よかろう。一度、噂《うわさ》に聞く犬侍とやらと、立ち合ってみたいと思うておった。犬なんぞを使う侍は、文字どおり犬侍だと、世に知らしめてやろうぞ。お前たちは手を出すな。わしが貴様の犬コロごと、一刀両断してくれるわ」

　息巻く岡島を尻目に、伊十郎は指笛を幾度か吹いた。返事はない。

　だが、シロが来たところで、この場をどう収めるつもりなのだ。今の岡島なら、シロを斬るに違いない。シロが血に染まって動かなくなる姿を想像すると、権左はやり切れなくなった。犬に対して初めて抱いた気持ちかも知れない。

「どうした。犬も臆病で逃げ出したか。犬に見捨てられた犬侍とは、哀れなもんじゃのう」

　岡島が嘲《あざけ》ると、取り巻きたちも嗤いで応じた。

　すると、呼びかけるような犬の短い吠《ほ》え声が聞こえてきた。シロだ。

「相棒が来てくれたようだ」

　まもなくシロに連れられて大野屋敷の玄関先に現れたのは、一人の小柄な女性だった。落ち着いたくるみ色の友禅染《ゆうぜんぞめ》の小袖を着ている。

「これは、りく様……」

　りくの姿を見た岡島は、急に酔いが醒《さ》めでもしたように、おとなしくなった。

「伊十郎どのに呼ばれて来てみれば、何の騒ぎなのですか」

　小柄なりくが背筋を伸ばして玄関に入っただけで、場の気が一瞬で張り詰めた。

「玄関先に大野さまを呼びつけて直談判《じかだんぱん》とは、八十右衛門どのは、いつから次席家老よりも偉くなったのですか」

返す言葉を失った様子で、岡島は身を縮こまらせた。

「城明渡しまであと数日ですが、わが赤穂藩はまだ存続しています。そなたたちは内蔵助の殉死の連判状に名を連ねたのでしょう。赤穂藩士ならば、かようなところで命を捨てず、己れの信ずる志を立派に遂げなされ」

「はっ。もちろんその覚悟はとうに……」

いい、りくとは齢《とし》がそれほど変わらないはずだが、岡島と取り巻きは、母親に叱られた童《わらべ》のように縮みあがっている。

「あの堀部安兵衛《ほりべやすべえ》どのが、しびれを切らして、いよいよ江戸を発《た》ったとか。そろそろ赤穂へ入るころやも知れませぬ。内蔵助が呼んでいます。行きなさい」

岡島は人が変わったように、四角くなって頭を下げた。九郎兵衛にまで軽く会釈すると、取り巻きたちを連れて、逃げるように大野屋敷から去っていった。

二　夜逃げ

権左と伊十郎にシロは本丸を出て、九郎兵衛を囲むように明け方の暗がりを大野屋敷へ向かっている。塩もなくなって、可哀《かわい》そうに塩納屋の番人は皆、お役御免となったのか、ろくろ首の六郎兵衛も元気のない顔で「難儀じゃった」とこぼしながら、付き従っている。

「城内の清掃も、無事に終わった」

　大野九郎兵衛のとんがった蟷螂《かまきり》顔には、ふだんの貪欲さえ鳴りを潜めるほどに疲れが見えた。

　殴り込んできた岡島がすごすごと引き上げてから、九郎兵衛は本丸と屋敷を行き来しながら、徹夜で残務を処理した。伊十郎は意外にも居眠りひとつせず、九郎兵衛の身辺を守っていた。権左は伊十郎に言われて仮眠を取ったが、これでかれこれ二日続けてまともに眠っていないから、眠気が体に居座っていた。

　まだ日は昇り始めたばかりだが、赤穂藩士とその家族が町から引っ越したためだろう、城下は、まるで潮が引いたように、不気味な静けさに覆われていた。九郎兵衛は家人たちに金を与え、落ち着き先も世話してやっていた。

「槍《やり》、鉄砲、火薬、火縄、弓矢、具足その他すべて、城付武具帳に記載したとおり、きれいに並べておいた。城内建家帳《たてやちょう》、蔵米帳から、家中分限帳《かちゅうぶんげんちょう》、浪人改帳《ろうにんあらためちょう》、すべての書類も昼行燈と整理した。お主らのおかげで、犬についても報告できる。これで、赤穂でのわしの仕事は、全部済んだ」

　独り言のような九郎兵衛の語りに、伊十郎はあたりに目を配りながら、頷くだけだ。

「気の進まぬ雑用ではあったが、これで浅野家の面目も立つというものよ」

岡島八十右衛門の配下が使い込んだ公金も結局、九郎兵衛が私財で埋めたらしい。

「なにゆえ、ここまでされる」

「浅野家再興のためには、一分の隙なく、揚げ足の取りようもない、完璧な赤穂城明渡しこそが肝要なのじゃ」

伊十郎は腑《ふ》に落ちたように頷いた。

大野屋敷に戻ると、九郎兵衛はそのまま庭を突き進み、庭の奥にあるいちばん新しい蔵の前に立ち止まった。

「ときに、蓬莱屋の権左とやら。塩の件じゃがな」

九郎兵衛が振り向くや、権左は覚えず身構えた。

「赤穂藩浅野家、最後の塩が、この蔵のなかにある」

九郎兵衛は家人に命じて錠前を外させ、重い扉を開かせた。

中には、奥に大きな長持《ながもち》が一つあるきりだった。たった一俵ほどなのか。

蓋を開けさせると、九郎兵衛が長持の中を指差した。

「これは見せかけの長持でな。底板を外せば、地下の隠し蔵に通じておる。塩俵を運び込ませておいた。百俵近くあるゆえ、さばきかた次第では、百両ほどにはなろう。六郎兵衛が案内するゆえ、持っていくがよい」

権左は胸をなでおろした。幕府に提出する帳簿を作った後の製塩で、帳簿には記載していないという。九郎兵衛らしい念の入れ方だ。

「ありがとうございます、大野様」

ようやく塩を手に入れたのだ。金を払ってある以上、当然に受け取れるはずの品だが、ここへたどり着くまでには、ずいぶん手間がかかった。

「すでにご公儀の息の掛かった連中が赤穂入りしておるゆえ、人目につくと厄介じゃ。今宵《こよい》にでも、船に積み込んだほうがよかろう」

「ですが、船はまだ――」

「いや、遣いがあった。蓬莱丸はすでに赤穂の沖合におるそうな」

権左は面食らった。赤穂へ入って七日目、これまで海など見ている余裕はなかったが、手筈《てはず》よりも一日早く、赤穂へ入ったのか。商売や風の都合で到着予定が変わることは、いくらでもある話だ。

「塩屋口門から運び出して、上荷舟《うわにぶね》で船まで運ぶがよかろう」

「かしこまりました。重ねて礼を申し上げます」

書院へ戻ると、九郎兵衛はさっそく大あくびを扇子で隠した。

「さてと、わしが赤穂に長居しておっても、よい話はひとつもないでな。されば今宵、わしは夜逃げをする。相も変わらず、阿呆どもがわしを殺しにきおるからの」

権左は面食らって、九郎兵衛のとんがった顔を見つめた。

赤穂藩士たちの間では、大野九郎兵衛が藩を売り、その功を手みやげにして、次に赤穂を治める大名家に仕官する気だと見られていた。赤穂城の滞りなき明渡しは、命を危険にさらしながら、諸事万端整えてきた大野九郎兵衛の力があって初めて成しえたはずだ。もし保身と次の仕官を望むなら、城明渡しこそが、恭順開城派である九郎兵衛にとって、もっとも大事な檜舞台《ひのきぶたい》であるはずだった。

「なにゆえ城明渡しに、立ち会われぬ」

権左と同じ疑問を抱いたのだろう、怪訝《けげん》そうに問う伊十郎に、九郎兵衛は自嘲気味に笑った。

「力及ばず滅ぼされた藩の家老には、夜逃げが似合いじゃよ。城明渡しの段取りは、わしが滞りなく済ませておいた。昼行燈で足るわい。相手は国を奪いにくる不愉快な小役人どもじゃ。敗者が雁首《がんくび》を揃《そろ》えてみせる要もあるまいて」

「どちらへ夜逃げなさる」

「病を理由に引っ込むと届け出るつもりじゃが、ひとまず大坂にでも参るかの。塩のからみで、天野屋とは懇意にしておるゆえな」

九郎兵衛の蟷螂顔には、静かな怒りとやるせなさが漂っている。やはり九郎兵衛といえども、赤穂藩士に変わりはない。無念の思いを隠しきれないようだった。

「されど、城明渡しの仕事ばかりやっておったゆえ、すっかり夜逃げの支度をしそびれてしもうた」

「われらも手伝い申そう」

伊十郎が権左を顧みたとき、書院の廊下に人が立った。

――ご免。

許しを得てあわただしく部屋に入ってきた寺坂が耳打ちすると、九郎兵衛の顔がにわかに曇った。

「お主らに折り入って頼みたいことができた。城の蔵から火薬が盗まれた。いずれ田中貞四郎ら暴発組のしわざに違いあるまい。実は、植村《うえむら》殿も命を狙われておってな。阿呆どもを止めてはくれぬか」

「その植村とは、どこの馬の骨であったかな」

「ほれ、城でわしにつきまとっておった、小太りで小柄な御仁《ごじん》じゃよ」

「あの声の大きい、鬼瓦《おにがわら》のような顔をした大垣《おおがき》藩士か」

九郎兵衛によると、幕府は円滑な赤穂城明渡しを進めるべく、浅野家の親族をうまく利用していた。浅野内匠頭の母方の従兄弟《いとこ》にあたる大垣藩十万石の藩主、戸田采女《とだうねめの》正《しょう》氏定《うじさだ》に目をつけ、「城明渡しを見届けよ」と命じたのである。やむなく采女正はこれを引き受け、大役を大垣藩大目付、植村七郎右衛門《しちろうえもん》らに命じ、赤穂に遣わしていた。

植村は見届け役だが、赤穂城の遺漏なき明渡しに向けて、九郎兵衛の仕事に目を光らせ、田地年貢高表《でんちねんぐだかひょう》、武具諸具類目録《ぶぐしょぐるいもくろく》、藩札《はんさつ》発行高から、城内の金銀銭塩味噌《みそ》の保有量に至るまで、多種多様な目録の整理と現物の確認を厳しく行なってきた。過日、九郎兵衛が城付きの兵糧米三千俵を売って換金しようとしたところ、これを差し止めたのも植村だったらしい。主君の親族にあたる藩の武士とはいえ、赤穂藩士にとっては、幕府が遣わしてきた、忌まわしい小役人にしか見えなかったろう。

昨夜も植村はにこりともせず、徹夜で九郎兵衛について回り、その一挙手一投足に目を光らせていた。

「浅野家は槍一本、びた一文、犬一匹ごまかさなんだと、植村殿が請け合ってくれるはずじゃ。後は昼行燈と植村殿に任せれば、滞りなく城明渡しが済む。この期《ご》に及んで、植村殿の身に万一のことがあってはならぬ」

幕府の命を受けて派遣された見届け役を爆殺すれば、いかなる申し開きも通用しない。未遂で終わったとしても、これまでの労苦がすべて水泡に帰する。赤穂藩士を一気に籠城玉砕へ追い込むのが、暴発組の狙いだ。殉死嘆願も無意味となろう。

「乗りかけた船だ。お引き受けいたそう」

「ありがたや。替わりの玉薬箱《ぎょくやくばこ》は、わしの蔵から城へ戻すように手配しておくゆえ、田中が盗んだ火薬は海にでも放り込んでくれい。寺坂も手伝え。さてと、わしは夜逃げの支度じゃ。まったく忙《せわ》しない話よ」

あたふたと部屋を出てゆく九郎兵衛の後ろ姿が消えると、伊十郎がぼそりと呟《つぶや》いた。

「己れの保身のみを考えるつまらん小役人なら、とっくに城下からいなくなっておったろうに。赤穂藩が迎えた寒い冬に、火鉢はやはり必要だったんだ」

「煮ても焼いても食えないお人だけどね」

権左が顔をしかめると、伊十郎と寺坂が笑った。


「ここを渡ったのか、それとも城下か……」

伊十郎は城下の東を流れる熊見川《くまみがわ》の河原に立ち、その隣でシロが対岸を見つめていた。探しているのは、赤穂城の武具庫にあったはずの玉薬箱だ。

赤穂からは禄《ろく》を失った藩士たちが次々と立ち去っていた。荷物の中に火薬を入れていた者もいたのだろう。権左の鼻ではまったく感じないが、赤穂城下には、火薬の匂いがいくつか残っているようだった。

「この先をずっと行けば、坂越《さこし》ノ湊《みなと》でござる」

「二つにひとつだね」

二手に分かれても、匂いがわかるのはシロだけだから、意味がない。

植村は城下にいるが、田中たちが玉薬箱とともにひとまず城外へ出た可能性もあった。城下で網を張るか、城外を調べるか、いずれにせよ見つけ出すのは骨が折れそうだった。

「まずは、城下をしらみつぶしに探したほうがよかろう」

「どうしてわかるの」

「勘だ。煙草を吸うと、俺は勘が冴《さ》え渡る」

伊十郎はうまそうにキセルを吹かしている。煙草の匂いがしても、シロの鼻はちゃんと働くらしい。

「頼りない話だなぁ」

「煙草喫《の》みの半分ほどは験《げん》を担ぐもんだ。出雲《いずも》の飯石《いいし》煙草は、見かけは大人しそうなくせに、強烈な味わいでな。美人に思い切り頭を殴られたような心地がするんだ」

「だから、どうしたって言うんだよ」

「どっちがいいかわからないとき、俺は飯石煙草を喫む。右か左かどっちの頭にガツンとくるか、ひらめいたほうに決めるんだ」

「なるほどね」と呆《あき》れながら、権左は手ごろな石をいくつか手に取り、見比べつつ巾着袋に放り込んでゆく。

「投石の腕前はどの程度なんだ。間違って、俺に当てるなよ」

むっとした権左は、小石を握り締めると、向こう岸を見やった。

「川向こうの、少し赤みがかった岩を見てなよ」

権左は右腕を大きく振りかぶると、対岸の赤岩めがけて石を放った。

石は過たず標的にあたり、跳ね返って、川の中へ落ちた。

「おおっ！　お見事」

寺坂が嬉《うれ》しそうに手を打った。

「もっと小さな的でも大丈夫さ。十間（約十八メートル）ほどの距離なら、まず外さない。目か鼻か、どちらでも、狙って当てられる」

権左には武芸の心得がないから、接近戦は無理だが、石つぶては飛び道具だ。手元に石さえあれば、権左も相当な戦力になる。

「そいつは頼もしいな」

伊十郎は煙草を吸い終えると、シロのあごの下を撫《な》でた。

「さてと、仕切りなおすか」

「無駄足でもなかったよ。なかなかいい石が手に入ったから」

城下へ戻った三人の前を、シロが鼻をくんくんさせながら、ゆっくりと歩いてゆく。

町なかで伊十郎が指をパチンと鳴らすと、シロが止まって振り返った。

「すまん、ちょっと野暮用がある。待っていてくれ」

シロは、往来の邪魔にならないよう道の脇に寄って、お座りした。実に賢い犬で、置かれた立場と周囲の状況がわかっているらしく、むだ吠えもしなければ、物音も立てない。チャランポランな飼い主と違って、実にしっかりしていた。

伊十郎はと見ると、土産物屋の暖簾《のれん》をくぐるところだった。

城下こそ尋常な雰囲気ではないが、改易はあくまで浅野家の話であり、町人たちの暮らしに、ただちに影響があるわけではない。むしろ他国から来た者たちが、土産を買い求めてくれるから、商売は繁盛しているくらいだった。

寺坂は言われたとおり、店の前でシロと並んで待っているが、権左は見習い商人としての興味もあって、中へ入った。

土産物屋では商魂たくましく、貝独楽《ばいごま》、かるたに双六《すごろく》、草双紙《くさぞうし》から風車《かざぐるま》にいたるまで、色とりどりの品が所狭しと並べられている。

「毬《まり》をくれないか。できるだけ丈夫な奴《やつ》がいい」

「それなら、こちらはいかがでございますか」

店のおかみが差し出してきた毬は、鹿の皮でできていた。

「こんなときに、玩具《おもちゃ》なんか買って、どうするのさ」

「遊ぶに決まっているだろう。他に何か使い道があるのか」

即答する伊十郎は、いたってまじめな表情だ。

小銭で勘定を済ませたとき、少しかすれを帯びた朗声《ろうせい》がした。

「やっぱり兄貴やおまへんか！　店の表にシロによう似た犬が座っとったさかい、もしかしたらと思て、入ってみたんや」

現れた坊主頭は、大坂の出見《いでみ》ノ湊《みなと》で別れたたちやの庄兵衛だった。

「おっ」

と権左に気付いて、肩をぽんぽん叩いてくる。

「元気そうやな、権左。きばっとるか」

「ああ、いろいろあったけど、商売のほうは何とかなりそうだよ」

「庄兵衛、赤穂なんかで何をしている。また、追い剥ぎでもやろうって算段か」

伊十郎は買った毬を受け取りながら、茶化すように片笑《かたえ》みを浮かべた。

「勘弁してえな、兄貴。天野屋のおやっさんの力を借りて、もう一回、たちやを復活させるんですわ。まずは赤穂で稼がせてもらわんと。城から七門も大筒を仕入れたんやで。見栄《みえ》っ張りの大名に、高値で売りつけたる。光が見えてきたわ」

「赤穂藩の足元を見て、買い叩いているわけか」

「人聞きの悪いこと、言わんといてえな。このままやったら、まんまと犬公方に取られてまうもんを、うまいこと金にしてやっとるんやないか。塩問屋の天野屋は表に出られへんから、たちやの名前でやっとる。わしらの商売は、潰されてまう赤穂藩にとっても、たちやにとっても、ええことずくめなんや」

「そいつはご苦労な話だったな。塩はやらないのか」

「せっかくやし、ほんまはやってみたかったんやけどな。大火傷《やけど》するから手ぇ出すなって、おやっさんに言われとるさかい」

伊十郎は権左に目配せしながら笑った。

「さすがは天野屋儀兵衛《あまのやぎへえ》だ。それで、いつまで赤穂にいるつもりだ」

「明日の朝、大坂に戻りますわ。ご公儀の連中がどんどん入って来とるよって。船、止められて、痛《いと》うもない腹、探られたりしたら、かなわへんからな」

伊十郎は買った毬を手にしたまま、顔を心もち、庄兵衛に寄せた。

「そういえば庄兵衛。お前はたしか、俺のためなら死んでもいいと言っていたな」

「そ、そこまで言うてまへんで。せやけど、役に立てそうな話があったら――」

「夜逃げがしたい。手伝え」

庄兵衛はすっ頓狂な声を上げて、伊十郎を見た。

「兄貴、さっそく何か悪いこと、しでかさはったんか」

伊十郎は庄兵衛をうながして店の外へ出ると、ささやいた。

「俺じゃない。赤穂藩の次席家老だ。ケチなじいさんでな。溜《た》め込んだ財産を積んで、大坂へ高飛びしたいんだとさ」

　庄兵衛は首をひねり、つるりとした頭をかきながら、ささやき返した。

「次席家老ゆうたら、夏火鉢とか言われたはる方でっしゃろ。えらい評判が悪いお侍でっせ。なんでまた、そんな奴を助けたらな、あきまへんのや」

「誰も助けないからさ。俺もまだ赤穂藩取り潰しの全貌を摑んじゃいない。役者がぜんぶ揃ったとき、赤穂での芝居のカラクリがわかるんだろうがな」

「兄貴のお指図やったら、しゃあないな。ちょうど仕事も終わったし、みんなで手伝いまひょ。無事にご家老様を大坂までお連れしますわ」

「恩に着る。駄賃に、蝦夷からいい土産物を買ってきてやろう」

「楽しみにしてまっせ。ほな、さっそく」

「夏火鉢の屋敷はわかるな」

「まかせておきなはれ」

　庄兵衛は胸をひとつ叩いて、小走りで大野屋敷へ向かった。

「続きだ、シロ。跳ねっ返りの馬鹿どもを探し出してくれ」

　権左たち三人は寄り道を終え、シロの後について歩き出した。

　赤穂の夕暮れが血の赤さえ思わせるのは、満ち潮のように城下を浸しつつある殺気のせいだろうか。

去ってゆく赤穂藩士たちと入れ替わりに、他国の間諜《かんちょう》などが入り込んでいるらしく、城下には、寺坂も知らない顔が増えていた。公儀の収城使《しゅうじょうし》が正式に乗り込んでくるのは、十六日と通告されているが、その配下の者たちが情勢を掴むために潜り込んで、目を光らせている様子だった。なかには不届きな工作を企《たくら》む者がいてもおかしくはない。

寺坂の話では、戻ってきた江戸詰めの赤穂藩士たちは打ち揃って、大石、大野両家老の弱腰を猛烈に批判していた。なかでも、武闘派で知られる剣豪、堀部安兵衛が赤穂へ戻れば、藩論がふたたび籠城玉砕論へ傾くおそれがあるらしい。

鼻を地面にたどらせていたシロは、寺の門前で立ち止まると、伊十郎をふり返った。

「ようやく見つけたようだな」

門柱には、花岳寺《かがくじ》と墨書されていた。

寺坂によると、浅野家の菩提寺《ぼだいじ》だ。すでに浅野内匠頭は泉岳寺に葬られており、江戸では今まさに法要が行われている最中だという。

シロは掃き清められた寺の境内へ入っていく。菩提寺にしてはつつましい広さだ。城明渡し期限が迫るなか、殉死嘆願の連判状に署名しなかった藩士とその家族たちは、続々と赤穂を離れている。寺も閑散としていた。

たしかに寺なら、法事にでもかこつけて、いろいろな物を持ち込めそうだった。本当にこの寺に田中貞四郎たちがいるのか。

本堂を嗅ぎ回っていたシロは、やがて坐禅堂《ざぜんどう》の前に座り込んで、伊十郎を見上げた。

「どうやら跳ねっ返りは、この中にいるらしいな」

物音ひとつ立たない坐禅堂からは、何やら濃密な殺気が漂い出ていた。

田中たちと斬り合いになって騒擾《そうじょう》が起これば、そのまま赤穂藩は暴発しかねなかった。公儀に付け入る口実をくれてやることにもなる。

「穏やかに話をつけたいところだが、話してわかるほどの脳みそは、奴らにない。うまく奴らをおびき出して、玉薬箱を始末せねばならん」

伊十郎はささやきながら、背後にある井戸を示した。

「手桶《ておけ》に一杯ずつ、水を汲《く》んできてくれ」

権左と寺坂が水を汲んで戻ると、伊十郎は灯籠近くの黒松の陰に、腰を下ろして身を隠しながら、中の様子をうかがっていた。

「二人は裏手に回ってくれ。俺はここから、境内へ奴らをおびき出す。そのすきに中に入って、玉薬に水をぶちまけるんだ」

権左と寺坂は頷くと、音を立てずに裏手へ回った。

柱の陰から伊十郎の様子をうかがう。

伊十郎はしゃがみ込むと、シロの脇の下をくすぐりながら、微笑みかけた。

「シロ、しばらく遊べなくてすまなんだな」

伊十郎は懐から手拭いを取り出すと、先に輪を作って通し、結んだ。

玉になった手拭いの先を、シロの鼻先でゆらゆらさせる。

シロが、くわえようとする。伊十郎はさっと後ろへ引く。何度か繰り返すと、シロはむきになって嚙みつこうとした。

すでに伊十郎は立ち上がって、玉をゆらゆらさせている。シロはくわえようと跳ぶ。が、もう伊十郎は逃げ出していた。さすがにシロは速い。吠えながらたちまち追い付く。高く飛び上がったシロの口は手拭いの玉を捕えている。

「お、やる気か」

伊十郎は着地したシロと手拭いの引っ張りっこを始めた。はしゃぎながら、引き合っている。が、どちらも譲らない。と、伊十郎はさっき買った毬を懐から出すと、にやりと笑ってシロの鼻先に突き出した。

「こいつのほうが面白そうだろ」

シロが手拭いの玉を口から放して吠えると、伊十郎は「さあ、取ってこい」と境内に毬を投げた。

元気よく吠えながら、シロは毬を追いかける。くわえては伊十郎のもとへ戻ってくる。

嬉々《きき》として犬と遊ぶ長身の大人の姿は、見ていてこっちが気恥ずかしい。伊十郎ははしゃぎながら、何度か繰り返していたが、今度は「地面に落とすなよ」と言ってから、空高く毬を投げ上げた。

シロは上空を見上げている。着地点を見定めている様子だ。やがて走り出し、見事に空中で毬をくわえた。

「さて、次はいよいよ本番だ」

伊十郎は右手に毬を構えると、坐禅堂めがけて投げた。

毬は庇柱《ひさしばしら》に当たって、跳ね返る。

肩透かしを食わされたシロは、毬の動きとは逆に、坐禅堂の入口へ飛びこんだ。すぐにとって返して、転がった毬を拾い、伊十郎へ届ける。

「どこに飛ぶかわからんからな」

伊十郎は、田中たちが密談していると思《おぼ》しき坐禅堂に向けて、毬を投げつける。

今度の毬は抱き柱《だばしら》に命中した。シロはまたもや失敗し、悔しそうに短く吠えた。

伊十郎は坐禅堂を攻めて、徹底的に挑発する気らしい。次は屋根の上に放り上げて、転がり落ちてくる場所を当てさせる。複雑に交錯する垂木《たるき》に当たると、毬の動きが変わり、シロはますます興奮した。

変幻自在の毬の動きに、シロはいよいよ興に入り、うるさく吠え立てながら、遊びを愉《たの》しんでいる。

伊十郎の投げた毬が石の土台の角に当たり、跳ね上がった。シロは下手に動かない。高くはずんだ毬の方向を見極めると、駆けて飛び上がった。口にくわえている。

「うまいぞ！　シロ」

伊十郎が快哉《かいさい》を叫び、戻ってきたシロの体じゅうを撫でて誉《ほ》めたとき、しびれを切らしたか、坐禅堂の腰付障子《こしつきしょうじ》が荒々しく開く音がした。

「さっきから何事じゃ。犬侍、そこで何をしておる」

田中の怒鳴り声がした。

「おお、あんたか。見てのとおり、俺は犬と遊んでいる。犬侍は時どき、犬と遊ばねばならんのでな。そうだ。あんたも、いっしょにどうだ」

「貴様、無礼にもほどがあろう」

田中は血相を変え、境内へ飛び出してきた。

二人の男が田中に続く。例の三人組だった。

様子を窺《うかが》っていた権左は、桶の取っ手を握り締めて、ささやいた。

「寺坂さん、今のうちだ」

二人は裏の戸口から中へ忍び込んだ。

ちょうど板張りの部屋の隅には、がっしりとした木箱が一つ置かれている。権左が縦長の木箱を開くと、黒色火薬、鉛玉や火縄などが引き出しに入っていた。

権左は寺坂と顔を見合わせて、声を立てずに笑った。

三　安兵衛登場

花岳寺で長居は無用だった。権左たちが首尾よく火薬を濡《ぬ》らした後、「お騒がせした」と、伊十郎が引き下がって、田中との諍《いさか》いは決着した。田中も伊十郎の腕前は知っているから向かってはこない、顔を立ててやればいいだけだった。

すでに日は落ちて、玉薬と田中の始末を報告するために大野屋敷へ戻ると、九郎兵衛と家人たちは、身の回りの品を整理するのにてんやわんやだった。田中たちは市中警固のための玉薬持ち出しだなぞと言い張るであろうし、例の犬勘定のために、九郎兵衛も鉄砲の使用を伊十郎に認めた経緯がある。皆がまもなく赤穂藩自体から立ち退《の》かねばならぬから、田中たちの一件は不問に付された。

間もなく蓬莱丸からつなぎがあり、知工《ちく》が沖合で待っていると言ってきた。

その夜、権左たちは大野屋敷の地下蔵に隠されていた塩俵を、せっせと蓬莱丸へ運び込んだ。ろくろ首の六郎兵衛のほか、どうしても手伝うと言ってきかない寺坂も、汗を流してくれた。

「ご苦労」

権左が胸を張って首尾を報告すると、船倉をのぞき込んでいた知工は、笑みひとつ浮かべず、たったひと言だけでねぎらった。塩を入手するまでの苦労を物語ろうとする権左を、知工は眼だけで制してから、二人に告げた。

「蓬莱丸は明朝、次の湊に向けて出航する。支度をしておけ」

「そういえば、塩羊羹《ようかん》にばかり目を奪われて、普通の羊羹を買いそびれていたな。むろん羊羹は粒あんのほうが――」

知工はいらだたしげに、伊十郎の言葉を手でさえぎった。

「明日の朝にも、公儀の役人が人改めに船へ入ると報せがあった。それまでに湊を出ねばならん。もし陸《おか》へ上がるなら、決して遅れるな」

知工が言い捨てて甲板を去ると、権左たちは九郎兵衛の夜逃げの首尾を確かめるべく、小舟でふたたび赤穂城三ノ丸へ戻った。

今ごろ、たちやの庄兵衛たちは、大野屋敷のめぼしい家財道具を運び出し、九郎兵衛とその家族、家人たちを天野屋の船に連れて行っているはずだ。

大野屋敷は明かりもついておらず、ひっそりとしていた。

「無事に大坂へ向かったのだろう。よし、昼行燈とりくさんに、挨拶をしに行くか。

屋敷にはまだ旨《うま》い酒が残っていた。もらう約束なんだ」

「いろいろお世話になったからね」

大野屋敷の門前で踵《きびす》を返したが、シロが伊十郎の袴《はかま》の裾を嚙んで引き止めている。

伊十郎はしゃがみ込むと、シロの背を撫でながら問いかけた。

「何か気になるのか」

ひっそりとした大野屋敷のほうを見たまま、シロは低く唸《うな》っている。

「シロ殿は、いかがされたのでござろう」

塩俵運びまで手伝った寺坂が首をかしげている。

「しーっ。今、屋敷のほうから、何か聞こえた気がする」

権左はあらためて耳を澄ましたが、遠くで犬の鳴き声がするだけだ。

「シロには何か聞こえているのかも知れんな。屋敷の中に入ってみるか」

もちろん屋敷には門番もおらず、明かりもついていないが、さいわい満月が近い。

月光を頼りに、中へ入っていく。

犬は夜も目が利く。振り返るシロの眼光をよすがに暗がりで歩を進めるうち、広い屋敷の奥のほうから、赤子の泣き声が聞こえた気がした。

——何じゃ。誰ぞ、おるのか。

とつぜん、背後の戸口のほうから声が聞こえた。

「また、お主らか。何用じゃ」

なんと提灯《ちょうちん》を持って現れたのは九郎兵衛である。

「大野様こそ、どうして屋敷に……。てっきり船の上かと思いましたが」

「忘れ物じゃ」

「どこぞで、赤子の泣き声がする」

伊十郎が小首をかしげている。

「さよう。孫娘を連れて来とらんと、出航の間際に気付いたんじゃ。侍女に頼んだのじゃが、見限られたようでな。いつの間にか姿を消しおった」

九郎兵衛が話している間に、ろくろ首と二人の駕籠《かご》かきが、屋敷の奥へ行き、泣いている赤ん坊を抱きかかえて戻ってきた。

「実に難儀にございましたな」

「俺が天野屋の船まで送ろう」

伊十郎が申し出たが、九郎兵衛はかぶりを振った。

「あいや、出がけに、まもなく人改めが入ると、植村殿に警告されたものでな。船はすでに赤穂を出た。されば、坂越ノ奏で落ち合う手筈になっておるゆえ、駕籠で参る」

「道中を襲われれば、昼行燈に申し訳が立たぬ。同道いたそう」

「されば頼もうか。わしを斬ると息巻く暇な連中が、続々と江戸から下ってきておるらしいからの」

屋敷の門まで戻ると、伊十郎が権左を振り返った。

「お前は大石長屋で待っていろ。明け方までには戻る」

「おいらも行く。何かと役に立つぜ」

「いや、足手まといだ。子どもは寝る時間だしな」

「おいらはもう童じゃないぜ。だいいち、あれほど寝るのが好きな伊十郎さんが、もう何日も一睡もしていないじゃないか」

「こういう時のために、俺はふだん寝だめしているんだ」

権左が口をとがらせながら門の外に出ると、黒漆塗りに金粉や銀粉で唐草模様の描かれた、きらびやかな駕籠が待っていた。

「こいつは、女物だな」

「皆、赤穂から逃げ出しおって、女物しか残っておらなんだ。なに、今のわしにはちょうど良いと思うての」

孫娘を抱いた九郎兵衛が「よっこらしょ」と駕籠に乗り込んだとき、暗がりから侍たちがばらばらと現れた。たちまち半円状に駕籠を取り囲む。

「赤穂を売った裏切り者が、女物の駕籠で逃げおるぞ」

大声で騒ぎ立てたのは、性懲りもなく田中貞四郎であった。

籠城玉砕派のなかでも過激な赤穂藩士を一人残らず集めたのだろうか、田中は二十人ほどを引き連れていた。これでは、いくら伊十郎でも、相手が多すぎる。

権左は懐の巾着袋から石つぶてを取り出して、握り締めていた。

「犬侍めが。花岳寺では、よくも俺たちをコケにしてくれたな」

「あんたが慣れない玉薬遊びでけがをしないように、気を使ったつもりだったが、もしや節介を焼きすぎたか」

伊十郎が平然と言い放つと、田中が激昂した。

「よけいなお世話じゃ。目障りな犬侍よ。腑抜けた昼行燈の目を覚ますためには、夏火鉢の首が必要なのだ。他国者はすっこんでおれ」

田中も伊十郎の剣の腕前は痛いほどわかっている。数にものを言わせるつもりだろうが、すぐには手を出そうとしない。

シロが夜空に向かって、狼《おおかみ》のように長く、尾を引くように吠えた。

赤穂を冴え冴えと照らす天上の月に呼びかけるような、切々とした吠え声だった。

駕籠の前を動こうとしない伊十郎に向かって、田中がすごんだ。

「なぜ貴様は、そやつを守ろうとする。犬侍には関係なかろうが」

塩はすでに手に入った。伊十郎が九郎兵衛を守る理由があるとすれば、内蔵助との約束くらいだった。

「いろいろとわけありでな。俺は天下の素浪人だ。禄を失った先輩として、あんたたちの気持ちもわかる。だが、たとえ故郷を失っても、生きてさえいれば、多少はいい目を見られるもんだぜ」

「ほざけ。よそ者の分際で、赤穂藩の武士の一分《いちぶん》に口を出した罰じゃ。裏切り者とともに死んでもらおうか」

赤穂城下で派手な斬り合いを演じて死者でも出れば、九郎兵衛の目指した完璧な城明渡しが、画餅《がべい》に帰するおそれがあった。

——どうすればよいのだ。

もう一度、天に向かって、シロが長く吠えた。

音もなく刀を抜いた伊十郎の低音が響く。

「六犬士と呼ばれる犬侍の使う犬は、それぞれ気の利いた小技を持っていてな。……あんたたちはシロの本当の力を知らない」

辺りが何やら騒がしくなってきた。

「こけおどしじゃ。たかだか柴犬一匹に、これだけの数の侍が負けるはずもなかろうに。かかれ」

田中たちが動く前に、すでに伊十郎は動いていた。

たちまち相手が悲鳴を上げて、うずくまった。

寺坂も刀を抜き、へっぴり腰ながら駕籠の前で九郎兵衛を守っている。殊勝なことに、ろくろ首こと六郎兵衛は逃げず、丸腰でその隣に立っていた。

暗がりから侍が一人、寺坂に斬りかかった。

すかさず権左が石つぶてを投げる。

侍はぎゃっと悲鳴を上げた。刀を取り落とし、両手で顔を押さえた。

権左はさらにもう一人、寺坂に迫る侍の顔を狙った。

――しまった！　外した。

が、ろくろ首が動いていた。

「まったく難儀な方々じゃな」

何かを投げた。塩だ。

悲鳴を上げて、侍が眼を押さえている。

何頭もの犬が吠える声がした。

すぐに、駕籠を取り囲んでいた侍たちが、口々に悲鳴を上げ始めた。

突如現れた十数匹もの犬が、侍たちにいっせいに飛びかかっている。そのなかには、伊十郎と仲のいい赤ぶちの大犬も、猛犬として隔離されていた胡麻毛《ごまげ》の紀州犬もいた。

「シロは俺みたいな一匹狼と違って、人気者だからな。暇さえあれば、町をほっつき歩いて、友垣を作っているんだ」

なるほどシロの力とは、仲間の犬を集め、指揮して群れで戦うことだったのか。しばらくすると、あれだけいた侍たちの中で、立っているのは、伊十郎に刀を飛ばされ、壁際まで追い詰められた田中だけだった。

「犬は四本の足が使える。人より速く動けるのは当たり前だ。おまけに夜目が利く。泰平の世と身分の上にあぐらをかいて、ろくに武技を練ってこなかった者たちが、勝てるはずもなかろう」

伊十郎が一歩踏み出すと、田中はぶるぶると震え始めた。

「死に急ぐ者が、死を恐れるのか」

恐怖に引きつった田中の眼前で、伊十郎はゆっくりと刀を鞘に収めた。

「なぜわしを……斬らぬ」

「だれひとり、斬っちゃいないさ。よく目を開けて、周りを見るんだな」

これだけの侍と戦ったというのに、死者を一人も出していない。伊十郎は峰打ち、権左も投石のみで、後は犬たちに嚙まれただけだ。奇跡のような話だった。

「元禄の世に、犬公方の悪政さえなくば、皆のんびり赤穂で暮らしていたはずだ。あんたたちが悪いんじゃない」

伊十郎は言い捨てると、田中にくるりと背を向けた。

「待て。犬なんぞに負けて引き下がるわけにはいかぬ」

伊十郎は半身でふり返ると、建ち並ぶ武家屋敷を手で示した。

「知らなかったか。真夜中にこんな場所で騒ぐと、大迷惑なんだよ。赤穂最後の夜を邪魔するのは野暮ってもんだ」

これだけの犬が吠え立てていたのだ。なにごとかと、武家屋敷から人々が出て、集まり始めていた。これも、伊十郎の作戦のうちだったわけか。太鼓腹の岡島八十右衛門もいる。

田中はいったん腰の脇差に手をやったが、そっと離した。

「皆、参るぞ。夏火鉢なんぞの首を取ったところで、刀の汚れよ。どのみち明日には決着がつく。俺たちの勝ちじゃ」

ぞろぞろと立ち去り始めた侍の群れに伊十郎が怪訝《けげん》な目を向けると、田中は高笑いしながら、「よそ者が知る必要はないわ」と言い捨てて去った。

「きっと、こけおどしだよね」

伊十郎は、駆けつけた犬たち一匹一匹の喉や背をなで回していた。

「すまん、つまらんものを嚙ませたな」

と、犬たちをねぎらった後で、伊十郎はぼそりと答えた。

「田中なにがしはちょろい連中だが、黒虎毛が気になる。奴の狙いが何なのか、話はそれ次第だが、ひとまずは夏火鉢を逃がさないとな」

「おいらもついていって、いいだろう？」

「わしも参りまする。お役目にござるゆえ」

伊十郎はしかたがないとばかり、盛大なため息をついてから、やがてろくろ首に向かって頷いた。

「急いだほうがよさそうだ。まだ赤穂でやるべき大事があるやも知れん」

「大野様、参りますぞ」

寺坂が張り切って、駕籠の中の九郎兵衛に声をかけた。


道案内の寺坂が先頭に立ち、一行は熊見川沿いに坂越へ向かっていた。赤穂城下からは半刻《はんとき》ほどの道のりだ。

大野九郎兵衛と孫娘が乗る女物の駕籠の前を、権左と伊十郎が歩く。

伊十郎は周囲の気配を読んでいるのか、めずらしく無口で先を急いでいた。もっとも、ときおり器用にキセルをくわえている。

坂越ノ湊へ通じる間道に入った。人目のある木戸門を避けて山道を進む。やがて坂越の村の外れに出た。

駕籠かきたちがひと息入れていると、寺坂が申し出た。

「ひと足先に湊の様子を見て参りまする」

この人のいい赤穂藩士は、骨身を惜しまない。

「難儀じゃが、わしも参ろう」

寺坂では頼りないと思ったのか、ろくろ首の六郎兵衛も従った。

故郷の赤穂を目指して戻ってくる江戸詰めの赤穂藩士たちは少なからずいた。田中たちもそうだが、そういった連中は故郷を死に場所と定めた籠城玉砕派と相場が決まっていて、ほぼ例外なく九郎兵衛を討つと息巻いていた。鉢合わせすれば、何が起こるかわからなかった。赤穂藩士の顔を知る寺坂を先行させ、うまくやり過ごして難を避けたほうがいい。

九郎兵衛は駕籠を降りて寺坂を見送ると、雲間からすっかり姿を現した月を眺めている。

「これが、故郷で見る最後の月となるじゃろうかの」

「めずらしく弱気だな」

「もしも新たな公方様の世となれば、浅野家再興もあるいはと思うが、犬公方はまだまだ長生きしそうじゃからな……」

暗君徳川綱吉が死んで初めて、日ノ本はようやく悪政から解放される。誰が次の将軍になっても、今よりはよくなるはずだった。

「犬公方を操っているのは、柳沢吉保ではなく犬使いだと、内蔵助殿から聞いた」

九郎兵衛はいったん権左を見てから、伊十郎に視線を移した。

——この小僧を信じてもよいのか。

と、蟷螂の目が問うている。

伊十郎の頷きを、権左は誇らしく思った。

「誰も正体を知らぬが、赤穂藩を陥れた犬侍は、真っ赤な紀州犬を使うらしい。ゆえに人はその犬侍を、赤き物《もの》ノ怪《け》の名に因《ちな》んで、猩々《しょうじょう》と呼ぶ」

話に聞く猩々は人の言葉を解し、二本足で歩く、赤い猿にも似た妖怪だ。

「猩々と紀州藩には、どんなつながりがあるのだ」

「さてな。これから大坂でよう調べねばならぬが、紀州藩には、犬公方の次の将軍の座をめぐり、一人の大商人が関わっておるようじゃ」

権左はびくりとして、九郎兵衛のとんがった顔を見つめた。

「紀伊國屋文左衛門、か……」

「さよう。柳沢吉保の篤《あつ》い信《しん》を得て、公儀の奥深くまで入り込んでおる、謎の商人じゃ。名だけは聞いておっても、誰もその正体を知らぬ」

紀文は漁師の出だとも、木樵《きこり》だったとも、元武士だともいう。無一文から始めて大富豪になった人間だが、年齢はもちろん、性別さえ定かではない。本当に紀州の出なのかもわからなかった。庶民が作り上げた架空の人間で、実在しないとのまことしやかな噂まであった。

「紀文が犬使いと結びついていると言うのか」

「わからぬ。得体の知れん豪商じゃからの。わしも塩を商うて参ったが、紀文には会えずじまいであった。手下と名乗る者には会うたがな」

紀文はたった一代で巨富を築き、大坂の豪商、三代目鴻池善右衛門の向こうを張るまでになった。商いは剣技や身分ではない、知恵と運だけで勝負できる公平な世界だ。権左も一度でいいから、会ってみたかった。

「もしも浅野家再興が成らぬとき、赤穂浪士たちは何とする」

「さてな。武士の一分が立たぬのなら、仇討《あだう》ちに走るであろう。吉良上野介と猩々をわれらの手で討ち果たさねばならん」

やはり大野九郎兵衛も、ひとかどの赤穂藩士だったわけか。

「犬公方を操る犬使いが絡むとなれば、事は浅野家と吉良家の間の話だけで済むまいな」

「さよう。公儀との戦いになる」

伊十郎がいつものように手際よく煙草に火を付けると、九郎兵衛が水を向けた。

「犬侍には二つある。もともと犬使いの一族に生まれた者と、普通の侍として生きる道を断たれた者。貴殿はなにゆえ、犬侍に堕《お》ちた」

直截《ちょくせつ》的な問いに、権左は思わず、伊十郎の端整な顔を見やった。

抜群の剣技、知略と教養を持ち、おそらくは身分の高い出自でありながら、伊十郎はなぜ本名さえ名乗れず、異郷の地で用心棒稼業に身をやつしているのか。少なくとも、どこかの藩の剣術師範に招かれていいはずではないか。

九郎兵衛の問いに、伊十郎は深くキセルを吸い、ゆっくりと煙を吐き出しただけだった。

遠くの潮騒《しおさい》さえ聞こえそうな静けさの中で、伊十郎の低音が響いた。

「あれが、ただの偶然でなく、すべてが仕組まれていたというのなら、赤穂浪士と俺の仇は同じなのやも知れぬ。だが、なぜ猩々は俺を……」

伊十郎は遠い過去を探るように、切れ長の眼を閉じていた。

「犬使いを倒せる者は、やはり犬侍だけじゃろうな」

九郎兵衛は自問してから小さく頷くと、居住まいを正して、煙をくゆらせる伊十郎を見た。

「千日前伊十郎殿。貴殿を見込んで頼みがある」

蟷螂の顔が一変していた。戦国の世の侍大将もかくやといった精悍《せいかん》な顔だ。侍とは身分でなく、人としての生き方そのものであるに違いない。

九郎兵衛が駕籠の屋根の棟木《むなぎ》を前に引くと、空洞が生じた。そこから取り出したのは濃紺で、雷紋《らいもん》の地味な巻物だった。

受け取った巻物を、伊十郎はしげしげと眺めている。

「これは」

「なぜ赤穂の塩が日ノ本最高とされるのか、その理由を記したものだ」

「これが噂の秘伝書か」

赤穂塩の製法を記した秘伝の巻物を、九郎兵衛が肌身離さず持っているとの噂は、本当だったのか。

「この巻物を欲しがっておる者は世に多い。たとえば柳沢吉保、三代目鴻池善右衛門、あるいは、紀伊國屋文左衛門」

「なぜ、さようなものを俺に」

「秘伝書は上中下の全三巻から成る。お主に預けるのは下巻じゃ。三巻をすべて手に入れた者は、赤穂の塩を手に入れたに等しい。数万石どころか、計り知れぬ価値がある。これを蓬莱丸の知工に渡してほしいのじゃ」

「理由を尋ねても、よろしいか」

「浅野家再興の駆け引きに使う。答えはこれで足りるかの」

「蓬莱屋が赤穂藩に味方すると」

「さよう。どこまで信じられるかは、別の話じゃがな。城明渡しにあっては、さような巻物はないと押し通したが、納得せぬ筋もあろう。実際、数日前に、ひとりの犬侍が赤穂に入った。元禄六犬士のひとり、黒虎毛の甲斐犬を操る男だ。狙いは秘伝書に違いあるまい」

「その男が何者か、ご承知か」

「調べさせたが、まだわからぬ」

「秘伝書の他の巻は？」

「上巻は昼行燈が持っておる」

一人の人間が三巻を持っていれば、簡単に奪われる。あえて保有者を散らすことで、秘密を守るわけか。三巻あるのなら、もうひとつ、中巻があるはずだが、九郎兵衛はそのまま口を閉ざした。

それまで伊十郎の足もとでうずくまっていたシロが、低く唸って顔を上げた。

「誰か、来るようだ」

伊十郎の視線の先に権左が目をやると、行く手から、やがて旅装の侍がひとり現れた。

「そこにおるのは、夏火鉢ではないか。よい所で出くわしたわ」

九郎兵衛は舌打ちをしてから、面倒くさそうに応じた。

「そういうお主は高田郡兵衛《たかたぐんべえ》か。面倒な男が、何をしに赤穂へ戻ってきた」

「籠城して、公儀に一矢報《いっしむく》いるためよ。ここで会ったが百年目じゃ」

叫びながら、郡兵衛と呼ばれる男が抜刀した。

銀刃が月光に眩《まぶ》しいほどきらめく。

「へっぴり腰の裏切り家老めが、ついに赤穂を逃げ出しおったわ。この場で刀の錆にしてくれようぞ」

郡兵衛が飛びかからんばかりに前へ出てきた。

が、すでに伊十郎が刀を手に間に入っている。

「邪魔だていたすな」

月に薄雲が懸かったのか、郡兵衛の振り上げた刀が光を失った。

あっという間に刀が合わさる。
二、三度交錯した。が、不思議と剣戟《けんげき》の音がしない。
とつぜん郡兵衛が、悲鳴を上げて刀を落とし、うずくまった。

手で脛《すね》を押さえている。

伊十郎の足元には、役目を終えたシロが戻り、すっくと立っていた。

「貴様、犬侍か。卑怯《ひきょう》者めが」

刀を拾って立ち上がった郡兵衛を、新たに後ろから現れた長身の男が手で制した。

「やめておけ、郡兵衛。犬がおろうとおるまいと、お前の腕では歯が立つまい」

野太い声だ。伊十郎と同じくらいに上背があり、筋骨たくましい侍が腕組みをしながら、歩を進めてきた。体付きだけで天下無双の名が似合いそうな、一目瞭然の豪傑である。その後ろに小柄な白髪交じりの男が続いた。

「堀部安兵衛に、奥田孫太夫《おくだまごだゆう》。お主たちも、戻って参ったか……」

言いよどむ九郎兵衛の言葉に、伊十郎の顔色が変わった。

赤穂藩士、堀部安兵衛の名は、権左でも知っていた。

高田馬場の仇討ちで助太刀をした話はあまりに有名だった。赤穂藩随一というより、全国でも指折りの剣豪だ。元は中山《なかやま》安兵衛といって、江戸の堀内《ほりうち》道場で代稽古を務めたほどの腕前だ。惚《ほ》れ込んだ赤穂藩士の堀部弥兵衛《やへえ》が、むりやり婿入りさせた、立志伝中の侍である。

「厄介な話になったのう。わしは逃げも隠れもせん。駕籠のなかにおるゆえ、命欲しくばくれてやる」

九郎兵衛は他人事《ひとごと》のように言い捨てると、孫娘が眠る女駕籠のなかへ入った。駕籠かきたちは、とっくに駕籠の陰に隠れている。

「ならば、遠慮のう命をいただくぞ」

安兵衛の前へ、いきなり郡兵衛が躍り出てきた。大上段に刀を振りかざしている。

郡兵衛が力のかぎり、伊十郎に向かって振り下ろす。

伊十郎は面倒くさそうな顔で受け止めた。

一瞬とまどった顔つきをした郡兵衛がさらに一歩踏み込み、袈裟懸《けさが》けに斬り込む。

伊十郎は舞いでも舞うように愛刀、龍涙《りゆうるい》で受けた。

必死の形相で郡兵衛が刀を振り下ろす。

そのたびに伊十郎は確かに刀を受け止めている。

だが、妙だ。

面妖なことに、音がしない。

鎬《しのぎ》をすりあわせる音すら、立たなかった。

やがて郡兵衛が首をかしげて、後ずさった。

「何なんじゃ……この、海の水でも切っておるような感じは……」

刀を合わせているはずなのに、剣戟の音がほとんどしない。

「やめておけと言うたであろう。引っ込んでおれ。俺がやる」

安兵衛は、郡兵衛の肩をがしりと摑むと、乱暴に後ろへ押しやった。よろめいた郡兵衛がみっともなく尻もちを突いた。

「この男は犬なしでも、抜群の武技を持っておる。まるで踊るように軽やかで、華麗な足の運びは、龍王剣を極めし証《あかし》よ。噂に聞く音無しの秘太刀を、国元で拝めようとはな」

「気をつけよ、安兵衛。こやつの剣は妙じゃぞ」

「わかっておる。音無しの秘太刀には、二つの顔があるという。ひとつは、相手と剣を合わせることさえなく、恐るべき速攻で、相手を圧倒する抜群の伎倆《ぎりよう》。——そして、いまひとつ」

剽悍《ひようかん》な顔に片笑みを浮かべながら、安兵衛は前へ出た。

「別の顔を今、見せてもろうた。刀を交えても、たくみな剣さばきで力をやりすごす。柳を思わせる手首の使いと自在な足取り。加えて腕、足、腰、体のあらゆる場所で相手の力を受け流すために、鈍い音しかしない。完全に相手の剣さばきを見切っているからこそできる秘技だが、その神髄は、受け流しきった直後に繰り出す、次の動きにこそある。郡兵衛よ。お前が感じたように、海の中で水を切っておれば、どうなる」

　水の抵抗を受けて刀の動きは鈍くなる。刀さばきも冴えないはずだ。

「攻め手は海水を切るのに倦《あ》き、疲れ始める。いったん止めて次の攻撃に出るとき、数瞬を要する。だが、そのわずかな時をこの男は狙っておるのだ。こやつが龍王剣の速攻で踏み込めば、お前はいわば無防備で突っ立っておる案山子《かかし》よ。一刀両断じゃ」

　伊十郎がいたずらを見つかった小僧のように、はにかんだ。

「こいつは参ったな。月明かりの立合いを見物しただけで見切るとは。さすがは天下に名高き堀部安兵衛よ」

「裏の世界しか生きられぬ犬侍のなかで、特に怖《おそ》れられておる者が六人いると聞く。お主も六犬士のひとりか」

「そう呼ぶ者もいるらしいな」

「上等だ。だが、わしに、音無しの秘太刀は通用せぬぞ」

安兵衛はつぃと前へ出た。

「われらの主君は、亡き浅野内匠頭様であって、犬公方なんぞではない。主君が城を明け渡せと命ぜられるなら、むろん従おう。されど、犬公方めの人の道に外れた処断に、唯々諾々と従う理由はどこにもない。武士の一分が立たぬなら、赤穂城にて一戦あるのみ。聞けば、不届き千万の不忠者、大野九郎兵衛は率先して城の明渡しを進めたとか。赤穂を公儀に売ったに等しき所行ではないか。赤穂藩士として、その老い首、頂戴せねばなるまい」

堀部安兵衛も籠城玉砕派らしい。安兵衛たちの赤穂入りで、いったんは殉死嘆願でまとまった赤穂藩士たちの間に、波瀾《はらん》が巻き起こるに違いなかった。

「俺は千日前伊十郎と申す。しがない犬侍なれど、わけあって、夏火鉢殿の身を守らねばならぬ。腕には多少の覚えがある。われらが斬り合えば、互いにただでは済むまい」

「伊十郎とやら、赤穂藩の内輪の話じゃ。ここは黙って、手を引いてはくれぬか。さもなくば——」

安兵衛は太く大きな右手を、腰の刀の柄に置いた。

「俺は酒と煙草と羊羹にうつつを抜かすつまらぬ男ゆえ、せめて仕事くらいは投げ出さぬようにしている」

安兵衛は残念そうな顔で鯉口《こいぐち》を切った。

「お主とはうまが合いそうな気がしたが、残念じゃ」

「俺もだ」

言い終わると同時に、二人が動いた。

いつの間にか二人とも抜刀している。眼にも止まらぬ速さだ。

唸りを立てて、安兵衛の刃が空を切った。

が、安兵衛は息を入れない。すでに次の刀が繰り出されている。

名だたる剣豪どうしの果し合いだ。息も継がせぬ剣技の応酬が続いた。

それでもやはり、剣戟の音はしない。

濡れた砂を踏むような鈍い音が連続する。刀を受け流す音だ。

伊十郎は防戦一方で、後退し続けていた。

さしもの伊十郎も、手も足も出ないのか。

不意に動きを止めた安兵衛が刀を構えなおした。

「わが渾身《こんしん》の剛剣を受け流した相手は初めてよ。だが、手が痺《しび》れ始めておろう。足の動きだけで速攻は成らぬ。今のお主は、堅守はできても、攻めに転じられまい」

「すべてお見通しとは畏れ入る」

伊十郎は数歩後ずさると、刀から離した左手を、開いたり閉じたりしていた。安兵衛の恐るべき膂力《りょりょく》の前に、音無しの秘太刀も通用しないのか。

――いったい伊十郎さんはどうする気だ。なぜシロを使わないんだ。

権左は右手のなかの石つぶてを握り締めた。伊十郎が音無しの秘太刀で攻撃を受け流している最中なら、安兵衛にも隙ができるはずだ。石つぶてで、伊十郎が攻撃に転じられる間を作れるだろう。

「その調子じゃ、安兵衛。斬ってしまえ」

高田郡兵衛が囃《はや》したとき、「お待ちくだされい」と必死の叫び声が聞こえた。駆け戻ってきた寺坂が、息を切らせながら安兵衛ら三人に頭を下げた。ちょうど湊に入るあたりで行き違いになったのだろう。遅れてきたろくろ首の六郎兵衛が寺坂の後ろで、懐に手を入れている。塩でも握っているのか。

「方がた、お役目、ご苦労様でございます。が、千日前様はわれらの敵ではありませぬ。わが藩と付き合いのある蓬萊屋のお仕事で、赤穂へおいでになったもの」

「何じゃ、寺坂。お前、このわしに指図する気か」

「滅相《めっそう》もありませぬ。されど、伊十郎様が大野様をお守りするは、筆頭家老のお指図にございまする」

「馬鹿も休みやすみ申せ。大石様が裏切り者を守れなぞと、仰せになるはずがあるまい」

安兵衛は怪訝そうな顔で、九郎兵衛の乗る駕籠を見やった。

「刀をお引き下され、伊十郎様。この堀部安兵衛様は、内蔵助様が最も信を置かれる赤穂藩士のお一人です」

「まさか大石様が裏切り者と手打ちをされたなぞと、信じられぬ」

内蔵助が伊十郎に九郎兵衛を守るよう依頼した真意は、定かでない。だが、水と油のごとく反発し、袂《たもと》を分かったはずの二家老が、裏で手を結んでいたとなれば、内蔵助は藩士たちをまとめる力を失いかねない。

「赤穂藩士どうしで斬り合いをすれば、浅野家再興の差し支えになると、内蔵助様はお考えなのであろう」

それまで無言で斬り合いを眺めていた奥田孫太夫が、後ろから落ち着いた声で口を挟んできた。

「いかにもその通り。さすがは年の功だ、ようわかっておられる。内輪揉《も》めは敵を利するのみだ」

伊十郎は大げさな手ぶりで派手に音を立てながら、刀を腰の鞘へ収めた。

対する安兵衛は、刀を構えたまま、いぶかしげに伊十郎を見ている。

「大石様の依頼だという証はどこにある」

「口約束ゆえ、証文なぞはない。されば、これが代わりにならぬか」

伊十郎は内蔵助にもらったキセルを懐から取り出すと、月明かりに見せた。

「確かに、その喧嘩《けんか》ギセルは、大石様ご自慢の逸品。寺坂の申したこと、どうやら嘘《うそ》ではないようじゃ。と、なれば、お主の狙いは塩か。よもや赤穂塩の秘伝書を狙うておるのではあるまいな」

「塩羊羹は好きだが、俺は塩作りに関心はない」

「はぐらかすな。藩の秘め事ゆえ、わしもようは知らぬが、秘伝書には万両の価値があると聞く。塩奉行に近づいたのも、そのためではないのか」

安兵衛が手の刀を構え直した。

「筆頭家老、大石内蔵助殿が持つ秘伝書を狙って、黒虎毛の犬侍が赤穂に入ったと聞いている。奴は、虎帝剣の達人でな。チャランポランな俺なんぞより、よほど危険な男だ」

安兵衛は「ほう」と、面白い物でも見つけたような顔で、伊十郎を見返した。

「騙《だま》されるな、安兵衛。夏火鉢もろとも討ち果たせ」

「やかましく怒鳴るな、郡兵衛。わが殿亡き今、わしに何かを指図できる人間が、まだこの世におるとすれば、大石内蔵助様、ただひとりじゃ」

「もう昼行燈なんぞ信じられるか。密《ひそ》かに夏火鉢と――」

郡兵衛の文句をさえぎるように、安兵衛は音を立てて、刀を鞘に収めた。

「やめた。この犬侍を討ち果たすのは、骨じゃ」

「待て。堀部安兵衛が決闘で勝負なしなど、お主らしゅうないぞ。なぜ戦わぬ」

「わしとこの男は、剣技において互角。わしが音無しの秘太刀を封じたとして、討たれもせぬが、討てもせぬ。されば、先は見えた。わしには犬侍のもうひとつの武器に対する備えができぬ。犬を斬らねば、犬にやられる。だが、わしが犬を斬ったとき、わしはこの男に斬られておる。二対一の戦いじゃからな」

伊十郎の指図であろうか、この間、シロはまったく動いていない。伊十郎はもう一つの武器である犬を使わなかった。シロの命を惜しんだからか。

「直心影流《じきしんかげりゅう》の達人、奥田孫太夫殿が助勢すれば、勝負はわからぬが、もろもろ勘案すれば、出来の悪い次席家老の命を預けておくほうがよさそうだ」

「去る者は追わず、じゃ。赤穂へ参ろう」

孫太夫の言葉に、安兵衛が頷いて歩き出した。

「大石様に会うて、真意を確かめねばならぬ」

「大野九郎兵衛は女物の駕籠に乗って、赤穂から夜逃げした腰抜け侍よ。生涯、生き恥をさらし続けるがよいわ」

郡兵衛も捨て台詞《ぜりふ》を吐きながら、不承不承の様子で従った。

一難が去ったとき、駕籠のなかから九郎兵衛のいびきが聞こえてきた。徹夜続きで眠いのはわかるが、命のやりとりを人任せにするとは、豪胆と讃《たた》えるべきか、暢気《のんき》と呆れるべきか。孫娘も爺《じい》の血を受け継いだのか、大立ち回りの最中もぐっすり眠っていたらしく、泣き声ひとつあげなかった。いずれにせよ、大野九郎兵衛という男が並みの人物でないのは確かだった。

「寺坂さん、過激派の三人がついに赤穂入りするんだ。俺たちはもう大丈夫だ。この先はろくろ首に案内してもらう。内蔵助殿の手助けをしたほうがよかろう」

伊十郎の言葉に、寺坂はこくりと頷くと、安兵衛たちを追って駆けだした。

四　坂越ノ湊

夜明け前の坂越ノ湊には、滅びゆく赤穂藩をよそに、大きな弁財船《べざいせん》が湾内に浮かぶ生島《いきしま》を風よけに使いながら、数隻停泊していた。海の人間は早起きだ。すでに坂越浦の会所にも人だかりがあって、会所にほど近い大避《おおさけ》神社へ向かう人の流れができていた。絵馬でも納めに行くのだろう。

駕籠から下りた九郎兵衛は、孫娘をろくろ首の六郎兵衛に抱かせ、握りこぶしで腰をトントン叩いている。

「見事な夜逃げだ。これで、赤穂藩の次席家老、大野九郎兵衛は孫娘を隠れ蓑《みの》に、女物の駕籠に乗って逃げたと、世人はさんざん物笑いの種にするだろう。万事、あんたの思う壺《つぼ》だな」

口調とは裏腹に、伊十郎の低音には、かすかな敬意が滲《にじ》み出ていた。

権左にも、大野九郎兵衛という人物の凄《すご》さがわかってきた。

これだけ評判を落とせば、もはや誰も九郎兵衛なぞに注意を払うまい。今後、浅野家再興の動きがどのような形になろうとも、九郎兵衛ほど自在に動ける赤穂浪士はいないわけだ。

「内蔵助殿と道は違えど、行き着く先は同じ。あえて悪名を被《かぶ》るとは、小粋な真似を」

「蟷螂《とうろう》の　尋常に死ぬ　枯野かな」

九郎兵衛がかすれを帯びた声で呟いた。

「なるほど。蟷螂同様、あんたの人生も、よほど尋常というわけだ」

蟷螂は交尾しながら雌が雄を喰《く》らう。九郎兵衛は赤穂藩を残すための凄絶な覚悟を示したのだろう。

「俺も其角《きかく》は、嫌いじゃない」

先年没した松尾芭蕉《まつおばしよう》の一番弟子、宝井《たからい》其角なら、権左も知っている。

「ふん。いつから、わしの真意に気付いた」

「大石屋敷の犬小屋だ」

たとえ凶暴な犬でも、御犬毛付帳に記さず屋敷に隔離すれば法度に反するため、藩の公金は出せない。密かに作るしかないわけだが、手狭な大野屋敷に作れば、人に気付かれる。犬目付《いぬめつけ》の上役で、犬を含めて赤穂藩の財産を預かる能吏の九郎兵衛が、犬を把握していないはずもなかった。九郎兵衛が内蔵助に掛り合って、大石屋敷に作らせたわけだ。事が露見すれば、元禄の世では大事《おおごと》だが、二人は家老の一存と言い張って責めを負う覚悟だったに違いない。藩を思う家老でなければできない芸当だ。

浅野家再興を考えたとき、今、赤穂藩士たちが選べる道はほとんどない。それでも、後の世に見事と讃えられる城明渡しは、十分とはいえぬまでも、そのためのひとつの方途と言えた。内蔵助と九郎兵衛は二人して、喧嘩芝居を演じながら、浅野家再興の道筋を綱渡りで残そうとしてきたのだ。

伊十郎の言葉に、九郎兵衛は静かに頷いた。

天野屋の船へ向かう小舟に乗ろうとして、何を思い出したか、九郎兵衛が振り返った。権左を正面から見ている。

「お前は以前、天々丸《てんてんまる》について、わしに問うたな」

権左は昨春、知工と大野屋敷を訪ねたとき、父とともに消息を断った天々丸について、何か知らないか尋ねてみた。その時は、つり目でギロリと睨《にら》まれただけだったが、九郎兵衛は話を覚えていたらしい。

「倉敷の下津井《しもつい》に、天々丸の生き残りがいると耳にした。巳助《みすけ》という名の水主《かこ》じゃ。何かわかるやも知れぬぞ」

権左の胸が勝手に激しく鼓動を始めた。

「ありがとう存じます、大野様」

「天々丸は蝦夷に向かう途中、大嵐で沈んだとされておる。何とも面妖な話じゃ」

九郎兵衛は蟷螂顔を少しばかり曇らせた。

「真実は時に残酷なものよ。世には、知らずにいたほうが幸せな物事が、いくらでもあるのじゃがな。……さてと、ぼちぼち参るかの」

九郎兵衛はおそらく初めてであろう笑顔を、二人に見せた。笑みには、老人が可愛《かわい》がっている孫に向かって微笑むような、柔らかさとはにかみがあった。

「さらばじゃ。縁があれば、また大坂で会おう」

九郎兵衛とろくろ首、孫娘を乗せた小舟が岸辺を離れていく。

権左と伊十郎は頭を下げて見送った。

「自ら悪名を被り、罵られながら、したたかに藩のために尽くしている。見あげた老人だ」

「また、会えるかな……」

「たがいに生きていれば、秋にはな。ときに天々丸について、九郎兵衛殿はまだ何か知っている様子だったな」

伊十郎はもう、九郎兵衛を呼び捨てにはしないらしい。

「已れの眼で調べて、確かめろってことだね。でも、下津井に蓬萊丸が寄港しなきゃ、巳助って人に、会えないな」

下津井は大きな湊だ。昨年もしばらく停泊して顔見知りができたから、尋ねれば何かわかるかも知れなかった。

「早く知っても、後で知っても、真実が変わるわけじゃない」

シロが伊十郎の足にまとわりついている。

隣の権左の足もとまで温かさが伝わってきた。

「一度尋ねたかったんだけど、どうしてシロは、伊十郎さんの指図がわかるの」

「大方は眼だな」

目は口ほどにものを言うとは本当で、目配せだけでも相当なやりとりができるらしい。

伊十郎によれば、ほかにも声、顔つき、指や身振り手振りを用いるが、犬使いの流派によっても、やり方は異なるという。声ひとつとっても、強さや大きさ、音の高低の組み合わせがあるそうだ。

「どうだ、権左。シロを抱いてみないか」

弟をいたわる兄のような声だった。

「だいじょうぶ、かな……」

「シロはとっくに、お前を友垣だと思っている」

これまで権左にとって、犬は間違った法度によって守られた、憎たらしい獣でしかなかった。だが、考えてみれば、勝手に人間が法度を作っただけで、犬自体は昔から何も変わっていない。

権左が目をやると、シロは尻尾を振りながら、権左を見上げていた。

「シロとは、どれくらいの付き合いなの」

「三年前に、大切な人から、託された」

ふだんは饒舌《じょうぜつ》な伊十郎にしてはめずらしく、慎重に言葉を選ぶような話し方だった。

伊十郎の「大切な人」とは、誰なのだろう。尋ねても、はぐらかされるだけで、答えてはくれない気がした。だが、権左は伊十郎にも「大切な人」がいると知って、ほっとした気持ちになった。それでいて、嫉妬に似た感情も混じっているようだった。

「あごの下をくすぐってやるといい」

権左がしゃがんで、おそるおそる言われたとおりにすると、シロは権左の肩に前足をかけて、ペロペロと顔を舐《な》め始めた。気持ち悪いとは思わなかった。

「柴犬には、お高くとまる奴らも多くてな。人間とじゃれ合ってくれる柴犬なんて、シロくらいだぜ」

「やっぱり、伊十郎さんがシロに遊んでもらっていたんだね」

「そうだ。知らなかったのか」

権左は腹の底から笑った。

シロを抱き締めてみる。

生命の柔らかさとぬくもりが、権左に幸せを届けてくれる気がした。誰にはばかることもなく犬たちと戯れていた伊十郎の気持ちが、初めてわかった。

「行こうか、権左。黒虎毛に、堀部安兵衛。赤穂の町に、とんでもない連中が集まってきた。内蔵助殿との約束は果たしたんだ。後は、逃げるが勝ちさ。巻き込まれないうちに、早く赤穂を出たほうがよさそうだ」

傾きかけた大きな月が、異郷の海と湊を照らしていた。

第五章　黒虎毛

一　もう一人の犬侍

夜明け前の坂越《さこし》ノ湊《みなと》で、無事に九郎兵衛を天野屋の船に乗せた後、伊十郎と権左は赤穂へ取って返した。

赤穂城本丸が墨絵のように見えてきたころには、空がうっすら白み始めていた。

「伊十郎さん、急ごう。知工《ちく》さんは去年、約束の時刻に遅れた水主《かこ》を置いてけぼりにして、そのまま出航したこともあるからね」

「内蔵助殿とりくさんに挨拶するくらいの時はあるだろう。不義理はできまい」

城門をくぐって、今では見慣れた赤穂の町を足早に歩く。

未明だというのに、大石屋敷の前には、人だかりができていた。りくが寺坂や家人たちと立ち話をしていたが、二人の姿を見るなり、声をかけてきた。

「旦那さまがずっと戻らないのです。お城にもいないと……」

りくの言葉に、寺坂が泣きそうな顔で頷《うなず》いてから、伊十郎を見上げた。

「城内を探しても、お姿が見当たりません。堀部様たちも今、赤穂の町を隅々まで探しておられまする。ここはぜひとも、シロ殿のお力をお借りできませぬか」

数日後に迫った城明渡しの前に、筆頭家老まで失踪したとなれば、一大事だ。浅野家再興にとっても、大きな差し障りとなるだろう。だが、内蔵助が逐電《ちくでん》するはずはない。何か事件が起こったと見るべきだ。

「また出番だぜ、シロ」

伊十郎はすぐさまりくに頼み、内蔵助の下衣《したごろも》を借りて、シロに匂いを覚えさせた。

「赤穂藩はずっと綱渡りだったが、最後にとびきり厄介な話になってきやがった。俺の推量が外れていれば、ありがたいんだが」

下衣を返しながら、伊十郎は長身を折りたたんで、怪訝《けげん》そうな顔つきのりくに耳打ちした。

りくはハッと驚いた顔をしたが、やがて厳しい表情で「手配いたします」と、頷きながら応じた。

「寺坂さん、行こうか。赤穂での最後の仕事だ」

すでにシロは、鼻を地面に擦《こす》りつけるようにして、歩き始めている。

二人も、後に続いた。

「見つけられるよね、伊十郎さん」

「シロなら造作もないだろう。面倒なのは、その後だ」

鼻をくんくんさせながら歩くシロの後ろを、伊十郎は腕を組みながらゆっくりと歩いてゆく。めずらしくキセルも吸わず、言葉少なだった。考え事をしているらしい。

「寺坂さん、心当たりはぜんぜんないの？」

「こたびの改易《かいえき》をめぐって、ご家老に不服を抱く藩士たちは、赤穂に少なからずおり申す。たとえば、あの田中貞四郎殿……」

田中たちは、大野九郎兵衛の夜逃げに続き、腰砕けの大石内蔵助まで、切腹が怖くなって行方をくらましたと触れ回り、藩士たちを煽《あお》り立てるに違いなかった。ただ、その田中たちも姿が見えないらしい。

「じゃあ、籠城玉砕派が……」

「いや、跳ねっ返りの田中なにがし一人じゃ、難しいだろう」

権左も伊十郎の考えに同感だった。大石内蔵助は知謀の塊のような男だ。田中ごときの詐言《さげん》に乗せられはすまい。顔や物腰に似合わず、東軍流剣術も使えるから、力ずくというのも無理だ。

「いったい、誰がどうやって……」

「赤穂藩の命運を握っている公儀がらみの連中だ。内蔵助殿をおびき出すのは簡単だからな。浅野家再興の餌をちらつかせればいい。その代わりに要求する代償は、赤穂の白い宝ってわけさ」

やはり狙いは、赤穂塩の製法を記した秘伝書か。

大野九郎兵衛が「さような物はございませぬ」としらばっくれた秘伝書を探し出すのは骨が折れる。だが、浅野家を生かすも殺すも、幕府の胸三寸だ。取引を持ちかければ、赤穂を探し回る必要もなく、赤穂藩のほうから差し出してくる。うまいやり口だ。

「ということは、黒虎毛はご公儀の……」

回し者、と言いかけて、権左は口をつぐんだ。

「うんざりするほど、不愉快極まりない話さ。めっぽう強い奴《やつ》が、これまた強い奴の味方をするってのはな」

おり悪《あ》しく江戸からは、堀部安兵衛ら強硬派が赤穂入りしていた。筆頭家老不在のまま、収城使《しゅうじょうし》が兵を引き連れて城下に至り、城明渡しを求めれば、赤穂藩士たちの暴発を止められる者はいない。大石内蔵助という重しさえなくなれば、赤穂藩士は放っておいても暴発へと突き進む。昨夜、田中が吐いた捨て台詞《ぜりふ》は、内蔵助の拉致だったわけか。そうすると、田中たちは黒虎毛と接触しているのか。

「頼むぜ、シロ。急いでくれ」

くーんと一声発して、シロが地面に鼻先をくっつけて歩き始めた。

「だけど、伊十郎さん。もうすぐ蓬莱丸が出航する時刻だ」

伊十郎は懐から煙草《たばこ》入れを取り出しかけたが、思い直したらしく元に戻した。

「権左、お前は湊へ行って、知工に待つように言ってくれ。秘伝書が危ないって言えば、話がわかるだろう」

「合点承知だ」

答えながら、権左はすでに駆けだしていた。

権左は放たれた矢のように明け方の赤穂城下を駆けた。

蓬莱丸は沖合に停泊しているが、赤穂城の東へ回って湊から小舟に乗るより、途中の塩田から上荷舟《うわにぶね》を使うほうが近い。

権左が塩納屋の前へ出たとき、多くの人影が見えた。

いちばん背の高い侍は、堀部安兵衛だとすぐにわかった。傍らに奥田孫太夫の姿もある。

安兵衛も内蔵助を探していた。もしや内蔵助はここにいるのか。

権左は立ち止まって、柵の間から覗《のぞ》き込んだ。

「田中、お前はいつから、それほど偉くなった」

安兵衛のどすの利いた声は、権左の腹にまで響いてくる。

「だけど、安兵衛さん。このままじゃ、武士の一分《いちぶん》が――」

二十人ばかりの藩士を引き連れていても、田中は安兵衛を前にたじたじとなっている。

「お前がどのように死のうと勝手だが、わしらまで巻き込むな」

「安兵衛さんも、事ここに至っては籠城玉砕しかないと、思ってるでしょう」

「ああ。だが籠城は、皆で納得ずくでやるもんよ。お前ごときに追い詰められた挙句に、切羽詰まって籠城しましたでは、恰好《かっこう》がつかぬ。主君亡き今、わしらの頭《かしら》は大石内蔵助だ。もちろん命を懸けて大石様を説くが、説き伏せられんときは、お指図に従う。大手前で切腹するなら、それもよかろう。武士の一分ってのは、暴発して立てるものではない。己が信念にしたがって厳かに立てるもんよ」

天下の堀部安兵衛には、田中たちもさっぱり頭が上がらないらしい。うなだれて、おとなしく説教を聞いていた。

「それで、お前たちは、ここで何をしておった」

伊十郎の推測どおり、犬侍の黒虎毛が田中に接近し、田中を通じて内蔵助に取引話を持ちかけたという。秘伝書を奪われるだけで取引など嘘《うそ》っぱちに決まっているが、田中は渡りに船だと考えた。田中は内蔵助をおびき出して塩納屋に閉じ込めておき、その間に藩士たちの不満を高め、籠城玉砕へ藩論を再統一しようと目論《もくろ》んでいた。田中たちは内蔵助を幽閉して、ひとまず目的を達した。

「この堀部安兵衛が赤穂へ戻ってきたというのに、お前らふぜいが、わしを差し置いて、何ぞやらかすつもりなのか」

安兵衛に睨《にら》みつけられた田中が、頭のてっぺんから声を出した。

「め、滅相もございません」

「わかればよい。若気の至りじゃからな。して、内蔵助様は？」

「し、塩納屋におわします。黒ずくめの犬侍と……」

田中が口ごもったとき、塩納屋の戸が開き、一人の中背の男が姿を現した。

全身黒っぽいなりで、黒虎毛の大犬を従えている。

いよいよ、現れた。

——黒虎毛だ。

どうする。伊十郎を呼びに行くか。

とつぜん、権左は腕を摑《つか》まれた。

「お前、いつかの犬侍といっしょにいたガキだな」

油断していた。名前は忘れたが、田中三人組の残り二人だ。見張りをしていたらしい。

「お主が、赤穂塩の秘伝書を狙っておる犬侍だな」

安兵衛の言葉に、黒虎毛は菅笠《すげがさ》を片手で軽く上げた。

三十絡みであろうか。精悍《せいかん》な表情に、太い眉の下から放たれる鋭い眼光は、衣服ごしでも容易に想像がつく引き締まった体つきと相まって、戦国歴戦の武将をも思わせた。太めの唇は、ふてぶてしさに加えて、憎らしいほどの自信を湛《たた》えている。

――この男は、危ない……。

権左の本能が警告していた。

塩田に足を踏み入れた黒虎毛は問いに答えず、海辺へ向かって歩き始めた。湊を使わないのは、幕府の隠密《おんみつ》行動だからか。

「待たんか、犬侍。秘伝書は赤穂の宝じゃ。大石様といえど、勝手に渡すことはできん。持ち帰るのは、わしを倒してからにしてもらおうか」

黒虎毛は立ち止まると、半身でふり返った。

「安兵衛さんの手を煩わせるまでもない。わしらで、取り返すぞ」

田中が奇声を上げると、二十人ほどが走って、黒虎毛を取り囲んだ。

侍たちがいっせいに鯉口《こいぐち》を斬る連続音がした。

権左からは人垣の隙間からしか、黒虎毛の姿が見えない。

甲斐犬が唸《うな》り声ひとつ立てず、田中とは反対のほうへ向き直った。

犬に背を預けた黒ずくめの犬侍は菅笠も取らず、鯉口さえ切っていない。

「憐《あわ》れむべき生類《しょうるい》には、人もまた、含まれておる」

朝まだきの塩田に、黒虎毛の低音が響いた。

伊十郎よりさらに低く重い声なのに、軽やかに潮風に乗っている気がした。

見えぬ威風に押し戻されるように、田中たちの作る円陣が後ずさりして、ひと回り大きくなった。中心の黒虎毛には、槍《やり》でも届かない距離だ。

「何を恐れておるか。たかが犬一匹と犬侍ぞ」

田中が叫んでも、円陣は凍り付いたように動かなかった。

「赤穂藩士の心意気を見せてやれ」

田中が陣を崩し、円の中心に向かって飛び込んだ。

一瞬遅れて赤穂藩士たちが、いっせいに続く。

いや、遅い。

田中が動く前に、中心にはもう、黒虎毛はいなかった。

黒虎毛は一人目の藩士から刀を奪うや、襲い掛かってくる藩士たちの手首を峰打ちで次から次へと強打した。他方、甲斐犬は、手首を押さえる藩士たちの下肢を次々と嚙《か》んだ。

ものの数瞬で勝負はついた。剣戟《けんげき》の音さえしなかった。

侍たちはうめき声を上げながら次々と倒れ、手と足を押さえている。

まるで天下の剣豪が、剣術を習い始めた童《わらべ》たちに、順番に稽古を付けてやった後のようにさえ見えた。

塩田に立っているのは、黒虎毛のほかは、じっと黒虎毛の太刀筋を見ていた安兵衛と孫太夫だけになった。

黒虎毛は黙って安兵衛を一瞥《いちべつ》しただけで、ふたたび浜辺へ向かって歩を進めた。甲斐犬が黙って、後に従う。

「待てと言うておるに。聞き分けのない奴じゃのう」

安兵衛と孫太夫が黒虎毛に追い付き、左右から対峙《たいじ》した。

黒虎毛は足を止めて、安兵衛を見た。甲斐犬も同様だ。

「お主が虎帝剣の遣い手か。ぞくぞくするのう。犬侍と戦うのはこれで二度目よ。昨夜は白い柴犬を使う犬侍と刀を交えた」

安兵衛は戦いを前に、むしろ笑顔さえ浮かべていた。

「犬侍もどきと訂正してもらおうか。私が認める犬侍は、私の他に一人だけだ。その者はまだ、江戸におるはず」

黒虎毛が初めて鯉口を切った。

田中たちとは格が違う。安兵衛と孫太夫は、名だたる剣豪だ。さすがに素手で戦い始める気はないらしい。

「まだ知らぬなら、教えてやろう。刀しか使えぬただの侍では、犬侍には勝てぬ」

「お主の力を認めておるゆえ、二対二で戦うのじゃ」

安兵衛が音を立てて抜刀すると、孫太夫も抜いた。黒虎毛はまだだ。

「わかっておらぬようだ。鍛え上げられた犬は一つの飛び道具と化す。いかに堀部安兵衛でも、鉄砲玉は斬れまい」

「犬ほども大きければ、斬れるわ」

「試してみるがよい」

安兵衛が怪訝そうな顔で、黒虎毛に問うた。

「お主、まさか菅笠も取らずにわしらと戦うつもりか」

「紐《ひも》を結び直すのが、面倒だからな」

菅笠で視界が遮られれば、明らかに不利ではないか。

「小癪《こしゃく》な。その自信を打ち砕いてやるわ」

誇りを傷付けられた安兵衛が、憤怒《ふんぬ》の表情になった。舌打ちをしてから、刀を上段に構えて間合いを計っている。

孫太夫は下段に構えて、黒虎毛の背後を取っていた。

黒虎毛は首から提げた銀色の小枝のような物を摘《つま》むと、口に含んだ。

朝ぼらけの塩田に、甲高い音が響いた。

禍々《まがまが》しい響きが潮風に消えた瞬間、安兵衛が黒虎毛に襲いかかった。

いつの間にか刀を抜いた黒虎毛が応じる。

甲斐犬は瞬時に向きを変え、後ろの孫太夫に跳んだ。

そのとき、重い剣戟の音がした。

安兵衛の刀が弾き飛ばされている。

黒虎毛は一瞬のためらいもなく、安兵衛の巨軀《きょく》を猛然と打ち据えた。峰打ちだ。

安兵衛はうめき声を上げて突っ伏した。

孫太夫はと見れば、すでにうつ伏せに倒れている。刀も飛ばされ、甲斐犬に食いつかれた後だった。高齢でもあり、素手では敵《かな》わなかったのだろう。

黒虎毛が静かに刀を収めて踵《きびす》を返すと、安兵衛が立ち上がった。

だが巨軀は、左右に大きく揺れている。

「待たんか、犬侍」

腹の底から搾りだすような声を上げた安兵衛に飛びかかったのは、甲斐犬だ。

素手の安兵衛に抗《あらが》う力はない。

顔を引っ掻《か》かれ、脛《すね》を嚙まれて、低い声で呻《うめ》いた。

黒虎毛は眉ひとつ動かさず、ゆうゆうと塩田を去ってゆく。

——何という、強さなんだ……。

権左を捕えていた二人も、摑んでいた腕を放して、呆気《あっけ》に取られている。

——このまま、行かせちゃだめだ。

権左が唇を嚙んだとき、背後から低音がした。

「ずいぶん派手にやりやがったな」

「伊十郎さん」

赤穂城の南西に広がる塩田には、二十人以上の侍たちが、無惨に横たわって呻いていた。

伊十郎の姿を見るなり、田中配下の残り二人組はあっと叫んで退散した。

シロを先頭に、伊十郎、権左と寺坂が塩田に足を踏み入れた。

「堀部様」

寺坂が駆け寄り、安兵衛の大きな体を抱き起こした。

全身に嚙み傷や引っかき傷があった。

「わしとしたことが、しくじったわ。あの犬め、あちこち嚙みおって。まったく、ざまはない」

「相手は、黒ずくめの犬侍だな」

伊十郎が低い声で尋ねると、安兵衛が血をペッと吐いてから、頷いた。

「内蔵助様が秘伝書を渡しちまったらしい。すまんが、取り返してくれんか。奴は今しがた海辺へ向かった。舟で沖へ出る気だ」

伊十郎が舌打ちをした。

「やっぱり黒虎毛が一枚嚙んでいたわけか。こいつは、参ったな」

「なんだい、伊十郎さん。怖気《おじけ》付いたのか」

「あいつは強いからなぁ」

「……そうだね。確かに、黒虎毛は強すぎる。巻物も大事かも知れないけど、しょせんは金目の話だ。伊十郎さんが命と引き換えにするほど大切だとは思わない。諦めるのも手だ。赤穂藩のみんなには申し訳ないけど、やめたほうがいいかも知れない」

伊十郎は短くかぶりを振った。

「いや、冗談だよ、権左。ここまで赤穂藩に深入りして、今さら後へは引けないさ」

「伊十郎さん……」

「相手もただの人間と犬だ。戦いようはあるだろう」

「……じゃあ、おいらも、手を貸すよ」

権左は懐のなかの巾着袋を手さぐりで確かめた。

「そいつは頼もしいな。なぜか知らんが、黒虎毛は律儀に急所を外している。それでも、皆の手当てはしたほうがいい。寺坂さん、屋敷へひとっ走りして、千日前伊十郎が負けそうだって、りくさんに伝えてくれないか。実は奴が現れたときに備えて、りくさんにいろいろ頼み事をしてあるんだ」

「心得申した」

寺坂が立ち上がって駆け出すと、伊十郎が大きな手で権左の頭をぽんと叩いた。

「行くか、相棒。最後の戦いだ」

「おう」

権左と伊十郎は海へ向かって走り出した。シロが二人の間、足もとを駆けている。

二　塩田

空の残月は沈み、日輪が現れようとしていた。

日が昇る気配を帯びた荘厳なほの明るさが、瀬戸内最高の塩田を、おだやかに包み始めていた。

海に面した塩田の手前に、大犬を従えた一人の男の後ろ姿が見えてきた。菅笠をかぶり、沖を眺めている。

シロの吠《ほ》え声に、男はゆっくりと後ろを振り返ると、片手で菅笠を軽く上げた。

黒虎毛の抜き打ちを警戒するように、間合いをわずかに外し、伊十郎が立ち止まった。

権左も伊十郎から数歩下がって、息を整えた。

「赤穂藩の馬鹿な跳ねっ返りたちを煽ったのは、あんたか。なぜ、沈みゆく気の毒な藩で、ややこしい真似《まね》をするんだ」

二人の犬侍が相対している。

黒ずくめの黒虎毛に対峙するのは、藍色の羽織袴《はおりはかま》の白柴だ。

すっかり力を失った陸風が、伊十郎の総髪の乱れをかすかにそよがせている。

「お主に答えてやる理由が、何かあったかな」

伊十郎よりもさらに低音の濁声《だみごえ》は、ありあまる余裕のせいか、四月の塩浜を照らす陽光のように穏やかでさえあった。

「腐れ縁のお仲間だってのに、つれないもんだな。同じ師匠に学んだ、同門の犬侍じゃないか」

伊十郎の足元では、シロが低い唸り声を上げている。

黒虎毛はシロにちらりと眼《め》をやると、わずかに頷いた。

「ほう、白柴か。お主の名は多少、聞かぬでもなかった。いずれ始末せねばと思っていたが、よりによって、蓬莱丸に絡んできたわけか。お主はあの巨船の真の目的を知るまいが、私の邪魔をする気なら、いずれ命を捨てる羽目になる。それが今日になるかは、お主次第だ」

時候の挨拶でもするように落ち着いた低音には、かえって凄《すご》みがあった。

「初対面だってのに、のっけから怖いねえ」

伊十郎は腕組みをしたまま、首を横に振った。

「近ごろお主は、七つ目の偽名を名乗り始めたようだが、犬侍のくせに、名にこだわりでも持っておるのか」

「十番目の名前だよ。あんただって、本当の名を明かしはすまい。己れの真の名さえ名乗れぬ犬侍の人生が、歯痒《はがゆ》かろう。名前くらい遊ばせて欲しいじゃないか」

伊十郎の手先を見て、権左は意表を突かれた。

何と伊十郎は煙草入れを取り出し、前金具に指を掛けていた。

「己が名なぞ忘れよ。千日前伊十郎などというふざけた名も、いずれ、使えぬようになる」

「そのときはまた、十一番目の名を考えればいいさ。心配してくれて痛み入る」

黒虎毛は伊十郎に対し、嗤笑《ししょう》だけで応じた。

「なあ、黒虎毛さんよ。俺たちはこれまで、対決を避けてきた。話し合いで何とかならんものかな」

伊十郎はお気に入りの喧嘩《けんか》ギセルで、煙草を吸い出した。

「何やら勘違いしておるようだな。人は私のために道を空ける。私のほうから、道を譲ることはない」

「なるほど。潮風のおかげか、今日は、大隅《おおすみ》の国分《こくぶ》がやけにうまいなぁ」

伊十郎の口から場違いな嘆声が漏れた。

煙草の煙が潮風に乗って、海へ流れてゆく。

「強き者に弱き者が従うのは、世の道理だ。違うか、伊十郎とやら」

「弱きを扶《たす》け、強きを挫《くじ》くって気の利いた言葉は、元禄の世では通用せんか」

「私は、絵空事に関心がない。口先だけで、世は何も変わらぬ」

伊十郎は未練ありげに最後の煙を吐き出すと、腰から刀の柄頭《つかがしら》を引き出して、喧嘩ギセルの頭をコツンとやった。

「煙草を吸い終えた後、灰の塊が気持ちよくポロリと落ちる。それを見ていると、何かをやり遂げた気持ちになるのは、俺だけかな」

「ゆえあって、犬を使える侍は、斬らねばならぬ。人生の最後に喫《の》んだ煙草が旨《うま》かったようで、何よりだ」

「世の皆が、美酒と煙草を楽しんでいれば、無粋な悪だくみなんか、やる気も起こらんだろうに。……ときに、あんたが昼行燈《ひるあんどん》から脅し取った巻物を返してもらえれば、いろいろ助かるのだが、難しかろうな」

黒虎毛は口もとに冷笑を浮かべた。

「私は仕事の邪魔をされるのが、嫌いでな」

「そりゃそうだ。だが、俺も他意はない。成り行きでこうなった」

「迎えの船が来るまで、まだ少し時があるようだ。気晴らしに相手をしてやろう」

伊十郎はキセルをていねいに煙草入れにしまうと、懐に手を突っ込んでゴソゴソやりながら、シロに明るく声をかけた。

「シロ、すまんが、戦《や》るそうだ。終わったら、兵庫ノ津で買った、とっておきの羊羹《ようかん》を食わせてやる。格別に舌触りがいいやつをな」

「そいつは無理だろうな。柴犬が、甲斐犬に勝てる見込みは、万に一つもない」

シロは耳を前に倒し、黒虎毛の甲斐犬と睨み合っていた。体の大きさは、ひと回り以上も違う。甲斐犬の剛直で密な体毛は、引き締まった手肢《てあし》のゴツゴツした筋肉を覆う鎧《よろい》のように見えた。剝《む》かれた牙の奥には、青黒い舌が覗いている。

「シロは賢い犬だ。何とかするだろうさ。心配なのは、俺のほうだ」

「さような戯《ざ》れ言で、私が手加減するとでも思うのか。赤穂藩士たちは、大石内蔵助との約定《やくじょう》があったゆえ、手加減して命は奪わなかった。されど、お主に手心を加えてやるつもりはない」

戦う前から、黒虎毛は勝ち誇ったような余裕を見せていた。菅笠さえ取っていない。

シロが明けゆく空に向かって、狼《おおかみ》のように長く、尾を引くように吠えた。

だがここは、海のすぐそばの塩田だ。シロが犬仲間を呼んだところで、城から遠すぎて、声が届かない。

「始めるか」

黒虎毛が刀の柄に手をかけると、伊十郎も面倒くさそうに腰の刀に手をやった。

弱まっていた陸からの風が、ついに凪《な》いだ。

二人とも、抜く手も見せずに抜刀していた。

迎え撃つ伊十郎の手には愛刀、龍涙《りゆうるい》が八双《はつそう》に立てられていた。

黒虎毛の刀が不気味に黒光りした瞬間——

まばたきする間もなく、黒虎毛が踏み込んだ。

甲高い剣戟の音がした。

白い海を思わせる赤穂自慢の塩田に、すさまじい金属音が立て続けに響く。

権左はその場を一歩も動けず、真っ青になった。

堀部安兵衛との対戦では、剣戟の音がしなかった。だが、黒虎毛には、伊十郎の音無しの秘太刀が、端《はな》から通用していないのだ。

二人のすばやい動きと剣技に、権左の眼はついていけない。

早くも伊十郎は防戦一方、引きの一手だ。

シロは甲斐犬と睨み合いながら、やはり後ずさりしている。

権左は数間離れた場所に立ち、石つぶてを握り締めている。

迅速果断な剣技で数十合《すうじゆうごう》も打ち合った後、黒虎毛はゆっくりと刀を下ろした。

黒虎毛は息ひとつ乱していない。

だが、対する伊十郎は、肩で息をしていた。

誰が見ても、どちらが優勢か、一目瞭然だ。

二人の間には、伎倆《ぎりよう》の差がありすぎた。

「なるほど。刀の持ち方はきちんと教わったようだな」

黒虎毛は片手で紐を解くと、菅笠を放った。

たった一本の遊び毛も認めぬように、綺麗《きれい》に剃《そ》り上げられた月代《さかやき》は、それだけで武士としての威風を感じさせるに十分だった。精悍で、整った顔立ちの丸顔は、細面の伊十郎とは種類が違うが、苦味ばしった中年の美男である。

「だが、お主には致命的な弱点がある」

いつもは饒舌《じようぜつ》な伊十郎が沈黙したままだ。

いざ対戦してみて、黒虎毛のおそるべき剣技にとまどいながらも、逆転の策を思案しているのか。

伊十郎が権左をちらりと見やった。

勝ち目はある。黒虎毛は、まだ権左の力を知らない。

黒虎毛の顔にうまく命中させれば、たとえ数瞬動きを止めるだけでも、石つぶてが戦局を大きく変えるはずだ。

権左こそが、この戦いの勝敗の鍵を握っているともいえた。

「お主ふぜいが犬侍を名乗るとは、笑止千万。誰が言い始めたのかは知らぬが、今日から五犬士に減らしてやろう」

黒虎毛は首にかけた紐の先に左手をやり、銀色の小枝を口にくわえた。
微《かす》かだが、空気を切り裂くような、甲高く禍々しい音が静寂を破った。
――犬笛だ。
人にはほとんど聞き取れない高音だが、犬にははっきりと聞こえるらしい。
甲斐犬が低い唸り声を上げる。
すかさずシロが応じた。
伊十郎の顔つきが変わった。精悍な表情で刀を構えている。
――勝負する気だ。
ここでむざむざ伊十郎とシロを死なせたくなかった。
権左は、懐のなかの石つぶてを握り締めた。
明けの太陽を受けて、黒ずくめの犬侍と、藍色の羽織袴の伊十郎が対峙している。
伊十郎が再び龍涙を八双に立てた。
目貫《めぬき》の龍が朝日を受け、水晶の涙をキラリと煌《きら》めかせた瞬間――
伊十郎とシロが同時に宙に舞った。
黒虎毛が応じる。
黒と藍、二人の犬侍が交錯する。すばやく、甲斐犬が跳んだ。

権左は狙いを定め、力のかぎり、つぶてを放った。

一瞬、黒虎毛の刀が一陣の竜巻のごとく、天めがけて駆け上がった。

――何だ、何があったのだ。

伊十郎が身を投げ出すように、塩田へ勢いよく倒れ込んだ。

すぐ近くに着地したシロが、伊十郎の襟元を噛んで引っ張る。が、動かない。

まさか……。

権左は伊十郎のもとへ駆け寄ろうとした。

「来るな」

両手を突き、体を震わせながら、伊十郎は身を起こそうとした。

だが、再び突っ伏した。

腹から肩にかけて斬り上げられた様子だった。

無類の強さを誇る犬侍が、たった一太刀で敗れ、立ち上がることさえできない姿を、
権左は初めて見た。洒落《しやれ》っ気のあるこの男が、ぶざまに塩田の白砂にまみれている姿は、目を覆いたくなるくらいだった。

黒虎毛は刀を下ろして鞘《さや》に収めると、ゆっくりとふり返って、敗者を見下ろした。

甲斐犬も、主《あるじ》にならった。

「甘い男よ。やはりお主は紛《まが》い物の犬侍だ」

シロは心配そうな表情で、伊十郎に顔を寄せている。

「犬は刀と同じ。しょせんは武器にすぎぬ。犬を守るために身を投げ出すなぞ、愚の骨頂。犬を見捨てておれば、私を斬れたものを」

黒虎毛はまず、シロの命を狙った。そのままシロを身代わりにすれば、伊十郎の龍涙が黒虎毛を一刀両断したはずだ。だが、黒虎毛は、シロの命を守ろうとした伊十郎の動きを見極めるや、瞬時に剣先を犬から犬侍に変えた。伊十郎が取る行動は、完全に織り込み済みだったろう。弱点とは、伊十郎のシロへの愛情だった。

黒虎毛は余裕たっぷりの表情で、権左を見やった。

「そこの小僧が手出しをして、私の犬に石を当てなければ、お主は首筋を嚙まれて死んでおった」

黒虎毛が伊十郎に一撃を与えるや、すかさず甲斐犬が襲いかかる作戦だったのだ。

権左は黒虎毛の顔を狙って、石を投げた。だが石は結局、高く飛び上がった甲斐犬に命中した。けがの功名といえる。

権左の唯一の技も、黒虎毛に知られた。同じ攻撃は簡単に通用すまい。

――もう、だめだ……。

もはや黒虎毛を相手に、勝ち目はありそうになかった。

覚悟を決めた権左の目の端に、ふらりと人影が映った。

「楽しそうじゃのう。わしらも混ぜてくれんか」

槍を手に現れたのは内蔵助の腹心、岡島八十右衛門《おかじまやそえもん》であった。先だって大野屋敷に押しかけてきた豪傑である。

「クソ犬が。よくもこのわしを嚙みおったな」

岡島の隣には、満身創痍《そうい》の堀部安兵衛がふらつきながら立っていた。

さらに初老で小兵《こひょう》ながら直心影流の遣い手、奥田孫太夫がしゃがれ声で啖呵《たんか》を切りながら、続く。

「このいざこざは、わしらの手で始末すべき筋合いじゃ。赤穂武士の体面にかかわるからのう。黒き犬侍、秘伝書を返せば、命を助けてやろうぞ」

「私は、筆頭家老の大石内蔵助から譲り受けた。返す理由はあるまい」

安兵衛が刀を構えながら応じた。

「ふん、脅し取っておきながら、ようもぬけぬけと。なぜ赤穂の宝をよそ者に渡さねばならぬのだ。昼行燈は温厚なお人ゆえ、断れなんだだけよ。どうしても返さぬのなら、力ずくで取り戻すまで」

三人は半円状に黒虎毛を囲んだ。

黒虎毛は甲斐犬を従えて、冷笑を浮かべながら、銀の小枝を口にくわえた。

無音の波動が、白い原をさっと通り過ぎた。

権左は伊十郎をちらりと見た。震える大きな手を、シロの頭にやっている。

やがてシロが動き、甲斐犬に向かい合って唸った。

剣豪三人と犬一匹だ。権左も再び加勢する。

黒虎毛の背後に赤い影が見えた。赤いぶちの大犬だ。りくの侍女が「安兵衛」とあだ名をつけたあの獰猛《どうもう》な犬だった。シロの呼びかけに応え、加勢する気に違いなかった。

まだ、黒虎毛は気付いていない。

――だいじょうぶだ。これなら、勝てる。

権左は懐から出した石つぶてを握り締めた。

三　満ち潮

戦いの後、着地もできず横倒しになった赤ぶち犬の安兵衛が、くうんと悲しげに啼《な》いた。甲斐犬に嚙まれた腹が、赤く染まっていく。シロは敗れた赤ぶち犬の腹を心配そうに舐《な》めていたが、力尽きたように倒れた。シロの胸も赤く染まっている。

戦場《いくさば》さながらの塩田には、ふたたび敗れた侍たちが横たわっていた。

黒虎毛は優雅で、軽やかな剣舞を披露し、傷ひとつ負わずに、剣豪たちを打ち負かした。

岡島の長柄の槍も、背後に回り込んですばやく飛びかかる甲斐犬に封じられた。甲斐犬を襲おうとしたシロは、鋭い爪で胸を引っ掻かれ、赤ぶち犬は腹を噛まれた。権左の投げた石つぶては、黒虎毛の刀によって、ことごとくはじかれた。権左の狙いは完全に読まれていた。

三人の赤穂藩士が倒れると、黒虎毛は静かに刀を収め、権左に目を合わせてきた。

「私は、童を手にかけたことはない。だが、お前がいっぱしの水主のつもりなら、話は違う」

「おいらはもう、童じゃない」

「さようか。ならば、手加減は無用だな」

権左の右手が懐の巾着袋をまさぐる。もう、石つぶてはなかった。とっさに辺りを見回した。塩田に石など転がっていない。アワビの平べったい殻がひとつ、あるきりだった。

満潮が近づいてきたのだろう、足もとは浅い海に変わりつつあった。

権左は浅瀬からアワビの殻を拾い上げた。

黒虎毛と甲斐犬は権左に向かって、ゆっくりと歩を進めてくる。

その向こうで、倒れていた影が動いた。

すらりと立ち上がった長身が、羽織袴に付いた白砂をていねいに払い始めた。

「ちっ、俺の一張羅《いっちょうら》が台無しだ」

黒虎毛が立ち止まって振り返ると、伊十郎は乱れた髪を整えていた。

「お主、なぜ、立ち上がれる」

「死んだふりも楽じゃないな。江戸の深川で買った、お気に入りの煙草入れだったんだが……」

伊十郎は懐から二つに裂けた煙草入れを取り出した。

「昼行燈の喧嘩ギセルがなければ、お陀仏《だぶつ》だったろうな。傷は付いたが、無事で何よりだ」

黒虎毛は骨と勘違いしたかも知れないが、護身用のキセルが役に立ったらしい。

「命を拾いたいなら、そのまま倒れておればよかったものを」

「健気《けなげ》な相棒を見捨てるわけにもいくまい」

黒虎毛が冷笑をうかべた。

「何度やっても、結末は同じだが、お主はすでに何もかも失った男。いつどこで死んでも、この世に未練などあるまい」

「いや、こんな人生にだって未練はあるさ。俺は諸国の煙草を味わって、草双紙を書くという大望を抱いている。絵も俺が面相筆《めんそうふで》で描くんだ。名付けて『日ノ本十大煙草』さ。世にはきっと大隅の国分に優《まさ》る煙草があると、俺は信じているんでな」

「たわごとを。その大望とやらも、赤穂で潰《つい》えるわけだ」

「どうかな。俺はただでは転ばん男でね。最初からまともに戦って、あんたに勝てるなぞとは思っていなかった。時間稼ぎをしていたんだよ。あんたは、赤穂藩士には手加減してくれるそうだから、安心して眺めていられた。忠勇なる赤穂藩士たちのおかげで、勝機が見えてきたわけさ」

「勝機とな。お主はがぜん不利になったようにしか、私には見えんがな」

シロは倒れたままだ。犬を使えない犬侍が、赤穂藩士の誰も傷ひとつ付けられなかった最強の犬侍に勝てるというのか。

「もう一度力を貸してくれ、シロ。俺もお前も、負けたままじゃ終われないだろ」

しゃがみ込んだ伊十郎が背を撫《な》でてやると、シロは横たわったまま、くうんと哭《な》いた。

「愚かな。負けた闘犬には恐怖が宿り、二度とまともには戦えぬ。負け犬は遠吠えしかできんのだ。犬とはそういう生き物だ」

伊十郎は転がっていた龍涙の刃に付いた白砂を、人差し指でそっと拭った。

黒虎毛が憐れむような眼で伊十郎を見ながら、すらりと抜刀した。

満ち潮で、海水がひたひたと二人の足元を浸し始めている。

「間もなく私の迎えが来る。戯れを終わらせるとしよう」
権左はアワビの殻を握り締めた。
――機会は一度きりだ。いつ、使うか……。
対峙する二人の犬侍の間には、触れれば、弾《はじ》かれそうなほどの緊張が走っていた。
海から陸へ、風がためらいがちに吹き始めた。
潮の香りを含んだそよ風が、伊十郎の乱れ髪を弄んでいる。
静かに波打つ浅瀬で、何も知らぬ小魚が一匹、跳ねた。
黒虎毛が、先手を取った。
伊十郎が龍涙で受け止める。
二本の刀が、水を得た魚のように躍り始めた。
刀を擦り合わせるような鈍い音が続く。
今度は剣戟の音がしない。
――音無しの秘太刀だ！
権左は心の中で快哉《かいさい》を叫んだ。
音無しなら、いずれ伊十郎による必殺の反撃があるはずだ。
黒虎毛の攻撃が止《や》んだ。
その瞬間、伊十郎が踏み込んだ。勝負ありか。

違う。黒い影が伊十郎に飛びかかった。

甲斐犬の顔を、伊十郎が左拳で殴りつけた。

片手の剣で、黒虎毛の刀を受け流している。

ふたたび、黒虎毛の猛攻が伊十郎を襲う。

眼にも止まらぬ速さで、何十合も打ち続けた。

だが、やはり剣戟の音はしない。

伊十郎は黒虎毛相手に、シロなしで互角に戦っていた。

刀を合わせた黒虎毛が、今度は大きく飛びすさった。初めての後退だ。

「ほう。潮を味方に付けたわけか」

「気付かれちまったか。龍王剣は神速《しんそく》を極めるために、膝下までの浅瀬を稽古場に使って鍛錬を積む。俺にとっては、慣れた戦場なんだよ」

伊十郎が時間稼ぎをしていた理由がわかった。赤穂の塩田は、満潮と干潮の差を利用して海水を導き入れる入浜《いりはま》だ。干満の潮位差は大きい。戦う前にこれから潮が満ちると判断し、満ち潮が来るまで戦いを引き延ばした上で、己れにとって有利な戦場で決着させせようと決めていたのだ。

「なるほど。されば、こちらにも戦い方がある。犬侍なら知っていよう。犬は槍や刀よりも優れた武器だ。己れの意思と判断で動く、もう一人の侍だ」

甲斐犬は低く唸り声をあげながら、ゆっくりと伊十郎の背後へ回った。

シロは二人の侍の間で、力なく横たわったままだ。

「私が鍛え上げた甲斐犬は、一対一でも、名のある剣豪と互角に戦える。二対一なら、お主の龍王剣でも、私に勝てる道理は、ない」

この戦いの結末を見届けたいのか、浜風さえ固唾を呑《の》むように、止んでいる。

二人の犬侍の間には、ためらいがちに世を照らし始めた朝の明かりしかなかった。

黒虎毛は冷笑を浮かべながら、銀の小枝を口にくわえた。

それを見た伊十郎が先に動いた。

――今だ！

権左は手にした最後の武器を、黒虎毛めがけて投げた。

伊十郎の背後の甲斐犬が跳躍する。

――何をする気だ。

権左は目を疑った。

伊十郎は黒虎毛にくるりと背を向け、甲斐犬に向き直ったのだ。

黒虎毛の刀が、伊十郎の背中めがけて振り下ろされる。

深く体を沈めた伊十郎の刀が、後ろ手に受け止める。

そのとき、白い影が薄明に躍り上がった。

――シロだ！

黒虎毛の右腕に、白い柴犬が噛みついていた。

甲斐犬は伊十郎に左手で抱き止められている。

伊十郎はあえて腹に噛み付かせ、それ以上の攻撃を防いだわけだ。

黒虎毛が一歩下がると、シロは噛みついていた腕を放した。着地して、身構える。

「この私が、傷を負わされるとは……」

黒虎毛は痛みというより驚きの表情で、傷付いた利き腕に左手をやった。

「阿吽《あうん》の呼吸って、やつさ」

伊十郎は中腰で甲斐犬を腹に噛みつかせたまま、半身を返していた。犬を左手で押さえ込んだまま、黒虎毛のほうを向き、右手で刀を構えている。

「最初から、犬を使うつもりだったのか」

「あんた相手に、俺一人で勝てるはずもないからな」

「なぜ、お主の犬が動けるとわかった」

「シロには死んだふりをさせていたんだ。眼が合ったとき、次に仕掛けろと合図した」

黒虎毛は訝《いぶか》しげな目で伊十郎を見下ろしている。

「あんたと俺では、戦い方が違う」

黒虎毛は、浅い海に浮かぶ銀色の小枝を拾い上げた。

「三対二で、不覚を取ったようだ。おかげで、甲斐犬《クロ》の動きがわずかに遅れた」

権左がとっさに放ったアワビの貝殻は、狙いどおり犬笛に命中した。黒虎毛は犬笛を取り落としたのだった。

「ふん。わが師も最後に、変わった犬侍を育てたものだ」

「その勝負、待たれーい」

塩田を必死で駆けてくるのは、寺坂吉右衛門である。その背後、陸のほうから大勢の足音とざわめきが聞こえてきた。百人近くはいるだろうか。

りくの指図に違いない。

安兵衛と伊十郎でも勝てない犬侍と聞き、赤穂藩士に加えて、大垣藩士まで連れてきたようだった。これでは、さすがの黒虎毛もかなうまい。

「そこまで、そこまで」

ばしゃんと浅瀬に音を立てて踏んばった寺坂はいったん足を滑らせて、尻餅をついた。すぐに起き上がり、刀を抜こうとした。が、途中でつかえて、抜けない。寺坂は鞘を見返し、柄をいったん元へ戻してから、ゆっくり慎重に引き抜いた。

寺坂は律儀に一礼してから、黒虎毛に向かって啖呵を切った。

「せ、拙者《せっしゃ》は、赤穂藩の末席を汚しております、寺坂吉右衛門と申しまする。千日前伊十郎様は、赤穂藩の大切なお客人。のみならず、拙者はこの御仁《ごじん》に惚《ほ》れてござる。されば、そこのお武家様、どうか刀をお収めくだされ。お聞き届けなくば、こ、このわしがお相手いたしますぞ」

寺坂は黒虎毛に横から刀を突きつけてはいた。

だが、へっぴり腰で、剣先はもちろん、全身がぶるぶる震えている。

黒虎毛が視線を寺坂に投げただけで、寺坂は体をぶるりと大きく震わせた。

「さようか。ならば、そこの勇敢な赤穂藩士に免じて、今日のところは勝負を預けるといたそう」

黒虎毛は寺坂を一瞥し、口元にほんの微かな笑みを浮かべると、音もなく刀を鞘に収めた。

そのとたん、寺坂は刀を持ったまま、浅瀬にへたり込んだ。

藩士たちがいっせいに陸から海辺へ走ってくる。

「名家老に賢妻ありか」

黒虎毛はしてやられたといった苦笑を浮かべていた。

「ちょうど迎えが来たようだ」

視線の先には、大きな関船《せきぶね》の姿があった。五百石積みほどの軍船である。

沖合から現れた一艘《そう》の小舟には、漕《こ》ぎ手の他に一人、うすものの菖蒲《しょうぶ》色の単衣《ひとえ》を着た女性《によしょう》が乗っていた。長い髪のハッとするような顔立ちの若い女だ。女のすぐ脇には、金色の毛をした小さめの犬がおり、背を撫でられて甘えるように女にすり寄っている。犬の鼻は異様に尖《とが》り、耳がピンと立っていた。権左の故郷でよく見かける、越《こし》の犬だ。

黒虎毛は浅瀬に浮かんでいた菅笠を拾うと、落ち着いて水を払い、ゆったりとした仕草で被《かぶ》った。

「もうよいぞ、クロ。迎えが来た」

抱きかかえていた甲斐犬が身をよじって離れると、伊十郎はそのまま仰向けに浅瀬へ倒れ込んだ。

「だいじょうぶかい、伊十郎さん」

権左が駆け寄って抱き起こす。伊十郎は力なく笑った。

「白柴よ、なかなかに楽しかったぞ」

甲斐犬を従えて立ち去ろうとする黒虎毛が、半身で振り返った。

「住吉大社や出見ノ湊でお主を襲った連中は、私とは関わりがない。私なら、仕損じたりはせぬからな」

「あんた、何でも知っているみたいだな。だったら、教えてくれ。猩々とは何者だ。酒岡藩とも繋《つな》がりがあるのか。あんたは猩々と、どんな関係なんだ」

「教えたところで、今のお主の力では何もできまい。今、お主が知っておくべきは、蓬萊丸についてだ。同業のよしみで、ひとつ忠告しておこう。蓬萊丸には関わるな。お主が考えているよりも、この山は大きい。秘密を知らぬうちなら、まだ間に合う。手を引け」

「人の助言はすなおに聞くたちでね」

「賢明だ」

「こう見えても、昔はまじめに学問したからな。だが、北前船に乗って、各地の美酒と旨い煙草を喫む悦楽を思えば、誘惑には勝てそうにない」

「お主はもう少し物わかりのいい男だと思っていた」

「人間、齢《とし》を重ねると、面倒くさいしがらみができるものさ。人間の相棒もできた」

「そうか。仕方あるまい。また会うことになろう」

黒虎毛は小舟に乗り込んだ。甲斐犬が続く。

曙光《しょこう》が照らす穏やかな海原を、黒虎毛たちの小舟は音もなく去ってゆく。

薄い朝霧に舟影が消えたとき、伊十郎がまた、ばたりと半身を倒した。

「伊十郎さん！　どうしたんだい」

「さあな。眠くて、ようわからん」

「甲斐犬に嚙まれただろ。けがはどうなのさ」

「浅手だ。腕や足と違って、腹のように平べったいところを噛むのは意外に難しいんだ」

伊十郎の固く引き締まった腹筋のおかげもあってか、牙は臓腑《ぞうふ》まで届かなかったようだ。

「お前のおかげで命拾いをしたよ、権左」

伊十郎が大きな手を、権左の頭に置いた。

「おいらも、伊十郎さんに助けられたからね」

「力を合わせても、引き分けがせいぜいだったな。俺が奴と戦いたくなかった理由がわかっただろ」

伊十郎はつぶやくように言うと、眠そうに眼を閉じた。

四　出航

黒虎毛が去った後の塩田は、まるで祭りのように、にぎやかだった。

りくのてきぱきとした指図で、けが人が城内に運ばれてゆく。

「皆の衆、すまん。この十日余り、徹夜続きであったゆえな、閉じ込められたついでに、ゆっくり眠らせてもろうた」

大石内蔵助が血色のよい笑顔で現れた。以前は相当の疲れが顔に見えたが、むしろ肌つやが良くなっているくらいだ。塩納屋で眠りこけていたらしい。塩田に上がってきた海水を足で払うように歩いてくる。

伊十郎がゆらりと立ち上がった。洒落者の犬侍の藍色の羽織袴《はおりはかま》は、塩と砂と血で台無しになっている。

「こたびは巻物を取り返せず、面目ない。製法が他に広まれば、浅野家再興のとき、赤穂の塩は、苦戦するやも知れぬな」

「大石様。何ゆえ、よそ者に赤穂の巻物を渡された」

寺坂に助け起こされた満身創痍の堀部安兵衛が、笑顔の内蔵助に恐ろしい剣幕で食ってかかった。

「おお、安兵衛か。息災にしておったか」

「この姿、どこが息災に見えると申されるか。拙者の問いに、答えられよ。返答の如《い》何《かん》では、たとえ大石様とて、容赦はいたしませぬぞ」

「安心せい、安兵衛。時局は赤穂藩にとって最悪じゃが、それでもひとまずは、わしの思い通りに進んでおる。田中ら籠城玉砕を叫んでおった者どもも、その辺りで伸びておったではないか。お主もその様子では、無茶な真似はできまいて」

「その話ではござらん。秘伝書は偽物を渡されたのか」

「いや、本物じゃ」

「何と……」

内蔵助は子でもなだめるように、優しくにんまりと笑った。

「もともと秘法はあっても、書き記してはおらなんだ。あれは本物というても、いわば前置きでな。赤穂の誇る塩奉行、大野九郎兵衛、渾身《こんしん》の力作じゃ。改易が決まった後、徹夜で書かせた。読めば、続きが欲しゅうなる仕掛けよ。秘伝書を餌に、相手を呼び込むわけじゃ」

「されど、素性もわからぬ犬侍に……」

「いや、幕閣とつながりのある、なかなかに由緒正しき侍のようじゃぞ。ともかくも、浅野家再興に向けた駆け引きは、これからが正念場じゃからの。わしに任せてくれんか」

内蔵助は温顔《おんがん》から一転して厳しい顔つきになると、刀の柄に手をかけ、細眼で安兵衛を睨んだ。

「お主らは、わが藩の置かれたありさまを見極めもせず、情に流されて、浅野家再興への道を閉ざすつもりではあるまいな。お主のごとき天下の豪傑が誤った道へ進めば、大迷惑よ。赤穂藩士同士の斬り合いは厄介じゃが、お主がどうしてもわしに従えぬと申すなら、ここで斬る。堀部安兵衛は謎の犬侍の手にかかって不慮の死を遂げたと届け出れば、公儀も動けまい」

内蔵助と安兵衛が睨み合った。

再びそよぎ始めた穏やかな朝の潮風も止むほどに、場が凍りついている。

「まあ、ここはおだやかに一服、いかがでござる」

伊十郎の伸びやかな低音が、すがすがしい風に乗って、さわやかに場を通り過ぎた。

赤穂とは縁もゆかりもなかった異郷の犬侍は、見る影もなく汚れた姿で、ゆらりと塩田に立っている。

安兵衛は伊十郎に目をやると、やがて頷いた。

「もとよりわしは、内蔵助様のお指図に従うつもりでござる」

内蔵助はふたたび、いつもの笑顔を浮かべた。

「ならば、まずはわしの屋敷で傷の手当をし、旅の疲れを一日で取れ。すぐにも江戸へ発《た》ってもらわねばならぬ」

「拙者らは江戸から帰ってきたばかりでござるぞ」

「お主らには赤穂ではなく、江戸でやってもらいたい大事があるのじゃ」

大柄な安兵衛が寺坂ごとふらつき、寺坂が必死の表情で支えている。その背後から犬に嚙まれた岡島と孫太夫が肩を貸し合いながら、こちらへ向かってきた。

「伊十郎よ。わしは犬侍を好かなんだが、お主のおかげで食わず嫌いとわかった」

安兵衛が親しげに、伊十郎の肩に手を置いた。

「光栄だ。ときに安兵衛殿のけがの案配は？」

「たかだか犬の噛み傷、引っかき傷よ。されど、籠城玉砕はやめるとしよう。江戸へとんぼ返りせねばならぬゆえ、その暇もなくなった。お主が江戸へ戻ったら、一献《いっこん》傾けようぞ」

「心得た」

安兵衛たちは肩を寄せ合うようにして、城へ向かう。

内蔵助が、三人を見送る権左と伊十郎にだけ聞こえる声でささやいた。

「秘伝書の件は万事、大野九郎兵衛の言うたとおりにお頼み申す。公儀は製塩の秘中の秘を望むであろうが、浅野家再興なくば渡さぬ。綱渡りの駆け引きじゃが、これでよい。見るべき者が見れば、わが意と赤穂藩の覚悟を解するであろうゆえ」

秘伝の製法をすべて知られれば、それで話は終わりだ。

だが、続きがあるなら、まだ駆け引きに使える。偽物を渡すわけにもいかぬから、本物の巻数を増やして、もったいをつけた。赤穂藩の二家老は、公儀の権力者相手に、ぎりぎりの駆け引きを繰り広げているわけだ。蓬萊屋が下巻を握る意味は定かでないが、駆け引きの材料に仕組む肚《はら》なのだろう。

「内蔵助殿は今後、いかがなさる」

「城を明け渡した後も、わしは徹頭徹尾、浅野家再興じゃ」

「もしも、再興が成らぬ時は？」

「さあて、われらの力で、武士の一分を立てねばならぬかな」

吉良上野介と猩々への仇討《あだう》ちか。

「公儀の中枢に巣食う犬使いが相手となれば、熾烈《しれつ》な戦いとなり申そう」

「さよう。じゃが、天下の白柴が味方してくれるゆえ、心強いわい」

伊十郎は赤穂藩士の味方に組み込まれているらしい。

満面の笑みを浮かべる内蔵助に、伊十郎が苦笑した。

「俺も猩々の正体に関心がある。今回、赤穂藩の一件に手を出した、身のほど知らずの犬侍がいると知れば、猩々も俺を野放しにはすまい。乗ってしまった船からはもう下りられぬようだ」

「赤穂浪士たちも一枚岩ではない。敵を欺くには、味方をも欺かねばならぬ。されば、わしと九郎兵衛の二人芝居は、これからも続く」

「伊十郎どの、権左どの、お世話になりました」

手当てと指図を終えたりくが、笑顔で現れた。手伝っていたのだろう、長女のくうもいる。

「赤穂の土産に、伊十郎どのの舌に合いそうなお酒と刻み煙草を、蓬莱丸へ届けさせておきました」

「かたじけない。赤穂へ来た甲斐《かい》がござった」

赤ぶち犬の安兵衛も、りくの指図で手当てを受けたらしく、ふらつきながら、伊十郎のもとへやってきた。

「おお、お前にも世話になったな」

伊十郎が顎の下をさすってやると、犬の安兵衛が嬉《うれ》しそうに吠えたが、痛いのだろう、すぐにやめた。

「りくさん。安兵衛を連れて行ってもよろしいか」

「お好きになさいませ。もともと伊十郎さんにしか懐かない犬ですから」

「されば、寺坂さんよ。御犬毛付帳の赤ぶち犬の数を減らしておいてくれないか」

「畏《かしこ》まりました」

「皆さま、お腹《なか》が空《す》かれましたろう。召し上がってくだされ」

遅れて駆けつけてきたのは、三村次郎左衛門である。

権左が差し出されてきた包みを受け取ると、どっしりと重い。

「ありがとう。三村さんの握り飯は、天下一品だね」

権左が包みを開くと、伊十郎はさっそく手を伸ばし、ひとつ取ってかぶりついた。

「うむ、やはりうまい。江戸でさばけば、ひと財産できるかも知れんな」

「伊十郎さま、権左どの、シロどの。短い間なれど、大変お世話になり申した。赤穂藩士の末席を汚す者なれど、ここにおらぬ藩士たちに代わり、心より御礼申し上げまする」

寺坂が二人と一匹に向かって、律儀に頭を下げていた。

シロは海水で洗われたのか、赤い血の色は落ちていた。大したけがではない様子だ。

「寺坂さん、いいことを教えてやる。浅野家再興が成るまでは、皆、天下の素浪人だ。上席も末席もないんだよ」

「それは何やら不安でございますな。末席におりますと、皆様のおかげで何かと安心でございましたに……」

寺坂が眉をひそめて心配そうな顔をすると、伊十郎が吹き出し、皆が笑った。

——城明渡し、浅野家再興……。

これから赤穂藩士たちを難局が待ち受けていようが、赤穂の朝はひとまず明けた。

沖合に巨影がゆっくりと動く姿が見えた。

「伊十郎さん、蓬莱丸が出航しちゃったよ。急ごう」

「見かけ通り重いな、こいつ」

伊十郎が傷付いた犬の安兵衛を抱きかかえる。

二人と二匹はあわてて塩田の上荷舟へ向かった。

最終章　赤穂二人芝居

一　赤穂塩

瀬戸内の穏やかな潮風を浴びながら、権左は唇を嚙《か》んだ。

赤穂ノ湊《みなと》へ引き返していく蓬萊丸の垣立《かきたつ》から身を乗り出している。

背後から、のんびりした低音がした。

「どうしてまた、足止めを食らったんだ」

伊十郎は割り当てられた小部屋に寝転がって、酒か煙草《たばこ》をやっていたはずだが、外のざわめきを感じて、出てきたらしい。さっぱりした薄めの藍色の小袖で小粋に決めている。柄は近ごろ江戸で流行《はや》っているらしい弁慶縞《べんけいじま》だ。

黒虎毛との対決が終わった後、権左と伊十郎は出航した蓬萊丸に追いついて、何とか無事に乗り込んだ。九郎兵衛から託された秘伝書の下巻を渡しても、例によって知《ち》工《く》は「ご苦労」のひと言でねぎらっただけだった。

「赤穂に入ったご公儀の収城目付から、出港停止の命令が出たんだよ。出港した船を戻すなんて、ずいぶん横柄な連中だね」

知工によると、幕府旗本の荒木十左衛門《あらきじゅうざえもん》は、赤穂入りするなり、すべての船の出港をいったん差し止めたのだという。赤穂城請け取りにあたり、藩有財産の散逸を防ぐためであろう。公儀へ届け出ないまま、船を使った財産隠しが行われるおそれは、ありすぎるほどあった。

「俺の知るかぎり、保身に命をかける小役人ほど、面倒くさい連中はいない。しかたないさ」

蓬萊丸が錨《いかり》を下ろした。

やがて、行く手を阻むように乗り付けられたいくつもの小舟から、役人たちが次々と蓬萊丸へ乗り移ってきた。

肩で風を切りながら先頭に立つ、棒のように細い男が旗本の荒木十左衛門であろう。

斜め後ろにいる腰巾着のような男には見覚えがあった。言わずと知れた、大垣藩派遣の悪名高い小役人、植村七郎右衛門《うえむらしちろうえもん》だ。怖い顔をして、大きな声でがなり立てている。権左はこういう連中が大嫌いだ。

「どうぞ、ぞんぶんにお検《あらた》めくださいませ」

最上等の作り笑顔で、知工が揉《も》み手をせんばかりに一行を歓迎していた。内と外で、これほどまでに愛想の違う人間がいるとは、驚愕《きょうがく》よりも賛嘆に値しよう。

「知工さんも調子がいいや。塩を持って行かれたら、どうするんだよ」

権左は伊十郎にだけ聞こえるようにつぶやく。

赤穂の塩は下荷として整然と積み重ねてあり、別段隠していない。船倉に入れば、すぐに見つかる。

「だが、乗ってきた以上、役人も手ぶらじゃ帰れまい。知工はちゃんと土産を用意してあるんだろうな」

「知工さんは賄賂も平気で使う。だけど、これほど大仰な話になっちまえば、藪蛇《やぶへび》かも知れないね」

案内された役人たちは、難なく塩を見つけたらしく、何やら知工との間で言い争いを始めた。

だが結局、話し合いは物別れに終わったらしく、やがて人足たちが塩俵を肩に担ぎ、次々と運び出していく。

「ちゃんと銭を払って、蓬萊屋が買ったものなのにさ……」

伊十郎は寝足りないのか、天に向かって両手を伸ばしながら、特大のあくびをした。

「改易《かいえき》の前に買って、取潰しの後に受け取ったものだからな。他の連中が泣いているのに、満額をもらうのはうまくないって寸法か」

藩札《はんさつ》も六分両替えだったのだから、塩俵も四分持っていくのなら、まだ話はわかる。だが、案に相違して、人足たちの積み出し作業はなかなか終わらなかった。

「全部持って行っちまうよ。なんてひどい話だ」

「詫《わ》び賃込みってわけだ。役人に手間暇かけさせたんだからな」

「全部、水の泡じゃないか。まったく、どれだけ苦労して塩を手に入れたと思っているのさ」

権左は恨めしげに小役人たちを睨《にら》んだ。

「知工も、江戸の敵を長崎で討たれるよりは安かろうって、算盤《そろばん》をはじいたんだろう」

「伊十郎さんは、変なところで物わかりが良すぎるよ」

「お前より大人だってだけさ。だが、公儀の小役人にこうも簡単に出し抜かれるとは、面妖な話だな」

塩俵をせっせと小舟へと移した役人たちは、さも満足げな様子で蓬莱丸を離れていく。

収城使《しゅうじょうし》に向かって頭を下げる知工に向かって、権左が毒づいた。

「悔しいよ、知工さん。せっかく苦労して手に入れた塩を、むざむざ渡すなんて……」

「仕方あるまい。植村に密告があったそうだ」

荒木は勝ち誇ったように、知工に告げたという。

——元赤穂藩次席家老、大野九郎兵衛殿から報《しら》せがあった。ご公儀に納めるべき塩俵を百俵、蓬莱屋に渡したとな。

権左は呆気《あっけ》に取られて立ち尽くしていたが、やり場のない怒りを隣に立っている伊十郎にぶつけた。

「何が名家老だよ。やっぱり、とんだ食わせ物じゃないか。収城使たちにも、ちゃんと土産を用意してあったんだ。藩のためなのか、保身かは知らないけどさ。おいらたちを裏切ったことに変わりはない。大石様も結局、おいらたちを騙《だま》したんだ」

伊十郎は腕組みをしながら、口を尖《とが》らせている。

「どうも、腑《ふ》に落ちんな……」

「たった今、見た通りだろ。ご公儀の覚えをめでたくして、おいらたちを浅野家再興に利用したのさ。まんまと騙されたんだよ」

伊十郎は思案顔で、煙草入れをゴソゴソし始めた。内蔵助からもらった新しい煙草入れで、前金具は龍である。伊十郎の龍好きを知って、りくが急ぎ求めたそうだ。

「物事に行き詰まったときは、煙草を吸うに限る。今は、安房《あわ》の玄同《げんどう》煙草の気分だな」

「おいらたちを騙した昼行燈《ひるあんどん》のキセルでかい」

「今は他に持っていないからな」

権左は馬鹿々々しくなって、踵《きびす》を返した。

せっかく伊十郎と力を合わせて大事な取引に成功したのに、最後の最後で、努力は水泡に帰した。心地よい疲労が徒労に変わると、これほどに悔しいのか。畜生、伊十郎に相棒とまで呼ばれて、命がけで戦いもしたのに、何と後味の悪い結末だろう。赤穂の町なんて、もう見たくもなかった。

だが、権左は簡単にへこたれない。失敗こそが人間を強くするのだ。権左の切り替えの速さは日ノ本一だ。

人生はうまくいかないことばかりだ。それでも前に進むしかない。

まずは日ノ本一の炊《かしき》になるんだ。

普通の北前船では米、味噌汁《みそしる》に漬け物が定番だそうだが、常識外れの北前船、蓬莱丸では、そんなケチな料理では、皆が納得しなかった。昼飯も、ただの握り飯では、作るほうもつまらない。

知工も平然とした顔をしているが、大損をしたのだから、はらわたは煮えくり返っているはずだ。

権左は伊十郎を捨て置いて、階段を降り、台所へ戻ると、勢いよく釜の蓋を開けた。小部屋の隅に置かれた木箱に気付いて開けてみると、新鮮な鰆《さわら》が数尾入っていた。知工が仕入れさせたのか。鰆はもちろん塩焼きに限る。

蓬莱丸に運び込む際、権左は調理用に、壺《つぼ》ひとつぶんだが赤穂塩をこっそり確保しておいた。包丁でわかめを細かく刻む。炊きたての飯に投入し、最高の塩を使って、皆に飛び切りの握り飯を食べさせてやろう。大坂で仕入れたうまい大根の漬け物と焼きたての鰆に皆、舌鼓をうち、おかわりを所望するはずだ。

どうやら船が出港したらしい。

蓬莱丸は、穏やかな海を静かに進んでゆく。

二　飛鳥

蓬莱丸はすでに赤穂を離れ、海原にあった。

風が凪《な》いで、そのぶん船足を得られないが、揺れも少ない。こういった時は、水主《かこ》たちも甲板に出て、海や島を眺めたり、大部屋で昼寝をしたりする。

権左はかまどの片付けを終えた。夕食の下ごしらえも済ませてある。万全だ。誰にも文句は言わせない。

ひと息ついた時、漂ってくる酒の匂いに気付いた。

安酒の酸《す》い臭いではない。果物のようなほの甘さがあった。

見ると、伊十郎が赤ひょうたんを片手に現れた。りくが土産にくれた上等の赤穂の酒だろう。りくだけは騙すつもりがなかったはずだ。

「権左、この船のいちばん底にある部屋へ、連れて行ってくれないか」

「下荷を積む場所だけど、さっき塩俵を持って行かれちまって、もう何にもないはずだよ」

船を安定させるために、下荷には米俵や塩俵といった重い荷を積むのが普通だ。

「この船の作りを知っておきたい。何しろ北前船で暮らすのは、初めてだからな」

荷物が積まれると施錠されたりするが、今は空っぽだから入れるだろう。

ちょうど手も空いていたので、権左は伊十郎を連れて、階下に降りた。

「ねえ、伊十郎さん、何をやってるんだよ」

伊十郎は四つん這《ば》いになって、床板を撫《な》でたり、叩《たた》いたり、耳を当てたりしている。

「権左、大坂を出たときと比べて、船の揺れが小さくなっている気がしないか」

「表《おもて》さんが海流をうまく選んでいるんだよ」

「表って、何だ」

「船を動かしている人だよ。蓬莱丸じゃ知工さんの次に偉い。落ち着いたら紹介するよ」

「たぶん違うな。俺はずっと寝転がって酒を呑《の》んでいたからわかる。船が安定したんだ。この船は赤穂でかなり重い荷を積んだはずだ。たとえば、塩とかな」

「塩俵なら、ぜんぶ目の前で持って行かれたじゃないか」

「あの前と今とで、揺れはそれほど変わらない」

伊十郎はしつこく嗅ぎ回っている。

「おいらたちが陸に上がっている間に、洲本《すもと》か高砂《たかさご》あたりで、何か積んだのかな。いや、塩俵を積み込んだときには、何もなかったじゃないか。積む場所なんて他にないし、気のせいだよ」

伊十郎は、艫矢倉《ともやぐら》の下まで進んでゆく。

やがて、つっかえが外れるような小気味の良い音がした。伊十郎は一枚の細長い床板を手にしている。

「明かりをくれないか」

権左が提灯《ちょうちん》を持って伊十郎の背後から近づく。

板を外した向こうに、何か白い物が光った。

「こんな場所に、蔵があるなんて……」

――塩だ。

伊十郎の手のひらには、白く輝く塩の山が載っていた。

隣で隠し蔵をのぞき込んだ権左は、息を呑んだ。

白い世界が広がっている。

場所は船尾に近い。船の横幅が広くなっている場所で、船梁《ふねばり》があるため、人も入り込んで作業はできず、俵の形では積めない。だが、裸の塩なら、いくらでも積み込める。いちばん上には矢倉板があるから、金さえ惜しまなければ、水密性の高い空間にできる。蓬莱丸は巨船だけに、かなり大きな空間のはずで、膨大な量の塩だ。数百俵はあるだろう。品薄で最高の赤穂塩なら、価値にして千両（約一億二千万円）近くになるかも知れない。

「どうしても腑に落ちなかったんだ。夏火鉢と昼行燈が俺たちとの約束を破るとは思えなかったんでな」

「じゃあ、塩俵のほうは最初から、ご公儀に土産として引き渡すつもりだったのか」

「もともと蓬莱屋と赤穂藩は繋《つな》がりがあった。蓬莱丸は公儀に悟られずに、赤穂藩士たちに本腰を入れて協力する肚《はら》に違いない」

「どうして蓬莱丸がそこまでするんだろう」

単に取引をしていたというだけの理由で、蓬莱屋が危ない橋を渡るとは思えない。

「まだわからない。だが、若い炊と素性不明の用心棒に任せた取引は、最初から見せかけの芝居だったのさ。俺たちが表で正面から交渉している間に、この船の誰かが積み込ませたんだよ。同じ船に乗せるのに、誰も二重に交渉するとは思わない。俺たちの塩を隠れ蓑《みの》にして、まんまと赤穂藩の財宝を隠したのさ」

知工は権左たちが手に入れた塩俵を、下荷として目立つように積み、幕府へ引き渡した。目的は密《ひそ》かに積み込んだこの大量の塩を隠すためだったわけか。

「いったい、いつの間に積み込んだんだろう……」

「おそらくは、俺たちが昼行燈と呑んでいた夜にはもう、蓬莱丸は赤穂に入っていた。あの部屋からは、城の干潟門《ひがたもん》のほうはまったく見えなかった。気付かなくて当たり前さ」

蓬莱丸が早く赤穂入りしたのは、偶然ではない。おそらくはもう少し早く入って、赤穂の事情を見ながら、塩の積み込み時期を判断したのだろう。

「どうして、おいらたちに知らせてくれなかったのかな」

「俺は新参者だ。蓬莱屋が警戒する勢力の回し者かも知れない。赤穂藩としても、最初は俺たちを信じていなかった」

「そうか。これだけの塩だと、前払いした金額よりはるかに多いね」

「この塩取引は、おそらく儲《もう》けを得るためじゃない。預かっているだけさ。いずれ必要となるときのためにな」

船頭か知工の指図で積み込ませたに違いないが、あの食えない二家老が、ただの商売で塩を渡すはずがない。この塩は、赤穂浪士たちが、これからやる大事のために、必要な資金なのだ。

「赤穂浪士たちが今後どんな道を歩むにせよ、金が必要だ。昼行燈はこの北前船に大金を託したわけさ。赤穂の塩なら、どこでも高く売れる。動く船なら、財産を隠すには絶好の場所だし、どこからでも金を送れるわけだ」

赤穂藩の二家老は塩の形で、貴重な軍資金を海上の船に預けたのだ。

すでに赤穂浪士たちの方針は決している。

内蔵助はこれから浅野家再興をめざす。それが成らぬ時は、自らの手で正義を果たそうとするだろう。すでに同志である大野九郎兵衛は大坂に潜伏し、次なる一手のために、周到に準備を進めているに違いなかった。

「見事だよ。俺もまんまと騙された。昼行燈も夏火鉢も、赤穂藩の真冬の夜には、大いに役立ったというわけだ」

「船頭さんと知工さんにも、一杯食わされていたとはね……」

「あの二人だけじゃない。知工と植村も派手な芝居を打っていたのさ」

「えっ。じゃあ、見届け役なのに――」

「むろん植村も気付いていたが、見て見ぬふりをしたんだ。塩納屋から、一夜にして大量の塩が宙に消えるはずはないからな。だが、派手な土産を渡されて、公儀の収城使も見過ごしちまった」

植村七郎右衛門は、主君の親族の藩のために、九郎兵衛と芝居を演じていた。収城使も、まさか厳格で有名な植村が手心を加えるとは思わず、信用してしまったわけだ。

「植村は徹底的に赤穂藩を取り締まるふりをして、肝心なところはちゃんと見逃したんだ。もはや誰にも警戒されない大野九郎兵衛を生かして大坂へやり、山盛りの白い軍資金が海上へ逃げるのも、手伝ってやったわけだ。なかなか味のある真似《まね》をする男だ」

「船頭さんか、知工さんか知らないけど、よっぽど大石様に惚《ほ》れ込んだんだね」

「いや、義俠心《ぎきょうしん》にしては、話が大きすぎる。赤穂藩の財産隠しと赤穂浪士への協力が明るみに出れば、己れの首が飛びかねんからな。間違いない。これは政《まつりごと》によくある、陰謀だよ」

「誰が何を企《たくら》んでいるって言うのさ」

「さあな。俺たちの乗っているこの船は、ただでっかいだけの北前船じゃない。謎だらけの蓬莱丸は、陰で相当大きな力が動かしていると見ていいだろう」

伊十郎はさっと表情を変えると、すばやく板をはめ込んだ。

権左の背後で人の気配がした。


「ほう、もう見つけたのか。まあ、どうせ売るにも運ぶにも、あんたたちにやらせるつもりだったから、かまわないけどさ」

二人が振り返ると、小柄な若衆が腕組みをして、戸口にもたれかかっていた。

「飛鳥《あすか》さん……」

「その浪人さんよ。他の水主には、その塩のこと、言わないでもらえるかな。表《おもて》さんにもだ」

よく通る高めの声は、ふだんより多くの棘《とげ》を含んでいる気がした。

「無駄口を叩くせいで誤解されやすいが、俺は口が堅いほうだ」

「それがあんたの身のためさ」

物怖《ものお》じせずにつかつかと近づいてくる。

日焼けして浅黒い肌だが、女と見紛う総髪の若衆である。挑むような目つきで二人をじろじろ見ていた。

「飛鳥さん、いつの間に乗ったんだい」

　蓬莱丸では、表を補佐する片表《かたおもて》を務めている。いわば知工の腹心で、知工からの指図を、飛鳥を通して受ける場合さえあった。だからこそ素性がよくわからなかった。何かとがさつな物言いをするが、ときおり伊十郎と同じような上品さを感じるときがあるから、不思議だった。

「途中で乗ったのさ。今年の蓬莱丸に乗るべき水主たちは、まだ全員、揃《そろ》っていない。ときに権左。鰆の塩焼き、どうだった」

　なるほど魚にうるさい目利きの飛鳥が仕入れていたわけか。

　伊十郎の近くまで寄ってくると、飛鳥は珍獣でも見るように、整った顔を突き出した。

「へえ、あんたなのか、今度の用心棒。腕は抜群で、男ぶりもいい。でも、まれに見るチャランポランな侍だって、聞いたぜ」

「ああ、大当たりだ。だが、ちゃんと取り柄もある。美酒といける煙草のわかる大人だ。ついでに羊羹《ようかん》もな」

「おれは、酒も煙草もやらない。嫌いだから」

「かわいそうに。人生の半分以上を損していないか」

「放っておいてくれ」

美男と若衆が睨み合っている。

権左もまあ見られる顔だと思っているが、この二人にはとてもかなわない。

「この塩の出所とか使い道を訊《き》いてみても、答えてくれないんだろうな」

「知ってどうする。この船の秘密には、あまり首を突っ込まないほうが身のためだぜ」

飛鳥はわけ知り顔で、腕組みをしている。

「危険から身を守るために、少しは教えてもらいたいもんだ」

「知らないほうが安全な場合だってあるだろ。教えられないことは知ろうとしない。それが、蓬莱丸で生きてゆく秘訣《ひけつ》だよ」

「たしかに、この船に乗っている連中が皆、味方だとは限らないからな」

権左以外にも炊はいる。船のまかないに毒でも盛られれば、食いしん坊の伊十郎など、一巻の終わりだ。

「さあ、出な。他の連中に見つかったら、何かと面倒だ」

飛鳥に導かれて、甲板へ出た。

甲板で遊んでいたシロが、伊十郎を見つけると、さっそくまとわりついた。

「主《あるじ》は冴《さ》えないが、犬はおれの好みだよ」

飛鳥はシロを両手で抱き上げると、頬ずりした。

伊十郎はめずらしく、驚愕の表情で飛鳥を見ている。

「犬を扱えるのは、別に犬侍だけじゃないさ」

初見で柴犬をそこまで手なずけるとは、驚きだな」

権左は飛鳥についてほとんど知らない。昨年の航海では、日ノ本一の炊になると公言し、仕事で必死だったせいもあって、気付かなかった。

「うぬぼれているほど、あんたは犬に好かれちゃいないってことさ」

「手厳しいな。で、蓬莱丸の次の寄港地は？」

「なぜ知りたい」

「できれば、備中の成羽《なりわ》煙草を試してみたくてな」

伊十郎は長い指でキセルをふかすしぐさをした。

「下津井《しもつい》かな。それ以上は教えられない。おれもまだ詳しく知らされていないんだ」

権左の胸が高鳴った。九郎兵衛が教えてくれた巳助《みすけ》に会えれば、天々丸《てんてんまる》について何
かわかるかも知れない。

「下津井といえば、いい女のいる湊らしいな」

伊十郎はすでにキセルをふかしている。

「なにをやに下がっているんだい」

「悪いか？　男ってのは女のために生きて、なんぼだろ」

飛鳥が呆《あき》れた顔をして、踵を返した。

凪いだ風のせいだろうか、海原にいるというのに、蓬莱丸の上では、潮の匂いがあまりしなかった。

三　柳沢吉保

大坂の海から北前船がすっかり姿を消すと、出見ノ湊もいくぶん静かになった。住吉大社の高灯籠もようやくひと息ついて油断したのだろう、夕暮れが訪れているのに、今日はまだ点灯していなかった。

その男が料亭に姿を見せたとき、さすがの鴻池善右衛門《こうのいけぜんえもん》も一瞬、肝が冷えた。紀伊國屋文左衛門《きのくにやぶんざえもん》は、代わりにとんでもない男をよこしたものだ。だが、世の大事を決めるなら、この当代一の権力者と会うのが、たしかにいちばん話が早い。

鴻池は深々と平伏したが、視線は落としていない。

「これはこれは、わざわざ大坂までお越しとは、痛み入りまする」

不惑を過ぎた男の広い額を一見するだけで、切れ者だとわかる。中肉中背で、体に無駄な肉のたるみがないことも、引き締まった顔つきや首筋を見れば、すぐに察しが付いた。

「上方では、江戸とは違う味を楽しめる。この季節は、播磨灘《はりまなだ》の鰆のためだけでも、足を運ぶ値打ちはあろう」

やや高めの声からは、余分な感情や抑揚はきれいに排除されている。立ち居振る舞い、すべてが周到な算段に基づくかのように、言葉にも、もっと言えば生き方にも、ほとんど無駄がなかった。

下級武士から一代で権力の階《きざはし》を登りつめた男は、幕閣一の美食家でもあった。その男がまず所望したのは、夏みかんだった。

「今宵《こよい》の鰆は、塩焼きにさせましょうか」

鴻池の問いに、柳沢吉保《やなぎさわよしやす》は答えなかった。無駄な問いだといわんばかりだ。さっき所望された鰆は、塩焼きが美味に決まっているが、念を入れて、刺身も数切れ付けて出せばよかろうと、鴻池は思案した。

柳沢は手ずからちぎり分けた夏みかんの房をひとつ取ると、慣れた手つきで薄皮を剝《む》き始めた。以前尋ねてみたが、手先が器用なこの男は、果実を剝くのが楽しいそうで、昔の赤貧《せきひん》を忘れまいとの思いもあるらしかった。

「赤穂藩が差し出してきた秘伝書二巻だが、大石内蔵助とは、とんだ食わせ者よ。苦労して手に入れさせたが、肩透かしに会うたわ」

苦労人で博覧強記の柳沢は、一度会った人間を決して忘れない。忘れたふりをするときは、必ずそれなりのわけがあった。諸国の小藩の家老たちの名前に至るまで、ちゃんと頭に入っている。商人にとっては常識の類だが、公儀の役人ではめずらしい。

「まさか偽物を差し出したりは、いたしますまい」

「むろんさように愚かしい真似はせぬ。上巻には事細かく塩の製法が書かれているが、べつだん目新しい話はない。下巻には塩作りの心構えが書かれているが、畢竟《ひっきょう》、丹精込めて作れという当たり前の話だ」

柳沢は抑揚に乏しい口調で話しながら、人差し指の爪先で、夏みかんの小さな種をひとつずつ丁寧に取り除いてゆく。

「世間も、赤穂の名だたる塩奉行、大野九郎兵衛に一杯食わされたとったわけですな」

「さよう。わが手の者も、大石と大野にまんまと乗せられた」

もともと赤穂に特別の製塩法など存在せず、九郎兵衛はあえて秘伝の巻物の噂《うわさ》を流して、ありもしない虚像を創り出したというのか。秘匿すればするほど、赤穂の塩はもてはやされ、値が吊《つ》り上がるという寸法だ。だとすれば、武家のくせに、なかなかの商売上手といえる。

そこまでは簡単な推論が働く。

だが、本当に赤穂の製塩の秘密は存在しないのか。意味のない巻物二巻がすべてなのか。他にもまだ巻物があるのか。

「私が知りたいのは、製塩の最後の工程だ。もし秘伝書が本当は三巻から成るのなら、中巻にこそ、その真髄がある」

柳沢も、鴻池と同じ疑問を抱いていたらしい。

「では、昼行燈と夏火鉢が、肝心の巻物をまだ隠しておると」

柳沢は夏みかんの房をひとつ、口の中へ入れた。わずかな口の動きだけで嚥下《えんげ》してから、口を開いた。

「この私に向かって、小生意気な連中だ。愚にもつかぬ巻物を苦労して手に入れさせたあげく、浅野家再興の駆け引きを仕掛けてくるとは」

「ですが、浅野家改易は隆光大僧正《りゆうこうだいそうじよう》の――」

柳沢は用意された小さな手水鉢《ちようずばち》で手を洗いながら、眼光だけで話をさえぎった。

「さすがは鴻池だ。世にそなたの知らぬ話は数えるほどか。もとはと申さば、松ノ廊下の刃傷沙汰《にんじようざた》は、猩々の一味が吉良上野介と仕組んだ謀《はかりごと》よ。猩々が絡んでおる以上、この私でもうかつに手は出せぬ。犬公方の覚えめでたい連中だからな。しばらくは様子見しかなさそうだ」

「紀州藩の出方もございますからな」

柳沢は心の奥底まで覗《のぞ》き込むように、鴻池を睨んだ。

「紀文と鴻池はしばし休戦すると聞いた。そなたたち、よもや大それた事なぞ、考えてはおるまいな」

二人だけの静かな部屋で、柳沢はかろうじて聞き取れるほどに声を落としている。

「徹頭徹尾、われらは商人。あくまでも商いを通じてこの世を富ませるのが、お役目にございますよって」

「ふん、都合のよい時だけ、商人づらしおって」

鴻池は柳沢とそのまましばらくの間、睨み合った。

真偽のほどは知らぬが、柳沢は甲斐武田家の一門である甲斐一条《いちじょう》氏の末裔《まつえい》を称しており、甲府の地に並々ならぬこだわりを見せていた。もしも柳沢の力で、甲府藩主徳川綱豊《つなとよ》が将軍に大栄転すれば、報奨として、柳沢が代わりに甲府藩主の座に就く成り行きは十分にありえた。

柳沢は犬公方の悪政の先をすでに見据えている。

鴻池にとっても、次の権力者に取り入ることは大事だが、甲州に深入りしすぎると、紀文の紀州が勝った場合に冷や飯を食わねばならぬ。柳沢とて同じ話だ。おまけに、紀州の犬侍が厄介きわまりなかった。

「まあよい。だが、勘違いいたすな。赤穂藩の一件では、赤穂の塩にしか私の関心はない。それ以上は何も考えておらぬ」

柳沢はあざやかな手つきで、夏みかんの房をまたひとつ、形をきれいに残したまま剝くと、そっと口に入れた。

「せっかくの好機なのだ。是非とも手に入れたい。製塩の秘密は必ず紀文が解き明かすであろう。そのための蓬萊丸だ」

柳沢は隠すつもりらしいが、鴻池が最近密かに入手した情報では、今回の秘伝書の奪取は、柳沢の私欲ではなく、犬公方徳川綱吉の命だった。ただし、犬公方から直《じか》にではなく、今や愚かな将軍を完全に籠絡した猩々を通じて、柳沢に命が下されたのだ。秘伝書は、ただでさえ大きな力を持つ猩々に、尽きぬ富の源泉を与えることになる。不本意でも将軍からの下命である以上、拒絶はできない。柳沢がやらぬなら、猩々が動いて赤穂藩士から無理やり手に入れたはずだ。非情な犬使いは流血を厭《いと》わない。赤穂藩士たちに同情を寄せる柳沢は、自らの手で秘伝書を奪取することで大石内蔵助たちを守ってやったわけだ。

だが、いつまでも猩々との対決を避けているわけにはゆくまい。紀文が言うように、天下国家のため、柳沢吉保が立ち上がるべき時が来ていた。紀文は、鴻池に柳沢を説得させるつもりで、大坂へ寄越《よこ》したのだ。

「柳沢様。日ノ本の行く末を決める夏みかんも、そろそろ旬でございますな」

夏みかんは晩秋にきれいに色付く。だが、酸味が強すぎて食べられない。冬まで待って収穫し、貯蔵して酸《さん》を抜いてから食べる。

「私は木生《きな》りの夏みかんを好む」

収穫せずにずっと初夏まで生らしておけば、夏みかんも完熟して酸が抜ける。

「あんまり長う待っとったら、盗人《ぬすっと》に取られてしまいます。そろそろ収穫なさっては、いかがでございますかな」

「まだ早い。元禄の世で、犬使いを甘う見てはならぬ」

柳沢の言うとおり、猩々と戦って、勝てる保証はない。だが、このまま捨て置けば、ますます手が付けられなくなる。柳沢も頭ではわかっているはずだ。

「紀文も鴻池も、総力を挙げて、柳沢様にお力添え致します」

柳沢を起《た》たせぬ限り、世直しはできぬ。

「紀文の真の心が読めぬ。むろん、そなたも同じだがな」

かくいう柳沢も、腹で何を考えているのか、知れたものではない。だが、ご政道を正すという一点では、三人とも力を合わせられるはずだ。いつまでも腹の探り合いばかりしている場合ではない。

「重ねて言うておくが、私にはまだ、猩々と事を構える気はない。話は終わりだ。鴻池自慢の澄み酒をもらおうか」

膳のうえには三分の一ほど食された夏みかんが、所在なげに転がっていた。柳沢は、野心はいくらでも呑み込むくせに、驚くほどの小食だった。

鴻池はただちに最上等の美酒を用意させた。これ以上の澄み酒は、日ノ本に、いや、この世にない。

透明なガラスの器で、柳沢が優雅にすすり始めた。

「蓬萊丸の次の寄港地は、下津井だそうですな」

この日初めて、柳沢がかすかな驚きの表情を浮かべた。

紀文の狙いは明らかだ。

あの湊町には、天下を大きく揺るがしかねない、扱いに困る代物が眠っている。鴻池が教えたのだ。

紀文が「邯鄲男《かんたんおとこ》」に手を出せば、必ず猩々が動く。

そうなれば、柳沢も火中の栗《くり》を拾わざるを得なくなる。否応《いやおう》なく猩々との争いに巻き込まれてゆくわけだ。

柳沢がわずかに眉を寄せながら、黙って二杯目の盃を干した。

さて、蓬萊丸は、下津井に着いたころだろうか。

主な参考文献

『赤坂御庭図画帖』和歌山市立博物館編　和歌山市教育委員会
『「忠臣蔵」の決算書』山本博文　新潮社
『敗者の日本史15　赤穂事件と四十六士』山本博文　吉川弘文館
『赤穂浪士と吉良邸討入り』谷口眞子　吉川弘文館
『赤穂浪士の実像』谷口眞子　吉川弘文館
『忠臣蔵　赤穂事件・史実の肉声』野口武彦　筑摩書房
『実証　義士銘々伝』飯尾精　大石神社社務所
『古文書で読み解く　忠臣蔵』吉田豊・佐藤孔亮　柏書房
『たばこと塩の博物館　常設展示ガイドブック』同博物館
『日本海の商船　北前船とそのふる里』北前船の里資料館　加賀市文化振興課
『和船Ⅰ・Ⅱ』石井謙治　法政大学出版局

※本作はフィクションです。登場する人物・団体・事件等は、実在のものとは必ずしも一致しません。

小学館文庫
好評既刊

勘定侍 柳生真剣勝負〈一〉 召喚

上田秀人

ISBN978-4-09-406743-9

大坂一と言われる唐物問屋淡海《おうみ》屋の孫・一夜は、突然現れた柳生家の者に御家を救えと、無理やり召し出された。ことは、惣目付《そうめつけ》の柳生宗矩《むねのり》が老中・堀田加賀守《かがのかみ》より伝えられた、四千石の加増にはじまる。本禄と合わせて一万石、晴れて大名となった柳生家。が、大名を監察する惣目付が大名になっては都合が悪い。案の定、宗矩は即刻役目を解かれ、監察される側に立たされてしまう。惣目付時代に買った恨みから、難癖をつけられぬよう宗矩が考えた秘策が一夜だったのだ。しかしなぜ召し出すのが商人なのか？　廻国中の十兵衛も呼び戻されて。風雲急を告げる第一弾！

小学館文庫
好評既刊

浄瑠璃長屋春秋記 照り柿

藤原緋沙子

ISBN978-4-09-406744-6

三年前に失踪した妻・志野を探すため、弟の万之助に家督を譲り、陸奥国平山藩から江戸へ出てきた青柳新八郎。今では浪人となって、独りで住む裏店に『よろず相談承り』の看板をさげ、見過ぎ世過ぎをしている。今日も米櫃《こめびつ》の底に残るわずかな米を見て、溜め息を吐いていると、ガマの油売り・八雲多聞がやって来た。地回りに難癖をつけられていたところを救ってもらった縁で、評判の巫女占い師・おれんの用心棒仕事を紹介するという。なんでも、占いに欠かせぬ亀を盗まれたうえ、脅しの文まで投げ入れられたらしい。悲喜こもごもの人間模様が織りなす、珠玉の第一弾。

小学館文庫
好評既刊

死ぬがよく候〈五〉 雲

坂岡真

ISBN978-4-09-406748-4

元隠密廻り同心の伊坂八郎兵衛は、今では蔭間茶屋に用心棒として居候している。今日も侍が取《とり》籠《こも》ったとの報せを受けて、駆けつけてみれば、刀を抜いた男は古河藩の勘定方を勤める向井誠三郎と名乗るではないか。なんでも出世のために上司の楡木《にれき》源《げん》太夫《だゆう》に賄賂《まいない》を贈り、さらに家中随一の美人と評される妹・琴乃まで、酒乱の息子・兵庫の後妻に捧げたという。が、昇進の約束を反故《ほご》にされたうえ、逐電した妹を成敗しろと、無法な命を下されたらしい。哀れな兄妹を救わんと、古河藩の筆頭家老に直談判すべく、八郎兵衛は日光街道を北上するも——。剣豪放浪記最終巻!

小学館文庫
好評既刊

陽だまり翔馬平学記
永久の護衛士

早見俊

ISBN978-4-09-406750-7

徳川幕府大政参与である保科正之から、「泰平の世の兵学——平学を打ち立てよ」と命じられた元伊丹藩士の沢村翔馬。一方、平和が長く続き、身心がたるみ切った武士を許せぬ老中の松平信綱、そして信綱が右腕と頼む軍師・朽木誠一郎。ふたりは、北条忍び・天魔党の生き残りと語る源蔵を使って、江戸を混乱に陥れ、政敵の正之と翔馬を葬り、さらに将軍を鎌倉に移す策謀を企む。しかも、翔馬が警固する公家の姫・由布に激しい恨みを抱く、北野川大納言の娘・貴子までもが信綱に味方する。貴子は、最愛の婚約者を、由布のために失ってしまったという……。緊迫の最終巻！

本書のプロフィール

本書は、小学館文庫のために書き下ろされた作品です。